Ausgebootet

Ein Roman
von Bernt Moehrle

Die Handlung beruht
auf wahren Begebenheiten

AO SANE - Krimi

BerntMöhrle

Ausgebootet

eine weitere Geschichte aus dem
Königreich der Illusionen

Herstellung und Verlag: BoD - Books on Demand,
Norderstedt
Printed in Germany

ISBN-9 783 738 601 725

Besonderen Dank an: Herma Rothkirch für ihre Hilfe
und Ib Michael für den Hinweis, dass es möglich ist.

Bibliografische Information der Deutschen Nationalbibliothek
Die Deutsche Nationalbibliothek verzeichnet diese Publikation in der
Deutschen Nationalbibliografie; detaillierte bibliografische Daten sind im
Internet über http://dnb.d-nb.de abrufbar.

Am Ende wird alles gut,
und wenn es nicht gut ist,
war es auch nicht das Ende.
(Indien)

für alle Ao Saneler

1

Im Anflug auf den Amsterdamer Flughafen muss Brad an die

Unglücksmaschine denken, die 1992 kurz nach dem Start abgestürzt ist und in einem riesigen Feuerball das jüngste Gericht über 200 Menschen abgehalten hat. Das Flugzeug bekam die Nase nicht hoch und pflügte eine Schneise durch das Wohnviertel Bijlmermeer, bis es in einem großen Wohnhaus stecken blieb.

Die Menschen sind einfach verschwunden. Bei tausend Grad Hitze, die entstehen, wenn solche Mengen Kerosin verbrennen, verdampft menschliches Gewebe restlos. Brad wohnte damals in Bijlmermeer. Er hätte genau so gut dabei sein können bei denen, die es fort gewalzt hat. Ein paar Blocks von der Unglücksstelle entfernt wohnten seine Eltern. Um so mehr trafen ihn die Bilder in Deutschland, wo er sich zu der Zeit gerade aufhielt. Der plötzliche Tod so vieler Menschen. Er war erschüttert. Später erfuhr Brad, dass er einige der Opfer kannte, deren Bilder nun während der Landung schemenhaft vor seinem geistigen Auge auftauchen.

Der Herrgott hat mich damals verschont, aber er hat sein Lasso schon nach mir geworfen. Die Schlinge liegt bereits um meinen Hals,

Das ist Brad spätestens seit seinem letzten Arztbesuch klar geworden. Mit seiner HIV-Diagnose und dem Fortschreiten der Krankheit bleibt ihm nicht mehr viel Zeit. Zeit, die er gerne hätte, jetzt, wo alles so gut läuft. Wo es richtig brummt, und er über eine Million Euro im vergangenen Jahr verdient hat.

Härter als er sich das gedacht hatte, war es schon bis es dann endlich anfing richtig zu laufen. Das Risiko geschnappt zu werden erhöhte sich mit zunehmender Risikobereitschaft, doch manche

Situationen kamen so unerwartet, dass er der Polizei nicht nur einmal mit knapper Not entkommen konnte.

Endlich hat er es geschafft! Seine erste Million ist verdient, es ist schnell verdientes Geld, „easy money" - Drogengeld!

Keiner weiß besser als Brad, wie schnell solches Geld wieder verpulvert ist. „Easy come, easy go", lautet die Formel. Wenn er nicht aufpasst, ist das schöne Geld bald wieder futsch. In diesem Geschäft gewöhnt man sich gerne an Luxus und teuren Lebensstil.

Doch Brad will aussteigen, raus aus diesem Business, kein Koks und kein Dope mehr schieben. Er will ein für alle Mal damit aufhören. Seit er weiß, wie krank er ist, will Brad ein neues Leben beginnen. Ohne Stress in Frieden leben, irgendwo auf einer Insel.

Sharira hat mit dem Fliegen wie immer Probleme. Keine direkte Flugangst, aber Nervosität und leichte Magenschmerzen. Es hilft ihr, wenn sie die Mittellehne hochklappt und sich fest an Brad anschmiegt. Beide beobachten durch das Fenster, wie die Maschine auf dem Rollfeld aufsetzt. Draußen ist es bereits dunkel geworden, es regnet. Für Mitte Dezember sind vierzehn Grad Außentemperatur, wie die Purserette gerade durch den Lautsprecher verkündet, jedoch zu warm, und Brad schießen Gedanken durch den Kopf von der Klimaveränderung bis zum Ansteigen der Meeresspiegel. Für einen Moment sieht er Holland bereits bedeckt von einer riesigen Wasserfläche, die sich allerdings nach Fokussierung seiner Augen und Rückkehr zur Realität als sein Spiegelbild auf der regennassen dunklen Fensterscheibe darstellt. Brad fällt seine sorgendurchfurchte Stirn auf, die Falten, die er immer hat, wenn er scharf nachdenkt oder sich fürchtet. Er mag diese Falten eigentlich gar nicht, obwohl sie sein Lausbubengesicht ideal ergänzen und ihm schon oft als interessanter Teil seines Erscheinungsbildes bestätigt wurden.

Neben seinem Spiegelbild in der Scheibe erscheint Shariras ebenmäßiges Gesicht schön und geheimnisvoll. Die dunkle Hautfarbe lässt nur die Konturen erkennen, und ihre großen, tiefgründigen Augen suchen Brads Blick, während die Maschine zum Stillstand kommt.

„Endlich, die Erde hat uns wieder!" flüstert sie halblaut vor sich hin, als beide sich zurück in die Sitze fallen lassen und einen Moment verharren, bis sie aufstehen um sich zum Ausgang zu begeben.

Im Flughafengebäude sehen sie Morten. Er steht hinter der Passkontrolle in der Nähe des Ausgangs und bewegt sich in Zeitlupe auf der Stelle. Tai Chi ist sein neuester Kick, er trainiert, wann immer und wo immer er glaubt, dass es geht. Brad ist zu diesem Zeitpunkt noch nicht bewusst, wie viel Glück er hat an der Passkontrolle durchgewunken zu werden. Er hat keine Ahnung! Dafür schauen sich die Beamten Shariras Pass um so gründlicher an. Ihre Papiere sind aber völlig in Ordnung. Der Pass ist neu, und das Visum für Holland, das sie in Ghana, ihrem Heimatland, auf dem Konsulat erhalten hatte, war teuer genug, als dass es jetzt nichts wert sein sollte. Nein, da gab es nichts zu beanstanden.

Die Zollbeamten grüßen zurück und winken die beiden durch. Brad hat sich im Laufe seiner Karriere doch schon sehr elegante und professionelle Umgangsformen angewöhnt.

Morten seht da, steif wie ein Salzhering mit todernstem Gesicht. Irgendwann Anfang der Achtziger hat er sich eine Überdosis LSD eingefahren und leidet seither an einer Psychose, die ihm ein amtsärztliches Attest vom holländischen Gesundheitsamt eingebracht hat, welches seine Erwerbsunfähigkeit bescheinigt.

Neuerdings erhält er vom Staat eine monatliche Rente.

Im Moment als er Brad und Sharira sieht, rollt er mit den Augen wie die indische Kali und deutet mit einer großen Geste an, man solle sich am Ausgang treffen.

Die drei Freunde begrüßen sich herzlich, und Morten raunt dabei nasal, wie unsicher die Situation in Amsterdam während ihrer Abwesenheit für sie geworden ist und dass sie besser nicht in ihre Wohnung gehen sollten. Die Polizei wäre heute morgen schon da   gewesen. Sie hätten die Nachbarn befragt.

„Die suchen dich, Brad! Die suchen dich! José haben sie gestern morgen an der Grenze nach Deutschland geschnappt. Sie müssen ihn schon eine ganze Zeit lang observiert haben. Das Verrückte ist nur, er hatte Bankquittungen von Schweizer Banken im Wagen, auf denen dein Name stand, und jetzt wollen sie dich, Brad!"

Dann bleibt er stehen und wiederholt: „Die suchen dich, die suchen dich!" Jedes Mal wenn er den Satz wiederholt, dreht er den Kopf abwechselnd mal zu Brad, dann zu Sharira. Zu allem Überfluss exerziert er dabei Tai Chi-Übungen mit ausladenden Bewegungen im Zeitlupentempo. Er ist einfach durchgeknallt!

„Hör mal zu, Morten", zischt Brad ihn an, „wenn du willst, dass sie uns gleich hier im Flughafen erwischen, mach nur so weiter, Du führst Dich ja auf wie ein Pausenclown, kannst du nicht wenigstens mit deinen blödsinnigen Bewegungen aufhören! Da müssen die Leute ja auf uns aufmerksam werden."

„Blödsinnige Bewegungen? Hast Du blödsinnige Bewegungen gesagt? Das ist Tai Chi Mann, und damit stehe ich mit beiden Beinen fest auf der Erde!", protestiert Morten und dreht beleidigt den Kopf zur Seite.

„Durch Tai Chi habe ich nicht nur einen festen Stand, sondern an meinen Füßen wachsen Eisenstäbe. Da wirft mich nichts um, mein Freund!"

„Klar Morten, ist doch klar, aber bitte nicht hier und jetzt. Wir müssen zunächst erst mal irgendwo untertauchen und überlegen, was wir machen werden, verstehst du, Morten?"

Da schaut Morten Brad mit seinem für ihn so typischen Blick an. Seine Augen blicken dann durch sein Gegenüber, als läse er im Hintergrund von einem imaginären Teleprompter ab. Ein Gesichtsausdruck, den man in diesem Moment als entrückt bezeichnen könnte. Wenn Morten so guckt, weiß Brad, dass es in ihm arbeitet. Das Acid in seinem Kopf bewegt etwas, und er kommt entweder auf den Teppich zurück, oder aber er rastet total aus. Brad hält die Luft an.

Doch Morten bleibt ruhig. Seit er die Pillen gegen seine Wahnvorstellungen nimmt, kommt er mit Stresssituationen viel besser klar. Ganz ruhig sagt er:

„Hier kannst du nicht bleiben. Du musst Holland so schnell wie möglich wieder verlassen! Wir fahren erst einmal zu Jost nach Lemmer! Ich habe ihn schon angerufen."

Jost hat ein kleines Tonstudio in der Altstadt von Lemmer. Dessen Auftragslage ist eher bescheiden. Sein Geld verdient er mit der Beschallung des kulturellen Sommerprogramms der Gemeinde Lemmer und ähnlichen Veranstaltungen in der Umgebung. Besonders in der Saison, wenn es am Ijsselmeer von Seglern und Touristen wimmelt, finden häufig Karaokewettbewerbe und Technopartys statt. Ab und zu spielt auch mal eine bekanntere Rockband. Das ist für Jost immer ein besonderes Ereignis, weil er dann ganz in seinem Element als gelernter Toningenieur zeigen kann, was er drauf hat, indem er den Bands einen perfekten Sound mixt.

Jost, Morten und Brad kannten sich schon als Kinder. Sie kommen alle aus Bijlmermeer. Nach der Schule haben sich ihre Wege getrennt, aber sie haben sich nie ganz aus den Augen verloren. Im Gegenteil, heute sind sie die besten Freunde.

Jost ist charakterlich integer, zuverlässig, immer positiv denkend und für viele seiner Freunde eine Anlaufstelle, wenn es um Seelenmassage oder alle möglichen Probleme geht. Es heißt, Jost weiß immer einen Rat.

„Wo habt ihr Sharira gelassen?", fragt Jost die beiden bei der Begrüßung.

„Es gibt Probleme!", antwortet Brad. „Sie ist in Amsterdam geblieben."

„Was für Probleme? Komm lass uns ins Studio gehen, da sind wir ungestört und können über alles reden."

„Gute Idee", meint Morten, der schon wieder sein Tai Chi-Training aufgenommen hat.

Das Studio liegt im Souterrain, und Jost legte beim Bau Wert darauf, ein Fenster in der Regie bauen zu lassen, durch das Tageslicht scheint. Dadurch entsteht nicht diese Untertagestimmung wie in vielen abgeschotteten Studios.

Jost legt das Vierundzwanzig-Spur-Tonband seiner letzten Produktion mit Max, einem holländischen Songwriter, auf die Lyrec. Die Musik erschallt, während Brad einen Joint bastelt.

Stolz weist Jost die Freunde darauf hin, er verfüge neben digitalen Aufnahmemöglichkeiten auch über eine analoge Bandmaschine. Damit bekäme er einen warmen Sound wie die alten Rockbands, was die heutigen Bands sehr zu schätzen wissen.

„Pass auf Jost, die Sache ist die! Dass sie José geschnappt haben, hat Morten dir ja schon mitgeteilt. Leider sind sie über irgendwelche Kontoauszüge auch auf mich gekommen. Ich muss raus aus Holland. Ich werde gesucht, verstehst du? Eventuell ist es nur eine Frage von Stunden, dann wird es ganz schwer hier raus zu kommen, einen sicheren Ort zu finden", legt Brad los.

„Es muss also schnell gehen, und ich weiß auch schon, wohin ich will, nach Thailand. Seit ich HIV-positiv bin, will ich dahin. Keine Geschäfte mehr, keine Angst, nur noch die Zeit, die mir bleibt, in Ruhe und Frieden verbringen, das möchte ich gern!"

„Du hast AIDS, das wusste ich bisher noch gar nicht!", unterbricht Jost und sieht Brad sorgenvoll an.

„Dann behalte das auch bitte für dich!", ermahnt ihn Brad.

„Ja, behalte das bitte für dich", wiederholt Morten, der sich im Takt der Musik seinem Tai Chi hingegeben hat.

„Weißt du Jost, es ist nicht nur, dass ich positiv bin, ich habe einen Pilz im Blut", fährt Brad fort. „Das bedeutet, die Krankheit ist ausgebrochen. Kein Arzt kann mir da helfen. Die kriegen das einfach nicht mehr aus meinem Körper. Ich war schon bei so vielen Ärzten. Nix! Manchmal habe ich starke Schmerzen, weil der Pilz sich in den Blutgefäßen absetzt, wo er sich vermehrt. Dann klopfe ich mit den Fäusten auf die schmerzenden Stellen, boxe mich quasi selbst. Ich weiß nicht, ob das medizinisch richtig ist, aber es verschafft mir Linderung."

„Hast Du denn immer Schmerzen?", fragt Jost.

„Nein, es kommt in Schüben. Gott sei Dank gibt es auch Zeiten, in denen ich schmerzfrei bin. Aber Jost, ich fühle, dass mir nicht mehr allzu viel Zeit bleibt. Ich muss so oft an den Tod denken. Mehrmals am Tag taucht er in meinen Gedanken auf. Das macht mir Angst! In der warmen Sonne in Thailand wird es mir sicher besser gehen. Da soll es einen kleinen Beach geben, wo die Leute wie im Paradies leben. Jan hat mir davon erzählt. Der fliegt schon seit Jahren dort hin."

„Wie im Paradies", äfft Morten. „Da kannst du dir schon mal einen kleinen Vorgeschmack holen, he he."

„Wenn ich dich nicht so gut kennen würde, würde ich glatt behaupten, du bist 'n Riesenarschloch", gibt ihm Brad zurück.

„Offensichtlich hast du deinen Humor nicht verloren, seit sie dir deine Unzurechnungsfähigkeit bescheinigt haben", fügt Jost hinzu. Die drei schauen sich mit leicht geröteten Augen an und platzen los mit nahezu hysterischem Gelächter.

„Wenn das so ist, müssen wir sehen, wie wir dich schnellstens nach Thailand kriegen. Von Holland aus kannst du nicht fliegen", beendet Jost die Lachsalve.

„Aber warte mal! Am sichersten wäre es wahrscheinlich von Zürich aus. Na klar! Tim ist zur Zeit noch in Amsterdam. Er wollte aber heute nacht in die Schweiz fahren. Zwanzig Kilo Marokko sollen nach Zürich."

„Das wäre ja super", meint Brad erfreut, „ruf ihn an und frage ihn, ob er mich mitnehmen kann".

Brad ruft sofort bei seiner Schweizer Bank an um zu melden kurzfristig einen größeren Betrag abheben zu wollen

In drei Minuten hat Jost Tim telefonisch darüber informiert, was zu tun ist, und am Abend sitzen Tim und Brad gemeinsam im präparierten Benz mit 20 Kilo erstklassigem marokkanischen Haschisch im Tank auf dem Weg nach Zürich.

Morten will wieder zurück nach Amsterdam, will sehen, was mit Sharira ist. Sie wäre so gerne mit Brad nach Thailand gegangen, doch der Umstände wegen meinte Brad sie solle später nachkommen.

Tim nutzt den Weg über Belgien und Frankreich in die Schweiz. An den Grenzen läuft alles reibungslos. Sie werden nicht einmal angehalten.

In Zürich angekommen, lässt sich Brad vor seiner Schweizer Bank absetzen. Er hebt einen Betrag von achthunderttausend Dollar ab. Das Geld wird ihm anstandslos ausgehändigt. Er weiß, dass ihm eigentlich nur noch die Hälfte davon gehört. Die anderen vierhunderttausend müsste er an seine marokkanische Connection bezahlt haben. Es handelt sich um die Restschuld seiner letzten Lieferung für Deutschland. Doch er hat es noch nicht bezahlt! Die Typen von der Connection sind auf ihre Art ziemlich smart, aber sie sind auch nicht zimperlich, wenn es ums Eintreiben von Außenständen geht. Eigentlich will er sich das Geld ja auch nur ein bisschen ausleihen, irgendwann wird er es irgendwie schon wieder zurückbezahlen, denkt er, obwohl er eigentlich Realist ist.

Tim fährt den Wagen in eine Garage. Der Benz bleibt zum Entladen dort, und Tim steigt in seinen privaten BMW um. Er fährt zur Bank und trifft Brad mit dem Geld. Sie gehen gemeinsam in ein großes Reisebüro, kaufen ein Erster Klasse Oneway-Ticket für die nächste Maschine nach Thailand, und Brad kann mit der Swiss Air um neunzehn Uhr zehn nach Bangkok fliegen.

Es bleibt ihm gerade noch genug Zeit, einen ihm bekannten ansässigen „amerikanischen Makler" gegen ein stattliches Honorar zu beauftragen einen Großteil des vielen Geldes an eine Bank in Thailand zu überweisen.

Als er endlich alleine im Flieger sitzt, weiß Brad, dass nun der letzte Abschnitt seines Lebens begonnen hat und er keinen Rückflug mehr benötigen wird.

2

Jan trinkt seinen Tee aus und versucht zu schlafen. Es ist kurz nach zwei. Draußen ist stockfinstere Nacht. Neumond!

Vierzehn Tage ist seine thailändische Freundin Sai Chai nun schon fort um finanzielle Angelegenheiten mit ihrem Exmann zu regeln. Er wälzt sich von einer Seite auf die andere, steht auf, geht pinkeln und legt sich wieder hin. Kaum hat er die Augen zu, fängt er wild an zu träumen. Vor ihm taucht ein Lemur auf, dem ein Auge ausgerissen wurde, es fliegt eine Eule mit dem Auge davon. Der einäugige Lemur hangelt sich durch Dampfschwaden an Hausfassaden entlang, große Häuser, könnte Bangkok sein. Vom TukTuk aus, in dem Jan sitzt und die Silom Road herunter rast, sieht er, wie der Lemur sich an die verdrehten Elektromasten klammert, ihm zuwinkt. Jan bittet den Fahrer nicht so zu rasen, doch der denkt nicht dran, sondern dreht sich während der Fahrt zu ihm herum und sagt grinsend:

„Wir müssen ihn doch kriegen!"

Jan ist erschüttert vom Anblick der Gestalt des Fahrers. Böse, dem Grinsen nach könnte er der Teufel persönlich sein. Seine Augen liegen in zwei blutrot leuchtenden Höhlen, wie zwei glühende Kohlen mit verhältnismäßig großen fleischigen Lidern und buschigen Wimpern, in denen sich blutsaugende Insekten tummeln. Um die gruseligen Augäpfel rotieren zwei bläuliche Feuerringe. Winzige halbnackte Frauen drängeln sich auf den Lidern wie an einem Abgrund. Es gibt nicht genügend Platz für alle, zumal ständig neue dazukommen. Wenn sie sich nicht mehr halten können, fallen sie herunter. Dann sieht es aus, als weine er kleine Frauen. Sie stürzen herab und zerplatzen wie Tränen auf dem Boden des TukTuks. Ihre leisen Schreie, die sie dabei ausstoßen, hört keiner. Man sieht nur ihre kleinen Münder zum Schrei weit aufgerissen und ihre Hälse anschwellen. Im diffusen Licht am Boden ist eine große Pfütze aus Tränen.

Der TukTuk-Fahrer schreit ihn an, er solle nach oben gucken und den Lemuren nicht aus den Augen lassen, sonst laufe er Gefahr Opfer zu werden.

Was für ein Opfer? Seines vielleicht? Als Jan seinen Blick hebt, sieht er den Lemuren, mittlerweile wesentlich an Umfang zugenommen, mit gewaltigen Sprüngen davon eilen. Mit Vollgas nimmt der Fahrer die Verfolgung auf - wie ein Besessener. Er jagt ihn gnadenlos durch ein Gewirr von Kabeln und Telefonmasten.

Eine lange Blutspur weist ihm den Weg. Sie erreichen das verletzte Tier. In diesem Moment erhebt sich der Lemur. Der Fahrer gibt Gas, doch das Tuk Tuk beschleunigt nicht mehr, es bremst sogar ab und kommt direkt vor dem Lemuren, der nun nicht mehr blutet, zum Stehen. Der Lemur dreht seinen Kopf Jan zu, wobei er mit der Hand durch die Höhle seines verlorenen Auges fährt, direkt in den Kopf, während er dabei ins TukTuk klettert und sich Jan gegenüber setzt. Bewegungslos starrt der Fahrer nach vorne, versteinert, bis er sich eine grüne Flasche aus der vorderen Ablage greift und den Kronkorken mit den Eckzähnen vom Flaschenhals hebelt. Das dabei entstehende Geräusch lässt Jan erschaudern.

Er kennt dieses Geräusch, doch in diesem Zusammenhang klingt es falsch, wie ein Betrug - erschreckend fremd. Schockiert sieht Jan die Hand des Lemuren, die etwas hält, etwas, das aussieht wie ein kleiner Mensch, und den er ihm nun in den Schoß legt. Jan wird es hundeelend. Er erkennt sich selbst. Jan ist dieser kleine Mensch!

„Komm näher, sieh in mein Herz!", fordert der Lemur ihn auf, Dabei spricht er mit Sai Chais Stimme. Jan folgt ihm und beugt sich weit nach vorne um tief hinein sehen zu können. Und er sieht wieder einen kleinen Menschen, allerdings kann er ihn nicht erkennen. Als er nach ihm greifen will, löst er sich auf, schmilzt wie Eis, mit ihm der Lemur. Die abtropfende Flüssigkeit vermischt sich mit der Tränenpfütze auf dem Boden. Jan hört

Rufe, die schwach aus dem Munde des schmelzenden Lemuren an sein Ohr dringen.

„Jan! Jaaaan!"

Jan sieht gerade noch die zerfließenden Formen, bevor sich alles verwandelt, und die ganze Szene anfängt sich zu drehen. Ein Karussell der Bilder. Ein Rummelplatz der Gefühle. Eine Arena, in der sich Herz und Kopf gegenüberstehen. Eine schauerliche Elegie wimmert aus dem aufgerissenen Maul des Fahrers. Aus seinen Augenhöhlen purzeln die winzigen Frauen dutzendweise und zerplatzen in der immer größer werdenden Tränenpfütze. Jan glaubt zu ertrinken, doch dann fühlt er, wie helfende Hände ihn halten. Er spürt deutlich, wie er gestreichelt wird, jemand seinen Namen ruft.

Er schlägt die Augen auf. Da sitzt tatsächlich Sai Chai an seinem Bett. Sie hat die eine Hand hinter seinen Nacken gelegt, mit der anderen wischt sie ihm mit einem Tuch den Schweiß vom Oberkörper.

„Du hast geträumt, Liebling. Ich versuch schon eine ganze Weile dich wach zu bekommen."

„Sai Chai! Ich bin so froh, dass Du da bist!" Jan sieht sie an, und sein Herz bewegt sich wie ein Erdrutsch. Es hämmert in seinem noch schlafenden Körper, als rausche ein Gebirgsbach hindurch. Lebensfreude fließt - mit jeder Sekunde, die er sie anschaut, mehr. Die Traurigkeit, die Blutleere weichen lebendiger Wärme, und seine Müdigkeit verfliegt wie verbrauchte Luft, wenn man das Fenster öffnet.

„Wann bist du gekommen?", fragt Jan noch leicht benommen von seinem wirren Traum.

„Gerade eben, vor fünf Minuten vielleicht." Sie krabbelt zu Jan ins Bett und fängt an ihn zu küssen und sich die Kleider vom Leib zu ziehen. Sie reißt sie sich förmlich herunter und feuert sie durch die Hütte. Jan hilft ihr dabei. Beide sind so hungrig aufeinander, sie mussten so lange aufeinander verzichten, dass ihnen keine Zeit bleibt für viele Worte außer denen, die ihrer momentanen Lust dienen. Mit den Lippen fest aneinander gesaugt rollen sie katzengleich von einer Seite des Bettes zur anderen. Der Puls der Leidenschaft gibt ihnen einen scharfen Rhythmus vor, und Jan durchflutet eine Woge des unmittelbaren Glücks, als er eindringt. Die Intervalle der kleinen spitzen Lustschreie Sai Chais zwischen den Stößen werden zum Metrum ihrer hemmungslosen Hingabe. Sie beißt Jan in die Brust, zuerst sanft, dann immer fester. Jan klatscht ihr mit der flachen Hand auf die Pobacken, als forderten sie sich gegenseitig auf einander weh zu tun. Ungewohnt, aber elektrisierend spürt er ihren beherzten Biss an seinem Hals. Die Stelle rötet sich sofort. Geschmeidig windet Sai Chai sich aus seiner Umarmung und leckt sich die Lippen, bevor sie wieder an ihn heranrollt und die rote Stelle an seinem Hals küsst. Fasziniert von ihrer sinnlichen Agressivität legt Jan seine Hände um Sai Chais schlanken Hals und streichelt mit dem Daumen ganz leicht ihre Kehle. Sai Chai fixiert ihn mit weit aufgerissenen Augen, während ihre Hand nach seinem pulsierenden Glied sucht und dort ebenfalls leichten Druck ausübt. Bebend zieht er ihren Kopf dicht vor sein Gesicht. Er spitzt seinen Mund küsst sie auf die Nasenspitze, und sie haucht mit geschlossenen Augen:

"Töte mich!"

Dabei fährt sie mit der Zungenspitze über die Unterkante ihrer oberen Schneidezähne, den Mund halb geöffnet. Jan sieht, wie die Lust ihr Gesicht immer schöner und wilder zeichnet und der sich anbahnende Orgasmus ihr Inneres nach außen kehrt. Es vergehen Minuten bevor sie die Augen öffnet und lächelt. Ihre Körper sind nun verschlungen und verharren lange Zeit in ruhiger Position. Sie sprechen nicht mehr, sie zittern, doch ihrer beider Verlangen lässt sie schon bald erneut hineintauchen in das geliebte Fleisch, in die Zone der immer heftiger werdenden Auflösung, in die Zone, in der zwischen Leben und Tod nur eine diffuse Grenze bleibt. Dort sind sie der Welt entrückt, bis sie nach Stunden glücklich und erschöpft einschlafen.

Sie schlafen bis zum Mittag, bis die Sonne fast im Zenit steht, dann treibt sie mächtiger Appetit aus dem Bett. Wie immer frühstücken sie auf der Terrasse ihres Bungalows.

Es soll ihr letztes gemeinsames Frühstück werden, aber das wissen sie noch nicht.

Erst beim Frühstücken sprechen sie über Sai Chais Reise und was dabei heraus gekommen ist.

„Er war mit mir bei der Bank, mein geschiedener Mann. Ich habe alles abgehoben und hab's auf mein Konto eingezahlt. Es hat mich viel Kraft und Überredungskunst gekostet ihn zu überzeugen mir das Konto freizugeben."

„Aber es ist ja schließlich dein Geld, das er da versucht hat zu blockieren, dein lieber Exmann!", entrüstet sich Jan.

„Du hast recht, aber du kennst ihn nicht. Er ist ein Mensch, der gerne alles und jeden kontrolliert. Ein totaler Macho. Ich frage mich, wie ich so ein Arschloch jemals heiraten konnte."

„Es ist vorbei", beruhigt sie Jan. „Du bist diesen Kerl los und hast dein Geld bekommen. Jetzt wird doch alles gut!"

„Ja, vielleicht wird alles gut." Sai Chai steht auf, sie geht ein paar Schritte, setzt sich wieder und stellt eine Frage, die sie Jan schon oft gestellt hat, und vor der Jan sich fürchtet:

„Willst du mich heiraten?"

Jan zuckt unmerklich mit den Schultern, er ist immer ausgewichen und ihr die Antwort schuldig geblieben. Auch heute antwortet er nicht. Am liebsten würde er jetzt einfach ja sagen und alles wäre gut. Vielleicht? Doch er bringt es nicht über die Lippen. Er flüchtet diesmal auch nicht in ein Später, weil er fühlt, dass sie darauf nicht mehr eingeht. Seine Zweifel lassen ihn schweigen – ratlos schaut er in ihre Augen. Sai Chai lächelt fast mitleidsvoll, bis er die Augen senkt, weil er der Überlegenheit ihres Lächelns nicht standhalten kann. Sein Blick wandert über den Esstisch, sucht hektisch nach Halt, einer Antwort, als ob sie irgendwo auf dem Tisch versteckt wäre. Aber außer einem angebissenen Toast, Obstschalen und ein paar abgegessenen Tellern befindet sich dort nichts.

Sai Chai rutscht der Boden unter den Füßen, die Knie werden weich, aber sie lässt sich nichts anmerken. Jan schweigt. Sai Chai ist nach anderem zumute als jetzt zu lächeln, doch sie tut es, denn das machen Thais eben, in besonders traurigen Situationen lächeln sie. Es ist ein anderes Lächeln, in dem sich Verzweiflung widerspiegelt.

Dennoch fragt Sai Chai Jan heute zum letzten Mal. Sie erhält wieder keine Antwort. Sie hat so sehr darauf gehofft. Sie hat es sich so sehr gewünscht.

Als Sai Chai den Kopf dreht, sich im Aufstehen von Jan abwendet, will sie ihn nicht die Tränen sehen lassen. Mit drei großen Schritten ist sie im Bungalow und schließt die Tür. Jan hört sie weinen, doch er kann sie nicht trösten. Er ist der Grund, warum sie weint. Ein schreckliches Gefühl überkommt ihn. Er fühlt sich schuldig. - Aber schuldig wofür? Er hat ihr nie die Ehe versprochen, sie nie angelogen, ihr nie etwas vorgemacht. Nicht nur Entsetzen über den Verlauf der letzten zwanzig Minuten quält ihn, er hört deutlich die Glocken, die im Sturm das Ende ihrer Beziehung einläuten, und er kommt sich auch noch vor wie ein Idiot. Ein egoistischer, verantwortungsloser Idiot. Vielleicht ist er das ja auch wirklich. Nun sind sie genau da angelangt, wovor sich beide gefürchtet haben. Bis zum letzten Moment haben sie gehofft, es käme nicht soweit, aber es passiert gerade. Trotzdem irgend wie unbegreiflich. Sai Chai hat viel mehr an die Liebe geglaubt als Jan, der aufgrund seiner Zweifel das Ende in dieser Form mit heraufbeschworen hat. Im Prinzip wusste Jan von Anfang an, er heiratet Sai Chai nicht. So bald auf jeden Fall nicht. Doch diesen Gedanken hat Jan so weit unten getragen, ihn so versteckt, dass er ihn selbst kaum noch wahrnehmen konnte. Inso fern trifft ihn schon eine gewisse Schuld. Man kann auch lügen, indem man nichts sagt.

In diesem Moment geht die Tür auf, und Sai Chai tritt mit ihrer gepackten Reisetasche auf die Veranda. Sie hat aufgehört zu weinen, aber ihr sonst so hübsches Gesicht trägt die Spuren von Enttäuschung. Ihre Augen zeigen Trauer wie beim Verlust eines geliebten Menschen, der einfach gestorben ist.

Als Jan sie so dastehen sieht, schießen ihm Tränen in die Augen. Tränen, die er sich gar nicht erst bemüht zu verbergen, weil Tränen im Moment das Ehrlichste sind, was er von sich geben kann.

Mit knappen Worten erklärt Sai Chai, dass sie nun gehen wird, und dass Jan nicht auf sie warten soll. Auf Jans Frage, wohin sie denn will, antwortet sie:

„Die Tasche kannst du mir gerne tragen und mich mit deinem Motorrad bis zum Nai Harn fahren. Dort nehme ich das Pick-Up und bin in einer Stunde am Busbahnhof."

Sai Chai macht einen sauberen Schnitt. Was gibt es da auch noch zu erklären. Beide sind sehr unglücklich über das Ende ihrer gemeinsamen Geschichte, viel Worte brauchen sie nicht. Sie haben sich von Herzen geliebt, sie tun es noch, und sie werden noch lange unter ihrer Trennung leiden. Darin sind sie sich unausgesprochen einig.

Jan läuft schweigend einen halben Meter hinter Sai Chai her, bis sie sein Motorrad erreichen.

Bevor sie aufsteigen, drückt Sai Chai sich ganz fest an Jan und sagt ihm: „Ich weiß, dass du mich liebst."

Dann steigt sie aufs Motorrad. Jan ist sprachlos, sieht sie an, wie sie abfahrbereit auf dem Sozius wartet. Er steigt dazu und fährt schweigend los. Sie reden kein Wort, während sie langsam zum Nai Harn Beach fahren.

Das Pick Up war gerade losgefahren, als sie an der Haltestelle ankommen. Jan fährt ihm ein Stück hinterher, und Sai Chai winkt dem Fahrer, der auch sofort anhält um sie noch mitzunehmen. Sie springt mit einem Satz auf die Plattform und findet auf dem Bänkchen noch einen Sitzplatz zwischen einem alten Mütterchen mit vielen Körben und Taschen und ein paar Jugendlichen in Schuluniformen, die sich über Jan amüsieren, wie er mit verheulten Augen Sai Chai die Tasche hinterher trägt. Sobald Sai Chai sitzt, fährt der Fahrer schon wieder los. Langsam, denn obwohl der Wagen voll ist, könnte ja doch noch ein Mitfahrer auftauchen, vielleicht auf dem Trittbrett. Jan läuft ein Stück nebenher und hält Sai Chais Hand.

„Leb wohl Jan", sagt sie leise zu ihm.

Die Schulkinder feixen, und Jan kommt es vor, als rutsche ihm der Boden unter den Füßen weg, mit gepresster Stimme sagt er zu ihr: „Ich werde dich auf der ganzen Welt suchen!"

„Aber du wirst mich nicht finden!", gibt sie ihm zurück und schenkt ihm noch ein letztes Mal ihr schönstes Lächeln, bevor der Fahrer beschleunigt und das unglückliche Liebespaar endgültig getrennt wird. Jan bleibt stehen und winkt. Sai Chai streckt ihren Kopf seitlich aus dem Gefährt. Ihr Lächeln hat sie noch im Gesicht, doch es schwindet mit der immer größer werdenden Entfernung. Das letzte Bild von ihr brennt sich in Jans Gedächtnis ein, und er weiß, wenn er später an Sai Chai denkt, wird sie immer dieses Lächeln tragen, das ihn einmal so verzaubert hat.

3

Der Nebel in Amsterdam hat sich aufgelöst. Man kann wieder etwas erkennen. Trotzdem bleibt es nasskalt und der ultrafeine Nieselregen kriecht durch alle Klamotten in den Körper hinein, erzeugt ein widerliches Gefühl. Sehnsucht, Hoffnungslosigkeit und vor allem den brennenden Wunsch diesen so unwirtlichen Breiten schnellstens zu entfliehen.

Morten, der sein Fahrrad wegen des dichten Nebels schieben musste, steigt wieder auf und radelt mit eingezogenem Hals die große Gracht hinunter bis zum Rembrandt-Damm.

Es ist gegen vier Uhr nachmittags, und durch die hereinbrechende Dämmerung schimmert das Licht aus Shariras Fenster vom zweiten Stock auf die nasse Strasse, fast unwirklich, geisterhaft. So als wäre da noch etwas anderes Unheimliches zwischen Morten und dem Küchenfenster.

Auf jeden Fall scheint sie da zu sein.

Morten eilt die Treppe hoch, klingelt zweimal kurz, einmal lang. Nichts! Noch einmal zweimal kurz, einmal lang. Wieder nichts! Er hält sein Ohr an die Tür, weil er glaubt Geräusche aus der Wohnung zu hören. Tatsächlich, es klingt wie ein Schurren, als ob einer etwas über den Fußboden zerrt. Ja, jetzt hört er es ganz deutlich. Jemand schleift etwas über den Boden und stöhnt dabei, Morten hält den Atem an und versucht durch das Schlüsselloch etwas zu erkennen, doch da gibt es nicht viel zu sehen. Aber es kommt näher. Das Geräusch wird lauter. Eine böse Ahnung steigt in ihm auf. Er presst sein Auge förmlich in das Schlüsselloch hinein. Sein ganzer Körper bebt und seine zitternden Hände drücken so fest gegen die Tür, als wollte er einfach hindurchbrechen. Da schiebt sich eine Hand in den winzigen Ausschnitt des Flurbodens, den er durch das Schlüsselloch erspähen kann. Ein Kopf folgt, begleitet von erbärmlichem Stöhnen und Jammern. Shariras Kopf, und trotz der miserablen Sicht kann Morten deutlich die Blutspur erkennen, die er hinterlässt.

„Sharira, Du bist verletzt? Was ist passiert? Mach auf, Sharira! Ich bin es – Morten! Mach doch bitte die Tür auf!"

In seiner Erregung hämmert Morten mit den Fäusten gegen die Wohnungstür, doch es rührt sich nichts. Er hält wieder die Luft an und horcht angestrengt in die Wohnung hinein. Stille, nichts, kein Stöhnen, kein Laut, kein Ton. Sharira rührt sich nicht. Sie liegt vor der Wohnungstür und reagiert nicht mehr. *Sie stirbt?*

Morten ist außer sich. In seinen vor Aufregung wirren Gedanken tauchen plötzlich Bilder aus seiner Kindheit auf. Flashbacks, die Erlebtes wiedergeben wie aus einer Filmkonserve. Das rutschige Ufer im regennassen Schilf. Er langt nach der kleinen Hand, die wie eine nackte Spiere aus dem grünlichen Wasser herausragt, kann sie aber nicht erreichen. Er sieht den Kopf eines Kindes, das noch einmal auftaucht, sich zu ihm drehend im Wasser die Arme hochreißt und dann ruflos mit aufgerissenen, ihn völlig entgeistert anstarrenden Augen und offenem Mund versinkt. Wie vom Donner gerührt steht er am Ufer und starrt auf die Stelle, wo eben sein bester Freund untergegangen ist. Ein Schrei explodiert in seiner Kehle: „Brad!", und er springt - springt in das grüne Ijsselmeer um seinen Freund zu retten - oder mit ihm unterzugehen.

„Sharira!", er rennt los. Drei Schritte Anlauf und dann mit der vollen Wucht seines beschleunigten Körpers gegen die Tür, die mit einem lauten Schlag aus der Füllung kracht und sich in zwei Hälften über den Flur verteilt. Die eine Hälfte landet auf dem bewegungslosen Körper von Sharira und die andere noch mit einer Angel im Rahmen steckend, streckt sich schräg nach oben wie das mahnende Pendant zu Ground Zero.

Im Treppenhaus des obersten Stockwerks gehen die Lichter an. Eine der Stimme nach zu urteilen ältere Dame ruft ängstlich: „Hallo! Ist da jemand?"

Gespanntes Lauschen und noch einmal: „Hallo, Hallo!" - Wieder eine längere Pause, dann verlöscht das Treppenhauslicht, eine Tür wird ins Schloss gezogen, zweimal verschlossen, und es wird wieder still im Hausflur.

Mein Gott, wenn sie noch nicht tot war, dann ist sie es spätestens jetzt. Er hebt den schweren hölzernen Türflügel von dem regungslosen Körper und vernimmt dabei ein leises Wimmern.

„Sharira, du lebst!"

Sharira hat die Augen weit geöffnet und sieht Morten mit dem Blick einer angeschossenen Antilope halb ängstlich, halb Hilfe erflehend, an.

„Ich bin's, Morten, bleib ganz ruhig! Ich wollte nach dir sehen. Was ist passiert?" Sie schließt die Augen und schüttelt ganz langsam den Kopf. Dabei bemerkt Morten die große klaffende Wunde auf ihrer linken Wange, das verkrustete Blut am Hals und auf ihrer Brust. Sie muss viel davon verloren haben - wie er jetzt sieht, ist es überall in der Wohnung verspritzt. So viel Blut, dass er sie fragt, ob sie noch weitere Verletzungen habe.

„Weiß nicht, alles tut weh! Die Männer haben mich gewürgt und geboxt."

„Was für Männer?", unterbricht Morten.

„Ich kannte keinen von ihnen. Sie kamen zu zweit und wollten wissen, wo Brad ist."

„Und, was hast du ihnen erzählt?"

„Zuerst habe ich ihnen gesagt, ich wüsste nicht, wo er ist. Dann fingen sie an mich zu schlagen und zu würgen. Einer drückte mir mit seinem Unterarm von hinten die Luft ab, während der andere mir in den Bauch und auf die Brust boxte. Ich hab das Gefühl, ein paar Rippen sind auch gebrochen. Dann erzählte ich ihnen, Brad und ich hätten uns getrennt, und er sei mit unbekanntem Ziel abgehauen, schließlich liegt in Holland ja auch ein Haftbefehl gegen ihn vor. Das haben sie zum Teil gefressen, aber dann wollten sie unbedingt wissen, wohin Brad sich abgesetzt hat, und als ich ihnen flehend versicherte, dass keiner außer Brad selbst weiß, wo er sich gerade aufhält, wurden sie noch einmal richtig sauer. Der eine schlitzte mir die Backe auf, nachdem er mir vorher ständig mit dem Messer vor den Augen herumgefuchtelt hatte und schrie: „Ich stech' dir die Augen aus, wenn du nicht redest!"

„Diese Schweine!", entfährt es Morten voller Empörung. „Du bist so tapfer." Und während er Sharira auf die Beine hilft, untersucht er sie nach weiteren Verletzungen. Ihr Knie ist stark geschwollen und schmerzt.

„Das war die Tür", stellt er fest, „tut mir sehr leid, aber ich musste ja irgendwie rein kommen. Auf jeden Fall muss die Schnittwunde auf deiner Wange sofort genäht werden, und überhaupt muss dich ein Arzt untersuchen. Vielleicht hast du noch innere Verletzungen? Wir bestellen ein Taxi und bringen dich zu Dr. Warner. Er ist ein alter Bekannter von mir, diskret und zuverlässig, da bist du in guten Händen."

Er wählt die Nummer des Arztes, bekommt ihn auch gleich ans Telefon, und mit ein paar Sätzen informiert er ihn über Shariras Zustand. Der Doktor bestätigt ihm, sie sollten sofort vorbei kommen. Dann ruft Morten ein Taxi.

Die Gangster kommen bestimmt bald wieder, und wir sollten nicht versuchen herauszufinden, was dann geschehen wird.
Inzwischen hat sich Sharira auf das alte Plüsch-Sofa geschleppt und Morten eine Flasche Wasserstoff-Superoxyd und ein paar Kompressen aus dem Arzneischränkchen im Badezimmer geholt.

Bis das Taxi kommt, werde ich dich provisorisch verarzten."

„Es wird ein bisschen brennen, wenn ich dir das Blut abwische. Ich bemühe mich aber sehr vorsichtig zu sein. Hör zu, Sharira! Ich brauch dir wohl nicht zu sagen, dass Amsterdam nicht mehr sicher für dich ist. Das heißt im Klartext, du musst von hier verschwinden. Soviel ich weiß, hat Brad der Connection einen Haufen Geld unterschlagen, und das wollen sie jetzt. Was willst du also tun?"

Sharira schaut ihn wieder aus ihren großen schwarzen Augen an und spricht mit einer Stimme, in der Traurigkeit, Enttäuschung, ja sogar Wut zu hören ist:

„Ich gehe zurück nach Ghana. Ich wollte zuerst in ein paar Wochen dorthin meine Familie besuchen, oder was davon noch übrig ist. Jetzt gehe ich halt sofort nach Ghana. Stell dir vor, ich habe ein Blankoticket. Lass uns einen Flug buchen, sobald dein Arzt mich wieder zusammengeflickt hat."

Sharira ist nicht nur geschockt und tief verletzt durch die furchtbaren Ereignisse, die heute wie ein Hurrikan über sie gekommen sind. Vor allem ist sie wütend, dass sie nun vor einer Verbrecherbande flüchten muss, die ihr nach dem Leben trachtet, weil sie zufällig Brads Freundin ist. Was hat sie mit Brads Geschäften und Machenschaften zu tun? Er hat ihr sowieso immer nur die Hälfte erzählt. Dafür soll sie nun alles aufgeben, Amsterdam verlassen! Der Stress, bis sie endlich einen ghanaischen Pass bekam. All diese Mühen und Entbehrungen, die sie auf sich genommen hat, um aus Ghana nach Holland zu Brad zu kommen. Mit Brad reisen zu können, mit ihm zu leben. Und jetzt hat er sie auf seine Reise nicht mitgenommen, ja, er scheint nicht einmal daran interessiert zu sein sie nachkommen zu lassen. Ob ihm jemals klar wird, was sie seinetwegen alles durchmacht?

Dafür geht sie jetzt erst einmal für unbestimmte Zeit zurück nach Ghana, zurück in das Land, worüber sie einst froh war, es zu verlassen für ein besseres Leben. Nun geht sie dahin zurück, wo die Menschen an Aids sterben, wo auch Brad sich das Virus einfing, als er damals mit ihrer HIV-positiven Freundin das Techtelmechtel hatte, es aber immer vehement abstritt, als sie ihn zur Rede stellte. Auch das hatte sie ihm verziehen. Sie liebt ihren Brad. Alles würde sie ihm verzeihen. Doch jetzt ist er fort und hat sie in dieser tödlichen Gefahr allein gelassen.

Die Traurigkeit in ihren Augen, die Morten in diesem Moment sieht, das ganze Elend, das Chaos, das Blut und die Erinnerung daran, was für ein liebenswerter und fröhlicher Mensch sie sonst ist, veranlassen Mortens schwache Nerven zu einem ungewollten Tränenausbruch, der so heftig aus ihm herausfließt, dass Sharira sich mühsam von ihrem Sofa aufrichtet, sein von Tränen nasses Gesicht streichelt und ihm gerührt in aufrichtiger Zuneigung ihre Lippen auf seinen Nasenrücken legt.

„Oh Sharira, es tut mir so leid. Es hätte alles ganz anders kommen sollen. Brad und du, das ideale Paar, wie alle glaubten! Es hat so schön begonnen. Wir haben gedacht, wir hätten alles im Griff, und dass es immer so weiter geht."

Doch die Zeichen, die das Leben setzt, die kleinen Erinnerungen und Hinweise sind es, die in ihrer leider oft so subtilen Erscheinungsform einfach übersehen werden, weil sie im Schatten dessen stehen, was sich scheinbar als der leichte Weg zum großen Glück präsentiert. Laut, grell, aufregend! Wir folgen ihm geblendet durch Selbstherrlichkeit und landen dabei ganz woanders.

Das Taxi ist gerade vorgefahren, aber der Taxifahrer macht sich nicht die Mühe herauf zu kommen. Er klingelt einmal kurz an der Haustür. Die beiden machen sich auf den Weg. Im Taxi muss Morten zwei von seinen Psychopharmaka nehmen, weil er spürt, wie die Angst langsam in ihm hoch kriecht und ihm den Hals zuschnürt.

4

Die Swiss Air Maschine landet mit einer Stunde Verspätung auf Bangkoks internationalem Flughafen. Es ist neun Uhr morgens, und Brad hat dank einer Zehner Valium gut geschlafen in seinem Erster Klasse Sitz.

Das Ausrollen des Flugzeugs auf dem holprigen Beton lässt ihn allerdings wieder mal alle seine Knochen spüren, und er schwört sich, wie so oft, nie wieder zu fliegen.

Doch das Holpern hört auf, und die Maschine steht. Durch das Fenster sieht er den Finger heranrollen, und augenblicklich stellt sich gute Laune ein. Brad ist froh nun endlich in Thailand gelandet zu sein.

Da er nur Handgepäck bei sich hat, kann er direkt zum Immigration-Schalter. Der thailändische Beamte in seiner mittelbraunen Uniform mustert ihn mit ernstem Gesicht vom Kopf zur Brust und zurück, vergleicht sein Konterfei mit dem schon älteren Bild in seinem Pass um eine gewisse Ähnlichkeit feststellen zu können. Auf dem Passbild sind seine braunen Haare noch schulterlang, und man muss tatsächlich mehrmals hinschauen um zu erkennen, dass es sich um ein- und dieselbe Person handelt.

Dreißig Tage Visum ab Einreise, mehr gibt es nicht, denn Brad besitzt kein längeres Visum aufgrund seines überstürzten Aufbruchs aus Holland.

Egal, ich bin erst mal angekommen, alles andere wird sich finden.

Vorbei an Schleppern im Flughafengebäude, die ihm vom Taxitransport bis zu einem kompletten mehrtägigen Sightseeingprogramm alles Mögliche andrehen wollen, kämpft er sich zum Taxistand nach draußen.

„Oriental Hotel, please!" Die Adresse hat ihm Jan oft genannt. Allerdings weiß Brad noch nicht, dass es sich hier um das historisch berühmteste Hotel in Thailand handelt. Der verdutzte Taxifahrer klappt seinen Kofferraumdeckel wieder zu, nachdem kein weiteres Gepäck mehr kommt und Brad seine echte Luis Vuitton Tasche mit in den Wagen nimmt. Der Fahrer wiederholt die angesagte Adresse und dann brausen sie über den Highway Richtung Innenstadt los.

Das Oriental ist seit seiner Renovierung tatsächlich ein sehr elegantes und komfortables Hotel geworden. Vor allem aber liegt es gleich am Chao Phraya, Bangkoks großem Fluss. Dadurch hat das Hotel direkten Zugang zu den Wasserwegen, die sehr gerne alternativ zu den meist hoffnungslos verstopften Straßen genutzt werden. Viele der Klongs oder Wasserstraßen wurden während der beginnenden Bauwut, die ungebremst ansteigt und das Land befällt wie die Pest, zugeschüttet, überbaut und vergessen. Heute sind viele davon wieder ausgebaggert und reaktiviert, zum Segen derer, die bei Zeiten von A nach B kommen möchten.
Der Bangkokverkehr mit seinen Staus und Umleitungen macht jede Autofahrt zur Herausforderung.

Das lauwarme Wasser rieselt aus dem großen Duschkopf über Brads dünnen Körper, belebt ihn, und nachdem er einmal ganz auf Heiß dann wieder auf Kalt gestellt hatte, spürt er keine Schmerzen. Sein Kreislauf arbeitet angeregt. Er überlegt, was er als Nächstes tun wird. Vielleicht sollte er Morten anrufen und ihn bitten nachzukommen. Es täte ihm gut jemanden hier zu haben. Jemand, dem er blind vertraut, jemand, den er so gut kennt, mit dem er so vieles durchgemacht hat wie eben mit Morten, seinem besten Freund, und Brad weiß, dass bei allem, was jetzt vor ihm liegt, er sicher einen guten Freund brauchen wird.

John ist auf den ersten Blick alles andere als das, was man landläufig unter einem schönen Mann versteht, doch er fällt auf. Besonders Frauen interessieren sich. Sein wohlgeformter Kopf mit dem braungebrannten narbigen Gesicht und sein bereits fortgeschritten schütteres Haar lassen ihn interessant aussehen. Seine wasserblauen Augen können nicht nur strahlen, sie können auch sprechen und überzeugen. Seine angenehme Stimme mit dem gerade noch wahrnehmbaren Liverpooler Akzent und seine Redegewandtheit verschaffen ihm leichtes Entree in jede Gesellschaft.

In der Kindheit lebte John mit seiner Familie in Liverpool. Sein Leben spielte sich hauptsächlich auf der Straße ab, in der Nähe des Hafens, zwischen Frachtbüros und Lagerhallen, den Verwaltungsgebäuden und Schifffahrtsgesellschaften.

Abends nahm ihn sein Vater gelegentlich zu einer der vielen Versammlungen der Docker-Gewerkschaft mit. Sein Vater war aktives Mitglied und für seine harte Kämpfernatur bekannt. Der kleine John bewunderte seinen Vater, schaute zu ihm auf, wenn er Reden hielt, wenn die Mitglieder laut klatschten, weil der Vater sie durch die Kraft seiner Worte begeistert hatte. Ja, das konnte er wie kein anderer! Er war der geborene Redner! An einem ersten Mai zogen sie durch die Stadt mit Transparenten, und der Vater gab die Parolen vor. Oft fing der Vater während einer Demo an mit irgendwelchen Passanten zu diskutieren, dieses Mal sogar mit der Polizei, doch die wollten nicht diskutieren, sondern schlugen erbarmungslos zu, und der kleine John musste zusehen, wie sein Vater von Polizisten verprügelt wurde. Da kochte die Wut in ihm hoch, und John rannte um seinem Vater zu helfen.

Ein paar Jahre später starb der Vater bei einem tragischen Arbeitsunfall in einem Getreidesilo, da war John achtzehn Jahre alt.

Seine Empfindungen schwankten damals zwischen Trauer und ohnmächtiger Wut. Ihm war klar, dass nun alles auf ihm lasten würde. Die kleine Witwenrente, die der Mutter von der Dockergewerkschaft monatlich gezahlt wurde, reichte gerade für die Miete und die laufenden Kosten. Die Mittel waren sehr begrenzt. Die Klavierstunden für Robert, seinen fünf Jahre jüngeren Bruder, waren nicht mehr finanzierbar. Wenigstens hatte John den High School Abschluss. Er bekam einen Bürojob bei Cargo Unlimited, und weil er fleißig war und nach oben wollte, verdiente er bald genug um die Klavierstunden für Robert wieder bezahlen zu können. Das war ihm sehr wichtig.

Das ist Roberts einzige Chance aus den Docks rauszukommen. Wird er ein guter Musiker, steht ihm die Welt offen.

Robert wurde ein guter Musiker. Er studierte am Konservatorium von Glasgow, nachdem seine Klavierlehrerin ihm nichts mehr beibringen konnte. Aufgrund seiner Begabung bekam er ein Stipendium. Damit konnte er noch Komposition und Gesang belegen. Heute arbeitet er in New York als erfolgreicher Filmkomponist.

Der kleine Robert, denkt John in diesem Moment und wischt sich den Schweiß von der Stirn, *aus ihm ist was geworden. Aber ich wusste immer, er schafft es.*

Denkt er an seine Kindheit, wird er melancholisch, und die alten Bilder von Liverpool tauchen auf. Das Leben hat ihn nicht geschont, es hat ihn hart gemacht, ihn aber auch gelehrt durchzuhalten und Verantwortung zu übernehmen.

Er klettert aus dem stickigen Salon seiner neu erworbenen Segelyacht mit dem schönen Namen Summer King, und landet mit einem Hechtsprung über die Reling bei seinen anderen Segelgästen, die sich bereits im kühlen Wasser von der Hitze an Deck erfrischen.

Morten hätte Brad im Hotel anrufen sollen, damit er ihn abholt, aber seine KLM Maschine ist eine dreiviertel Stunde früher gelandet als geplant. So kommt Morten direkt mit dem Meter Taxi vom Don Muang Airport ins Oriental gefahren. Brad ist gerade nicht in seinem Zimmer. Er sei außer Haus, wird ihm an der Rezeption gesagt. Seinen Schlüssel habe er abgegeben. Eine Nachricht wurde nicht hinterlassen, doch Morten weiß, dass Brad nicht weit sein kann, schließlich sollte er in Kürze seinen Anruf erwarten.

Er lässt sich ein paar schöne Zimmer zeigen und entschließt sich für eine Suite im alten Flügel des Hotels. Man gönnt sich ja sonst nichts! Um so erstaunter ist das Hotelpersonal über Mortens Aufzug. In seinem Späthippie-Look sieht er schon ganz schön verwegen aus, und man würde ihm auf Anhieb keine sechshundert Dollar Suite zutrauen.

Seit Brad aus Amsterdam weg war, hatte Morten noch eine harte Zeit. Die Sache mit Sharira ließ ihn nicht los. Er fühlte sich für sie verantwortlich, obwohl das doch eigentlich Brads Aufgabe gewesen wäre. Morten kümmerte sich rührend um sie, besorgte ihr ärztliche Hilfe, nahm sie bei sich auf, fuhr sie am nächsten Abend zum Flughafen und erledigte alles, was er für sie tun konnte. Außerdem gab er ihr noch einen Batzen Geld mit auf den Weg nach Ghana. Wenn sie nicht zurückkommt, würde er sie bestimmt im nächsten Sommer besuchen kommen, versprach er beim Abschied.

Im alten Teil des Oriental Hotels ist ein thailändischer Fernsehsender gerade dabei eine Hochzeitsszene für eine Soap-Serie abzudrehen. Morten schaut interessiert zu, wie die vom Fernsehen arbeiten, da kommt auf einmal Bryan Ferry um die

Ecke geschlendert und fragt Morten, was die hier machen. Der ist ganz verdattert, er hat den Star zwar sofort erkannt, doch niemals damit gerechnet von ihm angesprochen zu werden. Doch dann kommen die beiden in ein flapsiges Gespräch, indem sie sich über die kitschige Hochzeitsszene amüsieren. Da Bryan Ferry auch gerade eingecheckt hat, haben sie ihren Voucher für den Welcome-Cocktail noch in der Hosentasche. Spontan entscheiden sie sich diesen gleich jetzt an der Hotelbar einzunehmen. Er hätte das sowieso vorgehabt, versichert ihm Bryan. Gerade aus Tokio, der letzten Station seiner Japantournee zurück, ist er hundemüde, da käme ihm so ein Cocktail als Schlummertrunk gerade recht. Danach will er noch ein bisschen schlafen, bevor es heute nacht weiter nach London geht. Im Laufe des Gesprächs entdeckt Morten den Star Bryan Ferry, dessen Musik er hochschätzt, als sehr kultivierten, gebildeten Mann. Bryan besitzt feine englische Manieren. Von der Arroganz, die ihm viele Medienleute nachsagen, keine Spur.

Der zweite Cocktail geht auch aufs Haus. Zufällig ist der Barkeeper ein Fan von Roxy Music, und als er Bryan erkennt, gerät er ganz aus dem Häuschen, will ihm unbedingt einen ausgeben. Morten bekommt natürlich auch einen, da der Barkeeper ihn hartnäckig für Brian Eno hält, was Morten zwar ungemein schmeichelt, wobei er sich aber doch ernstlich fragt, ob der Barkeeper nicht besser eine Brille tragen sollte.

Der zweite Cocktail geht zur Neige und die beschwingende Wirkung der sorgfältig ausgewählten Alkoholmischung könnte dazu veranlassen so noch ein bisschen weiter zu trinken, da steht Brad hinter ihnen. Auch er erkennt Bryan Ferry sofort, kann es aber gar nicht verstehen, warum Morten mit dem hier an der Bar sitzt. Morten stellt die Herrschaften miteinander vor und erklärt, wie sie sich kennengelernt haben.

Brad will noch einmal für alle drei das Gleiche bestellen, aber Bryan winkt ab und meint, es sei genug für ihn. Dann verabschiedet er sich kurz, aber freundlich und verschwindet.

Als Morten Brad später erzählt, der Barkeeper hätte ihn für Brian Eno gehalten, sterben sie fast an einem Lachkrampf und trinken noch einen „Phuket Paradise".

„Warum ist dieser Cocktail mit dem schönen Namen Phuket Paradise eigentlich so grün-blau?", fragt Morten, dabei hält er sich ein Auge zu und lässt das Cocktailglas vor dem offenen Auge auf und nieder sinken, als würde er mit der Lupe eines Diamantenhändlers ein besonderes Kleinod betrachten.

„Weil er die Farben der Insel demonstriert. Grün für die Pflanzenwelt und Blau für das Meer", interpretiert Brad auf seine Art.

„Klingt sehr verlockend", witzelt Morten und Brad darauf hin: „Warts ab! In ein paar Tagen sind wir dort."

Brad greift zum Handy und ruft seinen Freund Rolf in Phuket an. Er informiert ihn darüber, dass sie Anfang des Jahres bei ihm einlaufen werden und sich schon mächtig freuen. Außerdem beauftragt Brad ihn mit dem Chartern einer Yacht.

„Du hast es aber gut vor, mein Alter", höhnt Morten mit aufgesetztem Erstaunen. Brad grinst ihn unverschämt an und meint trocken: „Heute abend ziehen wir aber mal richtig um die Häuser!"

7

Die Sylvesterparty am Ao Sane Beach auf Phuket läuft bereits auf vollen Touren, als der Kanadier Jack noch einmal eine ganze Kiste mit Feuerwerkskörpern anschleppt und sie auf den langen Tisch stellt.

„Damit euch die Munition nicht ausgeht!", meint er und grinst breit in die Runde. Seine Frau Mary Ann hat ihm vorher das Feuerzeug abgenommen, weil er wie ein kleines Kind leichtsinniger Weise in unmittelbarer Nähe der Raketen damit herumgezündelt hat und froh sein kann, dass nichts passiert ist. In der Feuerwerkskiste sind einige Kilo Schwarzpulver drin, und man mag sich gar nicht vorstellen, was passiert, wenn die am voll besetzten Tisch hochgeht.

Jack ist ein heimlicher Pyromane, einer, der gerne mit dem Feuer spielt.

„Von den Feuertöpfen kann man nie genug haben", schwärmt er mit leuchtenden Augen. „Sie sind der Knaller!

Damit hat er recht. Ein großer Feuertopf ist fast so groß wie ein Medizinball. Eine hohle Zementkugel randvoll mit Schwarzpulver gefüllt. Oben befindet sich ein Loch mit einem dicken Docht. Wenn dieser erst einmal brennt, baut sich unter Zischen und Fauchen eine Feuerfontäne auf, die leicht mehr als zehn Meter in die Höhe schießt.

Es sind an diesem Abend schon etliche abgebrannt worden, begleitet von anfeuernden Rufen und mit wachsender Begeisterung. Dabei spielt die Kulisse natürlich eine entscheidende Rolle. Wenn so eine feuerspeiende Kugel auf einem der bizarren Ao Sane Felsen steht und mit ihrer Eruption die nächtliche Brandung des Meeres illuminiert, ist das ein unvergessliches Bild..

„Was ist mit der Musik los?" ruft Donna. Seit einer Weile hat sie aufgehört zu spielen. Donna geht zum Pult und legt die Pet Shop Boys auf. Die will aber keiner hören. Im Gegenteil - lauter Protest mit Buh-Rufen verhageln der guten Donna die Stimmung. Sie nimmt ihre CD wieder aus dem Player und schleicht sich.

„Ihr habt ja keine Ahnung!"

Sie ist in Wahrheit ein richtiger Schatz und eine echte Künstlerin. Leider hat sie panische Angst vor dem Altwerden und fühlt sich mit Ende Dreißig manchmal schon wie am Ende. Wie alle Transvestiten hat auch Donna einen erstrangigen Anspruch an ihr Äußeres, aber wenn der Zahn der Zeit gegen sie arbeitet, bekommt sie ein Problem.

Dabei sieht sie blendend aus, ist intelligent, beneidenswert geschickt ihre Kreativität handwerklich kunstvoll in die Tat umzusetzen. Sie entwirft und fertigt Taschen, Westen, Gürtel, Accessoires in sehr beeindruckenden Formen und Materialien, die sie teuer an ein anspruchsvolles Klientel verkauft.

Donna schnappt sich ihren gerade neu gewonnenen Liebhaber Kuno und fängt an heftig und ungehemmt mit ihm zu schnäbeln.

Harvey, der auch ohne Musik tanzt, hat gerade eine riesige Tüte gebaut, die er unglücklicherweise zuerst an Ali weitergibt. Da kommt doch nie etwas zurück! Und schon passiert es: Der Joint verschwindet samt Ali irgendwo im Gewühl und taucht nie wieder auf. *Schade!*

Harveys Frau Louise sieht die Dinge mit gesundem Menschenverstand und korrigiert schon mal, wenn Harvey über die Stränge schlägt. Sie ist gut belesen, diskutiert gerne, ist aber eher zart besaitet, wenn sie die Aufmerksamkeit vermisst, die sie erwartet. Mit ihrer neuen Brille und der Kurzhaarfrisur sieht sie heute abend toll aus.

Harvey arbeitet sich gerade zu Jan durch um zu erfahren, wo denn der Joint geblieben sei.

„Das frag ich mich auch", ist dessen spontane Antwort. Es beschäftigt ihn dann allerdings auch im Stillen, *warum fragt der gerade mich?*

Seid seiner Trennung von Sai Chai war es lange still um Jan geworden. Er litt sehr. Immer wieder versuchte er sie zu erreichen, Kontakt zu ihr zu kriegen, aber leider ohne Erfolg. Sie war einfach verschwunden. Der Traum war ausgeträumt, und er musste sich damit abfinden.

Eines Tages bleiben nur noch Erinnerungen. Erinnerungen an Sai Chai und ein paar Fotos.

In der Zwischenzeit hat Tobie seine ganzen Trommelinstrumente ausgepackt und unter den Anwesenden verteilt. Die Maracas, die Bongos, Tamburin, viele kleine und größere Perkussions-Instrumente. Nicht zuletzt Rumbarasseln, die sich Honey sofort unter den Nagel reißt. Sie schüttelt damit den

Upbeat. Tobie selbst spielt Djimbe-Trommel. Um seine Fußgelenke hat er sich zusätzlich lederne Riemen geschnallt, mit natürlichen Schellen aus Samen und Kernen besetzt. Die Krönung bilden vier tonal unterschiedlich klingende Tamtams, die er auf den Rand seiner Djimbe gesteckt hat, um damit eindrucksvolle Akzente zu setzen.

Remington Jim gibt auf den Bongos einen metronomen Beat vor. Dann geht es los. Tobie schlägt mit den Händen einen leicht verzögerten Break über die Tamtams und kommt mit einer sehr gekonnten Trommelsequenz auf die Eins.

Es grooved, und nach ein paar Takten juckt es Jan in den Fingern, seine Gitarre wurde bereits von Buffalo geholt. Er drückt sie ihm in die Hand.

„Hau rein, Alter!" Jan fängt an mit „Evil Ways" von Santana. Danach spielen sie „Buffalo Soldier" und Buffalo singt inbrünstig: „Ayayay Ayayay Ayayayayayayatya". Er kennt fast alle Lieder aus der Zeit. Mit seiner kräftigen Stimme setzt er sich durch, obwohl die hart geschlagenen Felle und Saiten der Trommeln und Gitarren einen sehr massiven Sound produzieren.

Die Stimmung ist hervorragend. Alles trommelt und rasselt mit. Wer kein Instrument erwischt hat, trommelt auf den Tisch.
Honey steht bereits auf der Bank, sie kommt auf die Und, während Tobie ein fulminantes Djimbesolo hinlegt.

Das ganze Fest erreicht einen Grad der ausgelassenen Fröhlichkeit, wie man es sich für eine Silvesterfeier in diesen Breiten nicht besser wünschen kann.

Vera mag eigentlich kein Wasser, das heißt, sie mag kein Meerwasser, weil da mal jemand reingeschissen hat. Das hat sie selbst gesehen, sagt sie. Seitdem fürchtet sie sich davor. Ihr Partner Dick sieht das ganz anders, er liebt nicht nur das Wasser, sondern auch ganz besonders das, was darin lebt. So berichtet er dem dänischen Bestsellerautor Anders gerade in flinkem Pidgeon-English, was ihm heute alles vor die Harpune geschwommen ist.

Dabei ist nicht von einzelnen Fischen, sondern von Kilos die Rede.

Die Band hat aufgehört zu spielen. Eine kleine Pause! Rolf meint, es wäre mal wieder Zeit für ein paar Raketen, und kurz darauf explodieren sie am Himmel zu Sternen und Supernovas.

Peter nutzt die Pause für ein bisschen Musik aus der Konserve. Auflegen macht ihm Spaß, das hat er schon immer gern getan. Schließlich hat er lange Zeit als DJ gearbeitet, später moderierte er sogar bei verschiedenen Radiosendern und heute ist er ein bekannter Sprecher.

Leider gehören die Backstreet Boys auch zu seinen Lieblingsgruppen. Hermine und Giorgio tanzen sehr ausdrucksvoll zum plakativen Intro von „Backstreet Boys Are Back". Man sieht ihnen die Freude am Tanzen an. Oft schon haben sie so manche spontane Party angeschoben, indem sie einfach anfingen zu tanzen. Beide tanzen so anmutig und perfekt, als hätten sie nie etwas anderes getan als zusammen zu tanzen. Wenn Giorgio seine Wintermonate am Ao Sane hinter sich gebracht hat und es ihn wieder in seine Heimatstadt New York zieht, arbeitet er dort als erfolgreicher Cartoonist.

Hermine ist Kunstlehrerin. Ihre Vorliebe zu animierten Bildern teilt sie mit Giorgio. Manchmal sprechen sie stundenlang über Cartoons, deren Herstellung und deren Publikumswirksamkeit..

Willbur hat den ganzen Abend nur Tee getrunken. Bisher war er bemüht ein ernsthaftes Gespräch zu führen, bestellt sich aber jetzt endlich ein Singha Bier und saugt sich am nächsten erreichbaren Joint fest. Danach ist er wie ausgewechselt, begibt sich in kleinen Tangoschritten zur Tanzfläche und verlässt diese auch nicht mehr. Er taucht ein in die fröhliche Schar der Tanzenden, die sich zu den letzten Klängen der Backstreet Boys wiegen, während Tobie und seine Männer sich bereits zur nächsten Runde zusammen getrommelt haben, somit den musikalischen Teil wieder live werden lassen.

Björn sitzt ganz hinten in der Ecke und kämpft mit einem hartnäckigen Sektkorken. Als er Kek und die anderen kommen sieht, steht er auf und grinst, bis sein Schnurrbart einen Bogen nach oben bekommt und noch breiter erscheint, als er ohnehin schon ist. Sein Gesicht hat etwas Verschlagenes, die Augen sind klein, eng zusammen, und der Mund ist verdeckt durch einen verhältnismäßig großen, an den Enden leicht nach oben gezwirbelten Schnurrbart. In Verbindung mit seinem blonden Meckieschnitt könnte man ihn auch für einen Komparsen in einem Wikingerfilm halten. Das Blut der Wikinger hat er ja in sich.

Während die Band „Jingo" spielt, füllt Björn die Gläser für sich und seine thailändische Frau Kek. Die Lust zu tanzen, die ihm angeboren ist, konnte er bei Kek leider nicht entdecken. Björn lässt sich dadurch aber nicht die Laune verderben, sondern flirtet mit ihr, als würde er sie gerade kennenlernen.

Der besondere Grund zu dieser Freude ist seine neue Segelyacht, die zwar zum größten Teil von John finanziert wurde, aber sein Anteil von fünfzigtausend Dollar sichert ihm eine schöne Teileignerschaft. Das bedeutet für ihn ein Einkommen, denn die Summer King ist ab siebten Januar von zwei Holländern gebucht.

Björn hat diesen Betonklotz zusammen mit John sehr günstig in Singapur gekauft. Nach den Reparaturen segelten sie die Yacht zusammen mit Jan die Malakka Street hinauf nach Phuket. Jetzt liegt sie hier in der malerischen Ao Sane Bucht. Groß und weiß sieht sie aus, sehr aufwändig wiederhergestellt, wenn man bedenkt, in welchem Zustand sie vorher war.

Mitten in seine Feiertagsstimmung klopft Björn von hinten jemand auf die Schulter. Er dreht sich um.

„Cheers!"

John ist von seinem Segeltörn zurück und hält ihm zur Begrüßung ein randvolles Glas Champagner hin. Sofort fühlt sich Björn an gute Zeiten erinnert, und mit einem Zug leert er es, bevor er zielstrebig auf Vera zugeht, die sich gerade zu Sinhead O` Connors „Nothing Compares To You" aus Peters Musikbox in den Hüften wiegt. Veras spezielle Ausstrahlung lässt die Herzen vieler Männer höher schlagen, sie ist außergewöhnlich sexy mit ihrem schönen, wohlgeformten Körper und der entsprechenden Begabung ihn einzusetzen. Wenn sie tanzt, versprüht sie schon mal gerne eine Ladung Erotik pur. Sie schüttelt es einfach so aus der Hüfte, weil sie es eben hat, wie Harvey jedes Mal feststellt, wenn er sie tanzen sieht. Die Gipsy Kings bringen es endlich so weit, dass auch der letzte Tanzmuffel das Bein schwingt, Björn wie ein Spanier Staccato klatscht und Vera schweißnass eine feurige Sevilliana improvisiert, die Harvey beim eigenen „Stepsen", wie er es nennt, innehalten lässt und ihn erneut zu der Bemerkung veranlasst:

„Die hat es eben!"

Ja, die Flamencomusik bringt Freude in die Gesichter und in die Herzen.

John wollte gerade etwas mit Björn besprechen, doch offensichtlich scheint das nicht der richtige Moment für solche Gespräche zu sein. Seit er Miteigner der Summer King ist, hat sich sein Selbstwertgefühl enorm gesteigert. Der Drang nach Abenteuer wächst ständig in ihm. Eine Zeit lang war er durch seine Kneipe in Südspanien sehr gebunden. Jetzt, seit er am Ao Sane wohnt, war der Gedanke ein Schiff zu besitzen in seinem Gehirn angeschwollen wie der Biss einer Kleinaugenameise. Die Möglichkeiten mit einer Segelyacht sind vielfältig, seine Erfahrungen und Verbindungen so ideal, dass in seinem Geist bereits Pläne entstehen, Möglichkeiten ausgelotet und Zeitfenster konstruiert werden.

Heute ist John wohlhabend. Über die kleinen Geschäfte mit marokkanischem Haschisch während seiner Zeit in England und

Spanien hat er sehr gute Verbindungen nach Marokko knüpfen können, die er in kurzer Zeit intensiv ausbaute. Bald liefen auch größere Geschäfte über ihn. Da er selbst gerne Cannabis raucht, hat er nie mit etwas anderem gehandelt. Harte Drogen waren nie sein Ding. Leute, die mit Heroin handelten, fanden bei ihm nur Verachtung. Für John war das Geschäft mit Haschisch oder Gras immer völlig in Ordnung. Er hatte auch nicht die geringsten Bedenken, was die Illegalität anbelangt. Seiner Meinung nach waren die anderen auf der falschen Seite. So ist das für ihn noch heute.

Gerade will John seinen gebastelten Joint weiterreichen, da erscheint Wit, einer der Kellner vom Ao Sane und warnt, es wären eben zwei Polizisten in Zivil aufgetaucht.

Das ist das Signal, alle Aktivitäten in dieser Richtung sofort einzustellen.

Leise murrend wirft John seinen Joint auf den Boden und vergräbt ihn mit dem nackten Fuß im Sand. Er sieht sich etwas „gefiedergesträubt" in der Tischrunde um, dabei entdeckt er Jan seine Gitarre nachstimmen, und fragt ihn: „Hast du ´n Drogenproblem?"

Jan guckt ihn entgeistert an, antwortet aber nicht.

John mit einer leicht überzogenen Mimik: „Korrupte Polizisten gibt es hier genug. Wenn sie dich erwischen, wehe, du kannst nicht bezahlen, dann lassen sie dich schmoren."

Dreißig Minuten später kommt von Wit die Entwarnung, die Polizei hat sich wieder davon gemacht. Entspannung!

Die Band hat mal wieder eine kleine Pause eingelegt, was von den Dauertanzenden genutzt wird etwas zu trinken.

Als Björn an den großen Tisch zurück kommt, ist John schon ziemlich angetrunken. Tobie und Honey haben auch am Tisch Platz genommen und Björn beobachtet, wie John auf Jan und Kek einredet. Kek verdreht die Augen, aber Jan scheint interessiert zuzuhören.

Mit einem Ohr hört Björn John von Australien und irgend einem Coup schwafeln, während er Gin Tonics mixt.

„Das ist aber für heute abend kein Thema", wendet Björn sich ermahnend John zu. Der hebt den Kopf und grinst ihn an, wie es für ihn typisch ist.

„Heute nicht, aber sehr bald wird es eines sein!"

Sie verlieren kein Wort mehr darüber.

Ethnische Rhythmen, die immer wieder den Takt angeben, erzeugen Trance und Dance Stimmung. In wiederkehrenden Sequenzen versetzen sie die Gäste in wahre Begeisterungsstürme.

Kurz vor Mitternacht. Die Musik hört auf zu spielen. Die Partygäste sehen zu ihre Gläser zu füllen, mit denen sie gleich anstoßen wollen. Ali, der nicht gerade zu den Beliebtesten am Platz zählt, bemüht sich in seiner schleimigen Art irgendwo ein bisschen Champagner zu ergattern, den ihm aber keiner so recht geben mag, bis Buffalo sich seiner erbarmt und Ali großzügig das Glas füllt. Wie zum Dank dafür hängt dieser sich wie eine Klette an Buffalo und verwickelt ihn in ein widerliches Gespräch über Bettwanzen. In diesem Moment taucht lächelnd wie eine falsche Prinzessin Alis Freundin Layla auf und entreißt ihrem Freund das halbvolle Champagnerglas. Beatrix, die Frau von Buffalo, tritt ihren Mann unter dem Tisch sachte ans Schienbein und verdreht dabei die Augen, womit sie Buffalo signalisiert, er sollte zusehen, diesen Ali loszuwerden. Das erledigt zu seiner Erleichterung Layla, indem sie mit dem entrissenen Champagner abdüst und ihr unbeliebter Freund ihr folgt.

Louise schenkt Beate Sekt ein, die sich bedankt, weil sie den ganzen Abend nur Wasser getrunken hat, aber jetzt doch gerne anstoßen möchte, und Beates Mann, Heinz, erzählt von seinem Visa Run zum Victoria Point, den er, wie schon so oft angekündigt, dieses Mal tatsächlich mit einer Burmareise kombinieren möchte.

Es sind jetzt nur noch wenige Sekunden bis zum Neuen Jahr. Remington Jim, der kanadische Segler, nimmt das hauseigene Mikrophon und zählt rückwärts den Countdown von zehn an:

„ …Three - Two – One – Happy New Year!", schallt es durch den Ao Sane. Zuerst nur von Jim, aber dann mit der Kraft eines enthusiastischen Gospelchors. Nach diesem ersten Neujahrsruf kommt viel Bewegung in die Gesellschaft. Jeder wünscht jedem ein glückliches Neues Jahr. Es wird geherzt, geküsst, angestoßen, getrunken, man liegt sich in den Armen, ein kollektives Glühen der Gemüter.

Zur großen Freude aller bringt Rolf zwanzig Heißluftballons an. Jack, der heimliche Pyromane, assistiert leidenschaftlich gern beim Anzünden des Espitblocks (Trockenspiritus), der als Heizung für den etwa ein Meter fünfzig hohen und siebzig Zentimeter im Durchmesser konstruierten Ballon dient. Der brennende Trockenspiritus erwärmt die Luft im Ballon, und wenn sie heiß genug ist, fängt er an zu steigen.

„Sieht das toll aus!", ruft Hella, die dänische Sängerin.

„Wenn er so langsam hoch geht, vermittelt das bei mir ein Gefühl der Sorglosigkeit."

Die Menschen fühlen sich stark einbezogen in das, was da geschieht. Es ist mehr als nur einen Ballon steigen zu lassen. Es macht die Anwesenden leicht und froh, nachdenklich innerhalb ihrer eigenen Assoziationen, es weckt Kreativität und romantische Gedanken.

„Wenn er einige Meter gestiegen ist, erinnert er mich an ein riesiges Präservativ!"

Die Musik zu diesem ruhigen Spektakel hat Peter ausgewählt. Genial, sie passt zu der Ballonszene und schafft gute Atmosphäre. Die sphärischen Klänge, die wiederkehrenden Arpeggien untermalen den Ballonflug wie eine Filmmusik. Eine Frau tanzt mit dem Feuer. Schwerelosigkeit vermittelt den Gästen ein anderes Lebensgefühl. Durch den Wind getrieben, beinahe synchron mit den Klängen, schaukeln die Ballons in Etappen den nächtlichen Himmel hinauf. Ein neues kleines Universum ist am Entstehen - sucht sich friedlich seine Bahn am großen Firmament und gibt den Menschen, die es erschaffen, Gelegenheit einen Hauch der Genesis zu empfinden, zumindest, solange der Trockenspiritus brennt. Es ist gerade erst entstanden, ganz jung - und tatsächlich sieht es aus, als stünden neue Sterne am Himmel. Raketen steigen auf, zerplatzen mit lautem Knall, zeichnen bizarre Formen in die Nacht. Von den Felsen speien mehrere gleichzeitig angezündete Feuertöpfe ihre Glutperlen auf den Strand. Ein Szenario der Freude, ein Theater des Feuers mit fröhlichen aufgeschlossenen Menschen.

Mitten in dieses Feuerwerk singt Hella die ersten Takte von „Dream A Little Dream Of Me." Jan gibt Peter ein Zeichen, er solle die Musik runterfahren. Sofort nimmt Jan mit seiner Gitarre die Begleitung von Hella auf, und Hellas Stimme bleibt nicht ohne Wirkung. Die Blicke der umherstehenden Gäste, die leise mitsingen, verraten die Begeisterungsfähigkeit dieser schönen Skandinavierin mit der „lupenreinen" Stimme. Als sie später ein paar orientalische Volkslieder vorträgt, die noch aus ihrer Zeit in Bangladesh stammen, hat sie jeden, der es hört, verzaubert, einschließlich Rosa und Luis, normalerweise Nichttanzende. Nachdem sie aber Hella singen gehört haben, sind sie aufgetaut, und Rosa fühlt ihr Herz schlagen.

Intuitiv konzentriert sich Rolfs Aufmerksamkeit in Richtung Treppe. In den beiden Personen, die sich herunterstolpernd nähern, glaubt er Brad und Morten zu erkennen.

Tatsächlich! Mitten in dieser Silvesternacht tauchen Brad und Morten auf und platzen in die tosende Party. Rolf hatte sie frühestens am zweiten Januar erwartet. Überraschung gelungen! Wiedersehensfreude groß! Brad ist sehr erfreut Jan mit seiner Gitarre mal wiederzusehen, schließlich hat er von ihm den Tipp vom Ao Sane bekommen. Man hat sich viel zu erzählen, macht sich gegenseitig Komplimente, wie gut man doch aussieht, dabei sieht Brad zur Zeit überhaupt nicht gut aus, im Gegenteil, krank, mit tiefen Ringen unter den Augen, und wenn man ihn fragt, wie es ihm geht, erhält man nur ein Lächeln und ein Schulterzucken zur Antwort.

Morten erzählt von Bangkok und ihrer Begegnung mit Bryan Ferry im Oriental Hotel.

„Den hättet ihr mal mitbringen sollen!"

Tobie kriegt das mit, schließt sich Jan an und erklärt mit süffisantem Grinsen:

„Ja, mit dem würd' ich auch gern mal spielen!"

Rolf macht mit den beiden Neuankömmlingen die Runde um sie einigen Leuten vorzustellen. Dabei hilft die vorherrschend gute Laune um sich rasch näher zu kommen. Durch Rolfs einführende Worte erfahren John und Brad von ihren gleichen beruflichen Wegen. Kollegen sozusagen, jedoch kannten sie sich bis zum heutigen Tage nicht, sie hatten nie miteinander zu tun. *Interessante Begegnung!*

John befindet sich alkoholisch bereits in fortgeschrittenem Zustand, er fragt Brad, was er in Thailand vorhabe, und Brad eröffnet ihm ganz unverblümt die Wahrheit über seine Krankheit, dass ihm nicht mehr viel Zeit bleibt. Dass er keine Geschäfte mehr tätigen wolle, sondern sein Leben in Frieden und Freiheit verbringen. John schluckt, als er das hört und fragt nicht weiter.

„John und Björn gehört die Summer King, die ihr ab nächster Woche gechartert habt", informiert Rolf die beiden Holländer.

„Jetzt schauen wir mal, wo Björn steckt."

Rolf ist einer von Brads Kurieren. Er lernte Brad vor drei Jahren auf einer Party in Deutschland kennen. Die beiden kamen ins Gespräch, und da Rolf extrem unter Rheuma leidet, man ihm das auch ansieht, bekam er von Brad den Job. Für Rolf ist das ideal, denn von der Versicherung bekommt er lediglich eine kleine Rente, aber mit seinem Behindertenpass und dem entsprechenden Auftreten sind die Staatsgrenzen, die er mit heißer Fracht zu überwinden hat, viel leichter passierbar. Den Winter verbringt er nach Möglichkeit in Thailand.

Im Moment läuft Santanas CD „Supernatural", was Morten veranlasst sich ganz schnell zu entschuldigen um auf die Tanzfläche zu eilen. Die Tanzfläche ist auch Mortens Bühne, die er gerne nutzt seine Tai Chi-Übungen mit tänzerischer Leichtigkeit und Elegance darzustellen. Man könnte es fast für einen neuen Tanz halten. In seinem Erscheinungsbild entspricht Morten ganz dem Klischee des sympathischen Althippies. Braunes lockiges Haar, schulterlang, violette Pumphosen, ein blaues indisches Seidenshirt aus den Sechzigern, dazu die klassische John Lennon Brille. Doch wenn er tanzt, hat er fast etwas Magisches. Die meisten Leute mögen ihn.

Rolf hat diese Party weitgehend veranstaltet. Daher bemüht er sich auch, es allen so angenehm wie möglich zu machen, seinem Bestreben nach gesellschaftlicher Harmonie zu entsprechen. Er bewegt sich viel, hält seine Small Talks, verteilt hier und da aufputschende Pillen und diskutiert gerne über seine Theorien und Ansichten. Er glaubt an die Wiedergeburt und an die Vorsehung. Einmal stimmte es tatsächlich! Als nämlich Tom und Rachel, ein lebensfrohes Ehepaar aus Amsterdam, sich vor ein paar Jahren in Bangkok mit Rolf ein Taxi zum Flughafen teilten. Rolf war auf seinem Weg nach Phuket und schwärmte von der schönen Insel. Die beiden Holländer hatten bereits ein Ticket nach Ko Samui. Rolf schwärmte weiter, erzählte vom Ao Sane, diesem einzigartigen Strand mit den interessanten Leuten dort. Das hörte sich für Tom und Rachel verführerisch an. Sie änderten ihre Pläne und flogen mit Rolf nach Phuket. Diese Entscheidung war, wie sich bald herausstellte, die wichtigste in ihrem Leben, denn die Bangkok Airways Maschine nach Ko Samui stürzte ab.

„Da ist ja Björn!", ruft Rolf, als er sich von Tom und Rachel verabschiedet, die noch zu einer anderen Party wollen.

„Hey Björn, hier sind deine Chartergäste. Will mal eben vorstellen."

„Happy New Year!", wünscht Björn. Er hat natürlich vom vielen Gin Tonic und dem endlosen Zugeproste ganz schön einen sitzen. Aber als Norweger kann er ordentlich was vertragen, wie er schon oft bewiesen hat. Er lallt dann zwar, und sein Englisch wird immer schlechter, aber er behält alles im Griff. So manches Mal stand er schon schwankend am Ruder, doch er navigierte sicher und verlor niemals den Überblick. Er scheint zufrieden zu sein mit seinen Chartergästen, und auch Brad und Morten empfinden nach dem ersten Eindruck Sympathie für Björn.

„Wenn man mit jemandem zwei Wochen auf eine Segelyacht geht, muss die Chemie stimmen, sonst geht man besser gar nicht erst an Bord", erklärt Björn. „Wo wohnt ihr denn zur Zeit?"

„Im Yachtclub", antwortet Brad. Björn schaut ihn an, grinst und meint: „Also Geldprobleme scheint ihr ja keine zu haben." Daraufhin lacht auch Brad und entschuldigt sich fast für seine Fünf- Sterne-Unterkunft.

„Wir sind dort erst mal angekommen, weil wir uns nicht auskennen, haben aber vor spätestens übermorgen, wenn ein Bungalow frei wird, hierher an den Ao Sane zu ziehen."

Björn überlegt:

„Das sind ja nur noch wenige Tage bis zu unserem gemeinsamen Törn. Was haltet ihr davon, wenn ihr übermorgen direkt auf die Summer King kommt? Ihr könnt dort gleich eure Kabinen beziehen und das Schiff kennen lernen. Das würde euch natürlich nichts extra kosten, außerdem gibt es vor unserer Reise jede Menge zu tun. Da ihr zahlende Gäste seid, braucht ihr selbstverständlich überhaupt nichts zu tun, wenn ihr nicht wollt, aber so eine Törnplanung ist ne interessante Sache, und wenn man was lernen will, wäre das doch eine gute Gelegenheit."

„Guter Vorschlag", bemerkt Morten und nickt anerkennend. In Holland ist er schon viel gesegelt, aber diese Breiten versprechen eine ganz neue Erfahrung. Auch Brad ist angetan von dieser Idee. Was das Segeln anbelangt, ist er immer ein Greenhorn geblieben. Seine Segelabenteuer beschränken sich auf ein paar

Wochenendtörns mit Freunden auf dem Ijsselmeer oder der Nordsee. Dabei war er immer nur Gast, das heißt, ein Schiff in eigener Regie hat er nie gefahren. Die Navigation haben immer andere für ihn gemacht. Brad ist ein Mensch, der sich nie zu lange mit Details aufhält. Er ist es gewohnt alles ganzheitlich zu sehen und zu behandeln. Er delegiert, hält gerne die Fäden in der Hand. Der geborene Manager. Ihn interessiert, was am Ende bei einer Sache herauskommt und wieviel das kostet. Wäre Brad nicht im Drogengeschäft gelandet, wäre er sicher einer steilen Karriere in der Wirtschaft gefolgt.

8

Endlich, am frühen Neujahrsmorgen fallen Brad und Morten in ihrer Luxussuite des Yachtclubs in tiefen Schlaf. Leider nicht allzu lange! Mit schwerem Kater von der anstrengenden Sylvesternacht überstehen beide den Neujahrstag am Hausstrand des Hotels bei angenehmen Temperaturen mit Alka Selzer und zwei stützenden Phuket Paradise Cocktails. Zum Dinner entscheiden sie sich für das erlesene Seafood-Buffet. Nach dem Essen gehen sie früh schlafen, da sie ja am nächsten Morgen zum Ao Sane Beach umziehen wollen.

Sie machen sich früh auf den Weg und können den Ao Sane nun erstmals bei strahlender Sonne in seiner ganzen tropischen Schönheit bewundern. Die letzte Wegbiegung, bevor der Pfad in kleinen Stufen hinunter zum Strand führt, offenbart ihnen den Blick auf eine verschlafene Bucht, die so malerisch in die

Landschaft eingebettet ist wie der erste Platz einer himmlischen Ausschreibung für einen Wettbewerb im Landschaftsbau. Zwei kleine Strände, verbunden durch ein mit hohen Bäumen bewachsenes Waldstück, in dem mehrere Bambus-Bungalows stehen, die man vom Berg aus kaum sehen kann. Am Brunnen wäscht eine einheimische Frau im Sarong. Ihr Anblick gibt einem das Gefühl, als befände man sich auf einer Zeitreise. Im Restaurant, ebenfalls aus Bambus und Palmenholz, sitzen ein paar Traveller auf Plastikstühlen und saugen eisgekühlte Fruchtshakes in sich hinein.

Der Weg hört hier auf, Natur pur, tropische Vegetation, saubere Luft, frisches Quellwasser, und wenn man im klaren warmen Meer schwimmt, sieht man Hunderte von bunten Fischen zwischen Korallen und Felsen.

Während sie fasziniert die Landschaft bewundern, erinnert sich Morten an den Abend im Oriental Hotel in Bangkok und findet hier die Bestätigung für die richtige Benennung des Phuket Paradise Cocktails.

Am langen Tisch vor dem Restaurant haben sich Jan und Björn zum Frühstück eingefunden. Brad setzt sich dazu und bestellt nur Kaffee, da sie bereits ein vielfältiges Frühstücksbuffet im Hotel genossen haben. Morten sieht sich die Gegend an. Der Kaffee am Ao Sane ist lausig. Brad schüttelt sich angeekelt vom ersten Schluck dieses Gebräus.

„Oh, vielleicht hätte ich dich warnen sollen," entschuldigt sich Jan und bemüht sich das Gespräch auf den anstehenden Charter zu bringen, dabei reicht er Brad Melasse und Milchpulver.

„Was haltet ihr von den Similan Islands?", fragt er und deutet auf eine Übersichtskarte vor ihm auf dem Tisch.

„Hab´ ich schon mal von gehört", murmelt Morten. Brad schüttelt den Kopf.

„Die Inseln liegen weit ab vom Festland in der Andamansee. Das Wasser ist kristallklar, und Fische sieht man dort, unglaublich! Das ganze Gebiet herum ist Nationalpark und daher noch intakt. Neun Inseln, also jede Menge Tauch- und Segelspaß."

„Wenn ihr meint – also, warum sollten es nicht die Similan Inseln sein?", kommentiert Brad mit einem Achselzucken

„Ich glaube, wir werden es nicht bereuen!"

Es dauert eine Minute, dann ist die Sache entschieden, die Jungs wechseln das Thema. Das Geschehen der letzen Wochen und die daraus entstandenen Konsequenzen haben viele Fragen aufgeworfen, und die guten alten Amsterdamer Zeiten, denen sie sich nun widmen, lassen die Zeit vergehen, bevor sie mit allem durch sind. Am Nachmittag beziehen Brad und Morten ihre Kabinen auf der Summer King. Nachdem sie eingerichtet und umgezogen sind, versuchen sie sich an Bord nützlich zu machen.

Überraschend ist Tim letzte Nacht am Ao Sane aufgetaucht. Seit ihrem letzten gemeinsamen Aufenthalt in der Schweiz hat Brad ihn nicht mehr gesehen, doch als Tim wusste, dass Brad nach Thailand geht, sagte er ihm noch beim Abschied:

„Es könnte sein, wir sehen uns bald wieder!" Tim gehört zu den Menschen, die sich nicht ansagen. Er taucht einfach auf, so schnell und unerwartet wie er auch wieder verschwindet, getrieben von innerer Unruhe, die Augen in ständiger Bewegung.

„Du hast's in Europa ja nicht lange ausgehalten", begrüßt Brad den Neuankömmling.

„Tja, hatte eben Sehnsucht nach euch! Ich dachte mir, zwei, drei Wochen Thailand sind ein schöner Auftakt zum Neuen Jahr. Das Wetter in der Schweiz ist auch gerade eine Katastrophe. Es regnet und schneit den ganzen Tag bei Temperaturen von knapp über Null."

Tim berichtet von seiner ersten Nacht im Bambusbungalow mit den fremden Geräuschen und den vielen Klein- und Kriechtieren, die man im Dunkeln unter dem Moskitonetz liegend hören kann, wenn sie herum toben, weil sie sich begatten oder fressen wollen.

„Das ist schon ein bisschen gewöhnungsbedürftig", meint er mit etwas übertriebenem Schweizer Akzent.

Im weiteren Gespräch erfährt er von dem geplanten Segeltörn und möchte natürlich dabei sein.

„Gar kein Problem", gibt Björn zu verstehen. „Platz haben wir genug. Außerdem sagte mir Brad, Du kannst verdammt lang unter Wasser bleiben, also bist du ein guter Skin Diver."

„Solang's halt braucht", raunt Tim sonor in die Runde, seine Augäpfel zittern leicht.

Am Abend des geplanten Reisetages nutzen sie den Südwest. Er beschert Ihnen erstklassige Segelbedingungen, konstanten Wind, Vollmond, sehr gute Sicht, ideal für eine nächtliche Segelpartie.

Mit an Bord sind nun auch Tim und Jenny. Brad hat Jenny vor vier Tagen während eines nächtlichen Ausflugs zum Patong Beach in einer Bar kennengelernt. Jenny stand vor dem Tresen und interviewte für die Uni Bangkok Barmädchen im Rahmen einer soziologischen Studie. Als relativ mittellose Studentin für Jura und Anglistik hat sie sich hohe Ziele gesteckt. Um diese zu erreichen muss sie ordentlich Geld verdienen. Ein Teil der Finanzierung ihres Studiums kommt aus gelegentlichen Arbeiten in der Pink Elephant Bar, der Bar, die einer alten Freundin gehört und in der sie Brad traf.

Als sie Brad kennenlernte, erzählte sie ihm, sie sei Waise. Ihre Eltern habe sie nie gesehen. An die ersten Lebensjahre im Waisenhaus in Bangkok kann sie sich noch vage erinnern. Jedenfalls lernte sie früh sich innerhalb der im Heim herrschenden Hackordnung zu behaupten. Im Alter von vier Jahren bekam sie amerikanische Adoptiveltern, die die kleine Jenny lehrten, dass Bildung die beste Voraussetzung für ein gutes Leben ist. Diese Erkenntnis machte sich Jenny zum Grundsatz. Sie arbeitet bis heute an ihrem Hochschulabschluss. Die neuen Eltern lebten in Bangkok. Sie haben sie versorgt, ihr eine gute Schulbildung ermöglicht, sie die Regeln der Gesellschaft gelehrt, sie geliebt bis sie beide bei einem Verkehrsunfall ums Leben kamen. Da stand Jenny auf einmal wieder alleine da. In dieser Stadt! Aber sie wollte weiter kommen, weiter machen, unbedingt studieren, und das hinterlassene Geld reichte auch eine ganze Weile, doch kurz vor dem Examen wurde es knapp. Es gab nicht mehr genug um zu Ende studieren zu können, kaum noch was zum Leben. In ihrer Verzweiflung erinnerte sich Jenny an eine alte Gefährtin aus dem Heim, Gai, sie traf sie immer mal wieder, denn mit ihr verband sie durch ihr gemeinsames Heimleben eine Art Seelenverwandtschaft. Sie wusste, Gai hat eine Bar auf Phuket. In den Semesterferien arbeitet sie nun dort als Barmädchen, aber sie hasst es und sucht nach anderen Möglichkeiten Geld zu verdienen.

„Von den Interviews kann ich mein Essen bezahlen. Das sind weniger Stunden in der Bar." Jenny hat selbst als Thai nicht viele Möglichkeiten, denn Arbeit ist knapp, wenn man nicht auf dem Bau schaffen will. Einmal bot ihr ein Anwalt aus Ko Samui einen Job in seiner Kanzlei an, doch daraus wurde nichts, weil er letztlich nur darauf aus war, sie zu domestizieren und sexuell auszunutzen. Ihr Typ war er schon gar nicht.

Als Brad ihr die Frage stellte, warum sie gerade diese beiden Fächer studiere, sagte ihm Jenny, sie liebe ihr Land. Sie möchte politisch arbeiten, sich für Thailand einsetzen. Es gibt so viel zu verbessern, was durch Korruption und falsche Politik verhindert wird. Soviel Unrecht! Dafür will sie arbeiten, dass es gerechter wird, dass thailändische Frauen mehr Rechte bekommen, dass Kinderarbeit verboten wird. Ihrer Ansicht nach kann man aber vieles nur mit internationaler Hilfe erreichen. Mit Druck von außen.

„Ohne Englisch kannst du es vergessen!"

Brad erzählte von seiner Krankheit und seiner Absicht in Thailand die letzte Lebenszeit zu verbringen. Das mit der Krankheit machte Jenny wirklich traurig, obwohl sie ihn doch kaum kannte. Spätestens aber, als sie ihm aus der Hand las, fühlte

Brad sich stark angezogen und bot ihr an, sie für ein recht stattliches Gehalt als eine Art Haushälterin zu beschäftigen. Jenny nahm sofort an, in erster Linie des Geldes wegen, aber auch weil sie Brad mochte und wusste, er braucht Hilfe, vor allem aber, weil sie dann nicht mehr in dieser elenden Bar arbeiten müsste.

Schließlich ist auch Jan auf diesem Törn mit dabei. Die vielen Seemeilen, die er mit Björn früher gesegelt ist, haben die beiden zu einem eingespielten Team gemacht. Als Björn mit ihm die Segelyacht Mata Hari 1994 zu deren Eigner nach Singapur überführte, weil dieser die Nase vom Chartergeschäft voll und andere Pläne mit dem Boot hatte, war das leider auch das Ende von Björns und Jans gemeinsamen Segelabenteuern. Um so mehr sind beide heute froh sich nach zehn Jahren endlich mal wieder zusammen den Wind um die Nase wehen zu lassen.

Früh am Morgen erreichen sie die Similan Inseln. In der tief stehenden Sonne erscheinen die Konturen messerscharf in satten Farben. Similan bedeutet Neun in der malaiischen Sprache, und tatsächlich sind es neun Inseln. Geografisch betrachtet liegen sie hintereinander wie auf eine Perlenschnur aufgezogen, von Süden nach Norden. Die einzelnen Inseln haben Namen, sind aber auch von eins bis neun durchnummeriert. Björn kennt die besten Plätze und hat bei Nummer Acht den Anker geworfen. Vor dem Tauchen erhalten die Gäste Gelegenheit Keks wunderbares Frühstück zu genießen.

Brad ist bei der Sache. Er lernt schnell und erinnert sich an Vieles, was ihm von ein paar Schnuppertauchgängen in Ägypten ins Gedächtnis zurück kehrt. Am nächsten Tag ist er schon so weit, mit Morten, seinem Buddy, den ersten Tauchgang absolvieren zu können.

Allesamt sind hingerissen von der einmaligen Unterwasserwelt und kommen übereinstimmend zu dem Ergebnis: Die Similan Inseln bieten die interessantesten Tauchplätze in Thailand.

Herrliche Zeiten! Wie immer vergehen sie zu schnell. Am Abend vor ihrer Rückkreise nach Phuket finden sich John, Björn, Tim, Jan und Morten auf dem Vorderdeck zusammen. Sie rauchen eine kleine Grastüte, und Jan spielt auf der Gitarre.

„Feines Stöffchen", bemerkt Jan und legt die Gitarre zur Seite.

„Kannst du laut sagen", bestätigt Tim. „Aber das schreit doch zum Himmel!", ereifert er sich im nächsten Moment, „in Thailand machen sie einen Riesenaufriss wegen so nem bisschen Gras. Sie sollten es endlich legalisieren!"

„Was die Legalisierung anbelangt, nehmt doch nur mal die Prohibition in Amerika", sagt John. „Alkohol war verboten. Im ganzen Land stank es nach Korruption und Verbrechen. Nach Aufhebung des Verbots wurde es besser. Auf einmal wurde für Alkohol und Zigaretten geworben. Plötzlich warst du cool, wenn du geraucht und getrunken hast. In den alten Filmen nach dem Verbot saufen sie doch schon morgens mit Zigarette in der Hand!"

Daraufhin Morten: „He can't be a man, cause he doesn't smoke the same cigarettes as me."

„I can get no...", beendet Tim das Zitat.

„Der alte Mick Jagger brachte es auf den Punkt. Die Werbung erklärte dich zum Loser, wenn Du nicht diese oder jene Marke geraucht oder dir nicht den Alk gegeben hast, der gerade in war!"

„Stellt euch vor, die Bullen müssten hierzulande auf ihre lukrative Einnahmequelle verzichten, wenn sie das Verbot mal aufheben."

„Sie werden es aber nicht tun", entscheidet Jan.

„Grauenhaft!"

„Wenn alle Regierungen sich heute entschließen könnten Drogen freizugeben, würden die Preise fallen, und zehn Gramm Cannabis kosteten dann genau so viel wie ein Päckchen Zigaretten", sagt John.

Jan regt sich jedes Mal wieder auf bei dieser Thematik, aber ihn ärgert, genau wie alle anderen, die Willkür und die Korruption, die mit dieser Gesetzeslage einher gehen. Er ist überzeugt, wenn sie Marihuana freigegeben, käme es nicht zur Katastrophe. Es würde nicht mehr geraucht werden als vorher, und vom Märchen der Einstiegsdroge will er auch nichts wissen. Die Brücke vom Gras zum Heroin, wie gerne behauptet wird, ist für ihn reine Spekulation.

Björn beendet die Diskussion mit der Frage, was John denn vorhabe, wenn die Preise wirklich einmal fallen sollten. John sieht ihn etwas verdutzt an, meint aber dann, er hätte kein Problem damit auch auf legale Weise Cannabis zu verkaufen, weil er sich persönlich in seiner Rolle nicht schlechter fühlte als ein erfolgreicher Weinverkäufer.

Gemurmel und allgemeines Kopfnicken!.

„Vielleicht ist das eine gute Gelegenheit um euch von meinem Plan zu erzählen, der mir schon lange im Kopf rumgeistert."

„Was für einen Plan, komm raus damit?", fordert Björn. Auch die anderen ermuntern John, er solle sagen, was er auf dem Herzen habe.

„Vielleicht wird das ja ganz interessant."

„Also passt auf!", beginnt John.

„Ich hätte die Möglichkeit direkt in Marokko eine sehr große Menge Zero Zero, allerbestes Haschisch, wie man weiß, zu einem sensationell günstigen Preis zu beziehen. Das bedeutet, bei einem guten Abnehmer käme ein hoher Gewinn heraus."

Brad spitzt die Ohren, und Morten praktiziert Tai Chi auf dem Deck, hört aber interessiert zu.

„Wer wären denn die Abnehmer?", fragt Brad, dabei erscheinen Dackelfalten auf seiner Stirn.

„Es gibt da eine australische Connection, mit denen ich früher schon zu tun hatte."

„Na gut, angenommen, deine Connection wäre sicher, aber wie willst du eine so große Menge nach Australien befördern?" fragt Brad ihn. John bleckt die Zähne, schaut Brad an:

„Was glaubst du, was in so eine Yacht wie dieser, auf der du dich gerade befindest, alles hinein passt?"

Brad pfeift durch die Zähne, und Morten hört augenblicklich mit seinem Tai Chi auf. Selbst Jan, der wie Björn über Johns Plan schon länger im Bilde ist, schenkt John in diesem Moment seine ganze Aufmerksamkeit. Jeder der Anwesenden blickt auf John in Erwartung dessen, was da noch kommt.

„Wie ihr zugeben müsst, ist es ideal das Zeug mit der eigenen Yacht zu befördern. Zwei Tonnen könnte die Summer King verkraften ohne überladen zu sein. "

„Das ist eine hübsche Menge! Willst du denn nach Marokko segeln?", fragt Tim interessiert.

„Natürlich nicht, das ist zu weit, würde viel zu lang dauern", und John erklärt ihm:

„Das Haschisch wird in Marokko verladen. Ein alter Freund von mir hat in Tanger eine Export-Importfirma, über die er Waren in alle Welt verschifft. Er ist seit Jahren im Geschäft und hat die besten Verbindungen. Er organisiert den Einkauf und die Verschiffung von dort aus. Sobald das Haschisch in Tanger ist, wird es auf einen Frachter verladen, der unter anderem afrikanische Hölzer und Baumwolle nach Singapur verfrachtet. Wie gesagt, ich kenne den Jungen schon so lange, wir haben schon so viele Deals gemeinsam durchgezogen. Er ist wie ein Bruder. Ich vertrau' ihm! Dieser Mann schafft auch die Verbindung nach Australien."

„Vertrauen ist gut, aber Kontrolle ist besser", gibt Brad zu bedenken.

„Da ist sicher was dran", bestätigt John, „und deshalb fliege ich nach Marokko. Wenn ich da fertig bin, komm' ich mit dem Frachter wieder hierher, das heißt bis zu den Butang Inseln, dort organisieren wir ein Rendevouz mit der Summer King, um das Dope vom Frachter auf die Yacht umzuladen. Tja, und wenn das soweit geklappt hat, segeln wir damit nach Australien."

„Klingt gut, aber wo sind die Butang Inseln?", will Morten wissen. Jan klärt ihn auf:

„Butang ist eine kleine Inselgruppe im Indischen Ozean, die zu Thailand gehört. Die Inseln liegen zwischen Taru Tao und der malaiischen Insel Langkawi, weit ab vom Festland. Sie waren früher eine Art Seeräubernest, wo sich Piraten aus der Straße von Malakka versteckten - geradezu ideal für so eine Aktion."

„Taru Tao – ist das nicht die Insel, auf der sie „Papillon" gedreht haben? Steve McQueen und Dustin Hoffman", bemerkt Morten mit einer extrem ausladenden Tai Chi Übung. Die anderen überhören das, und Brad fragt weiter:

„Warum organisiert dein Mann in Marokko denn das Haschisch nicht gleich bis nach Australien?"

„Dieser Frachter fährt nur bis Singapur. Wir übernehmen das Dope aber vorher."

„Und warum übernehmt ihr das Dope nicht in Singapur?", will Tim wissen.

„Können wir vergessen! Ist viel zu riskant. Die hängen uns sofort auf, wenn sie uns erwischen. Nein, nein, Butang ist eine versteckte Inselgruppe ohne elektrischen Strom und ohne richtige Infrastruktur. Die Inseln sind bis auf Ko Lipe unbewohnt. Nur ein paar Fischer und Seezigeuner. Bei der Übernahme dort ist das Risiko weitaus geringer, als wenn wir das Ding in Singapur abziehen würden. Ausgerechnet in Singapur!"

„Ok ok, wie ist es mit der Bezahlung?", bohrt Tim spitzmäulig.

„Bezahlt wird bei Übernahme der Ware in Tanger. Der Kapitän und der erste Offizier des Frachters kriegen ihr Geld für den Transport erst in Butang."

„Wann habt ihr denn vor nach Butang zu segeln?", fragt Morten, worauf Björn antwortet:

„Das ist eine gute Frage, weil es letzten Endes auf das richtige Timing ankommt. Als Segler bist du mit dem Wind verheiratet, deshalb müssen wir unseren gesamten Törn dahingehend planen zum richtigen Zeitpunkt mit dem Südwest-Monsun nach

Australien segeln zu können. Die richtige Zeit wäre Ende April, Anfang Mai, wenn der Monsun sich dreht. Unser Rendezvous mit dem Frachter sollte in dem Dreh stattfinden. Eventuell bekämen wir sogar noch was vom letzten Nordost-Monsun um nach Butang zu segeln und könnten eine Menge Diesel sparen."

„Die Koordination der Termine muss perfekt hinhauen", sagt John mit funkelnden Augen und beschwörendem Unterton.

„Der Frachter läuft Ende März in Tanger aus. Wenn ich Anfang März nach Marokko fliege, und es gelingt, die Planung einzuhalten, wäre der Frachter irgendwann Ende April bei der Butang Gruppe."

Schweigen! Brads Stirn glättet sich für einen Moment, bis er sie wieder in die Krause zieht und zur entscheidenden Frage ausholt:

„Warum erzählst du uns das eigentlich?"

Diese Frage hat John erwartet. Er holt tief Luft, bevor er das erklärt:

„Ich bin überzeugt, ihr seid die idealen Partner. Ganz ehrlich! Dieser Coup ist doch auch ein Riesenspaß. Wir haben das Boot. Zusammen können wir das Zeug kaufen, verkaufen und einen schönen Reibach machen, und was unseren Transport anbelangt, befinden wir uns doch, wenn es soweit ist, sind wir mal ehrlich, auf einem beneidenswert schönen Segeltörn, oder? Jeder gibt, was er kann und erhält dafür eine entsprechende Beteiligung. Alleine kann ich so eine Menge nicht bezahlen."

„Klingt gut, aber wie kommst du darauf, dass ich oder sonst jemand da mitmachen werden?", fragt Brad weiter.

„Ich weiß es nicht! Ich glaube aber, es war kein Fehler euch davon zu erzählen, weil ich mir ziemlich sicher bin, euch gefällt die Sache auch. Letzten Endes hängt es natürlich von eurer Finanzkraft ab."

Schweigen!

Morten beginnt wieder mit seinem Tai Chi Programm. Brad sitzt da so glattstirnig wie selten und lächelt in sich hinein. In seinem Kopf wächst der Gedanke, dass ihm dieser Coup, sollte er ihn mitmachen, genügend einbringen würde, die Connection zu bezahlen. Dann wäre er mit einem Schlag seine Schulden los.

„Überlegt es euch!", rät John. „Es geht um eine wichtige Entscheidung. Ihr braucht jetzt nichts zu sagen, ihr könnt mich aber jederzeit fragen!"

Tim hat eine Frage:

„Was springt dabei heraus?"

„Bingo!!"

„Das Dreifache. Zwei Tonnen kosten uns eine Million Dollar. Wenn die Sache gelaufen ist, bekommen wir drei Millionen Dollar zurück. Unser Mann in Tanger verlangt zweihunderttausend Dollar zahlbar bei Lieferung. Hunderttausend für den Kapitän und den Ersten Offizier. Kämen also noch dreihunderttausend dazu. Das macht das hübsche Sümmchen von Einskommadrei Millionen Dollar, die wir zusammen aufbringen müssten. Weitere anfallende Unkosten wie Diesel, Verpflegung, Kosten für die Reise eben, müssten ebenfalls vorgelegt werden. Wenn wir die mal mit fünfzigtausend beziffern, bleiben uns eine Million und sechshundertfünfzigtausend Dollar Gewinn."

So wie es aussieht, haben die Anwesenden zur Zeit keine weiteren Fragen. Vielmehr sind sie damit beschäftigt das gerade Gehörte erst einmal zu verdauen.

Bevor Björn die Runde verlässt um sich seiner nautischen Arbeit zu widmen, spricht er zu den anderen:

„Ich bin eigentlich schon lange dabei. John hatte diesen Plan, und wir haben darüber gesprochen. Zuerst war ich skeptisch wegen des fehlenden Geldes für so eine große Sache. Im Prinzip finde ich den Plan aber perfekt, und es wäre ideal, wenn ihr mitmacht."

Jan erinnert sich, als sie damals noch zusammen auf der Mata Hari segelten und Björn von den Schmuggelfahrten und den Connections des alten chinesischen Eigners erzählte, der grauen

Eminenz aus dem Mittelfeld der Drogenhierarchie, wie begeistert er davon sprach, er manchmal mitten im Satz stehen blieb, und sein Blick sich verklärte. Sicher hat er ein Faible für dieses Metier und sich damals vielleicht auch vorgestellt, irgendwann selbst mal mitzumischen. Schließlich liegt da ein Haufen Geld auf dem Tisch. Außerdem war an Björn schon immer etwas Verwegenes, vielleicht sogar eine kriminelle Energie. Ihn lockt das Abenteuer, das große Geld, und wenn sich das in Verbindung mit einer halben Weltumsegelung arrangieren lässt, ist es für ihn nur um so interessanter. Das Praktische mit dem Nützlichen verbinden. Seine Möglichkeiten so einsetzen, dass sie am effektivsten zum Tragen kommen und dabei noch jede Menge Spaß haben.

9

Seit drei Tagen sind die Segler von ihrem aufschlussreichen Segeltörn zurück. Sie genießen die sonnigen Tage und warmen Nächte am Beach, erforschen das sehr lebendige Hausriff, wo es von der artenreichen Unterwasserwelt immer wieder Neues zu entdecken gibt. Ob es die Barsche in den Korallenköpfen oder die großen Muränen sind, die sie beobachten, wie sie Beute machen, oder Kraken, die sich schlau und geschickt verhalten, zum Zweck ihrer Tarnung die Farben wechseln und trotz ihrer plumpen Form in ihren Bewegungen durchaus elegant und akrobatisch erscheinen. Farblich passen sie sich jedem Untergrund an, bis sie fast unsichtbar sind. Hermine hat neulich sogar eine mittelgroße Schildkröte gesehen, die sie berühren durfte, so zahm war sie. Das gelingt allerdings sehr selten.

Johns Plan ist zur Zeit das alles beherrschende Thema. Man diskutiert alle möglichen Szenarien durch, ist sich aber im Grunde genommen schon darüber im Klaren mitzumachen. Alle haben sie genügend Geld auf der hohen Kante um anteilig dabei zu sein. Allein Brad macht sich Gedanken, ob er so eine Aktion überhaupt gesundheitlich durchstehen könnte. Die anderen wissen zwar alle um seine Krankheit, aber über seinen Zustand, der sich so weit verschlechtert hat, und dass er deshalb wahrscheinlich gar nicht mitmachen kann, wissen sie nicht so genau Bescheid.

Brad hadert lange mit sich. Es fällt ihm sehr schwer eine Entscheidung zu treffen, doch schließlich klärt er seine Freunde auf. Er gesteht, dass sein körperlicher Zustand es nicht erlaube, er durch seine verfluchte Krankheit einfach zu schwach ist, um den langen Segeltörn mitmachen zu können. Wenn die anderen damit einverstanden sind, wäre er lieber als stiller Teilhaber dabei. Aber warum sollten sie etwas dagegen haben, denn Brad beteiligt sich mit einem Drittel. Damit wird Johns Idee immer realistischer.

Sie rechnen weiter. Wenn John das andere Drittel einschießt, wie er gesagt hat, bleiben für Morten, Tim und Jan zusammen ein Drittel. Durch drei geteilt fallen bei vierhundertfünfzigtausend für jeden einhundertfünfzigtausend Dollar an, die jeder der drei einzahlen müsste.

„Das ist weiß Gott keine schlechte Rendite!", flüstert Morten. Dabei spitzt er die Lippen und rollt mit den Augen.

Die vier Freunde haben sich endlich entschieden. Sie sagen John und Björn zu, dass sie dabei sind.

Die haben eigentlich mit nichts Anderem gerechnet, dennoch freuen sie sich über diese Entscheidung.

Endlich, denkt John. *Heute ist ein guter Tag.* Alle Voraussetzungen für die Erfüllung seines Traumes sind gegeben. Das Boot ist da, die Leute und das Geld. Auch für Björn geht es um viel. Jahrelang hat er auf so eine Gelegenheit gewartet.

Jan entschwindet für einen Moment der wohlgelaunten Runde und kommt mit einer Flasche eisgekühltem australischen Schaumwein zurück.

„Champagner war in der Kürze nicht aufzutreiben. Aber ich finde, so etwas wie heute sollte begossen werden. "

Lautes Gejohle!

Der Korken fliegt mit trockenem Knall durchs Restaurant - direkt auf Huns Kasse, Hun ist die Tochter des Wirtes.

Gesichterhaltend lächelnd nimmt sie den Korken auf und schmeißt ihn im hohen Bogen zurück. Allerdings landet er nicht dort, woher er gekommen war, sondern auf Willburs eigenem Thailand-Reiseführer, den er gerade konzentriert auf den neuesten Stand bringt. Die Welt verändert sich.

„Am hellichte Nochmittach scho widder saufe, was isch no des?", kommentiert Willbur, der Reisejournalist, auf seine witzig schwäbische Art. Als ihm Tim ein Glas anbietet, lehnt er allerdings dankend ab mit der Begründung: „Vor sechs trink i net!"

Nachdem John die Zusage seiner neuen Partner hat, überweisen diese ihren Anteil auf eine kleine Privatbank Bank mit Hauptsitz in Andorra und einer Nebenstelle in Tanger. Danach telefoniert John mit seinem Freund in Tanger und bringt den Stein ins Rollen.

10

Am 28. Februar 2004 gegen elf Uhr macht sich John auf den langen Weg. Björn hat versprochen ihn zum Flughafen zu fahren, doch letzten Endes fahren alle mit um sich von ihrem neuen Freund, den sie nun längere Zeit nicht sehen werden, zu verabschieden. Die Aufgabe, die auf John wartet, ist der erste Teil des großen Projekts. Sie haben sich geschworen diesen Coup gemeinsam zu Ende zu bringen. „Einer für alle, alle für einen", lautet das bekannte Zitat, dessen sie sich bedient haben. Sie vertrauen John trotz anfänglicher Bedenken. Schließlich kennen sie ihn noch nicht so lange.

Doch ohne Vertrauen wäre das ganze Unternehmen nicht durchführbar.

„Wir sehen uns Ende April bei der Butang Gruppe wieder!"
Mit diesen Worten verabschieden sich die Freunde am Flughafen in Phuket. Dann begibt John sich durch die Sicherheitskontrollen zu seiner Maschine.

Fünfzehn Uhr dreißig landet John in Bangkok. Er geht zum Thai Airways Schalter und versucht einen Platz für den Nachtflug nach Madrid zu bekommen. Von dort gibt es Direktflüge nach Tanger. Glück gehabt! Bis Madrid sind noch vierzehn Plätze frei, selbst seinen Weiterflug nach Tanger kann er in Bangkok buchen.

Dank moderner Kommunikationstechnik befindet sich das Haschisch bereits auf dem Weg von der Plantage nach Tanger, wo es bis zur Verladung in einem alten Schuppen am Hafen gelagert wird. Johns Verbindungsmann hat seine Fäden gezogen, den philippinischen Kapitän des Frachters und seinen Ersten Offizier bestochen, außerdem hat er mit den Australiern die Konditionen ausgehandelt und die Ladung an sie verkauft. Die beiden Seemänner sind sehr kooperativ, aber sie bestehen darauf die vereinbarte Summe zu erhalten, sobald das Dope an Bord ist.

In Ordnung, denkt sich John, *damit kann ich leben. Wahrscheinlich würde ich es an ihrer Stelle genauso machen.*

Hoch über den Wolken auf seinem Weg nach Madrid geht John den Plan noch einmal in allen Einzelheiten durch. Ihm graut ein wenig vor soviel Zeit, die er nun im Flugzeug hat. Zeit, die ihn unweigerlich veranlasst darüber nachzudenken, was alles schief laufen könnte. Doch er will sich diesen Gedanken nicht hingeben. *Es wird alles gut, alles wird gut, weil ich es so will,* sagt er sich immer wieder.

Nach einem ruhigen, aber, wie es John vorkommt, schier endlosen Flug, landet die Maschine mit einer Stunde Verspätung in Madrid. Er muss sich beeilen, den Anschluss nach Tanger zu bekommen, die Verspätung hat seinen Zeitplan gerafft. Durch die Zeitverschiebung ist es spät am Nachmittag, aber es bleibt genug Zeit, den Kassierer seiner Bank in Tanger telefonisch anzuweisen den hohen Betrag bereitzustellen, den John gedenkt abzuheben.

In der Bank mustert ihn der Kassierer am nächsten Morgen mit der Gründlichkeit eines Feldwebels beim Appell, bevor er ihm das Geld vorzählt. Er kennt ihn, denn John hatte früher oft die Bank besucht, als er drei Jahre lang in Madrid wohnte. Es dauert lange so eine Summe zu zählen, doch irgendwann ist auch der größte Haufen gezählt, und John steckt das viele Geld in zwei große Plastiktüten und wünscht einen guten Tag. Er wagt sich gar nicht vorzustellen, was los wäre, wenn es verloren ginge - Einskommadrei Millionen Dollar - ein Albtraum!

John hat sich im Sheraton ein Einzelzimmer gemietet, von dem aus er Kontakt zu seinem Freund aufnimmt. Sie verabreden sich für achtzehn Uhr. Noch knappe vier Stunden Zeit, die er gerne nutzt sich hinzulegen, weil sein Jetlag ihn mehr oder weniger dazu nötigt. Kurz nach sechs wird John aus seinen wilden Träumen gerissen. Sein Freund ruft von der Hotellobby aus an, bevor er nach oben ins Zimmer kommt.

„Hi Roger, altes Haus!"

„Hi John, gut dich zu sehen! Was macht Phuket?"

„Bisher läuft alles nach Plan!"", kann John Roger voller Zufriedenheit mitteilen.

Die beiden Veteranen können auf so manchen gemeinsamen Transport zurückblicken. Als gute Freunde haben sie gegenseitiges Vertrauen, was in diesem Gewerbe nicht selbstverständlich ist. Wie John bald herausfindet, hat Roger bisher einen super Job gemacht. Das Haschisch befindet sich in Tanger - verladebereit. Die Tour mit dem Frachter bis Butang und die Übergabe in Australien, alles ist perfekt organisiert und geschmiert. Außerdem erhält John drei vertragsfreie Mobiltelefone, mit denen er gefahrlos telefonieren und Kontakt zu seinen Partnern aufnehmen kann.

Beim gemeinsamen Dinner im Hotel besprechen sie Einzelheiten für die Übernahme der Ladung in Thailand und wie Roger das Treffen mit der australischen Connection arrangiert hat.

„Ted ist leider nicht mehr bei den Australiern dabei. Da gibt es aber einen Neuen mit dem Namen Ray. Das ist dein Mann. Ruf ihn an, bevor ihr in Cairns ankommt. Er erwartet deinen Anruf."
Roger gibt John die Telefonnummer und bestellt die Rechnung. Dann gehen sie wieder aufs Zimmer, wo John ihm die Plastiktüten mit dem Geld übergibt.

Am nächsten Morgen holt Roger John im Hotel ab.

Das Frühstück war sehr französisch. John hat immer noch einen Bärenhunger, denn es gab nur Milchkaffee und Baguette. Der Kaffee war gut, das Baguette auch, aber die Konfitüre war, gelinde gesagt, eine Katastrophe, dabei liebt John Konfitüre. *Egal, Roger wird sicher wissen, wo ich später ein Gläschen feine englische Marmelade erwerben kann.*

Das weiß Roger tatsächlich, und bevor sie zum Hafen fahren, kaufen sie über einen kleinen Umweg gleich drei Gläser von Johns Lieblingsorangenmarmelade.

„Die wirst du brauchen", säuselt Roger gönnerhaft. „In zehn Tagen soll der Frachter auslaufen."

„In zehn Tagen! Das ist ja wunderbar!" Bis dahin muss alles verladen und versteckt sein."

„Also, verlieren wir keine Zeit", treibt Roger scherzhaft an, dann gibt er seinem betagten Citroen DS21 die Sporen in Richtung Hafen.

Der Frachter lag bis gestern im Dock um notwendige Reparaturen durchzuführen, bei denen nicht absehbar war, wie lange sie dauern. Als John und Roger im Hafen ankommen, ist ein großer Teil der Mannschaft damit beschäftigt, den Anstrich des gewaltigen Schiffs auszubessern. Hauptsächlich wird Mennige gestrichen, weil der ewige Kampf gegen den Rost bei einem Stahlbrocken wie diesem niemals aufhört.

Der Kapitän erscheint als sympathischer, humorvoller Philippino, lacht gern, ist aber auch Kettenraucher mit vier Schachteln am Tag. Auf einem Benzin-Tanker wäre er mit seiner Qualmerei eine ständige Gefahr. Seine Ladung ist weitaus ungefährlicher. Vieles davon wird von Singapur aus weiter nach Bali und China transportiert, dort verarbeitet und auf den internationalen Märkten als asiatisches Kunsthandwerk verkauft.

Der Erste Offizier ist Engländer. Wie der Kapitän ist auch er ein umgänglicher Typ, allerdings wesentlich ruhiger im Vergleich. Nichtraucher! Er führt John durch das Schiff und zeigt ihm seine Kabine.

„Wenn du willst, kannst du sofort einziehen. Alles ist soweit fertig. Wir haben die Kabine im Dock renovieren lassen. Hättest sie mal vorher sehen sollen!"

John bedankt sich höflich, aber er zieht es vor die Nächte in seinem Hotel zu verbringen. Später ist er noch lange genug auf dem Dampfer, wie er meint. Daraufhin lacht der Erste Offizier und sagt:

„Wenn wir den Stoff laden, solltest du aber schon dabei sein!"

„Worauf du dich verlassen kannst!", gibt ihm John zu verstehen. „Wann soll das denn stattfinden?"

„In der Nacht, bevor wir auslaufen. Wir laden im letzten Moment, wenn Ruhe im Schiff ist. Es sind sonst zu viele Leute an Bord, außerdem sollte der Zoll durch sein, bevor wir den Stoff holen."

„Logisch! Also komme ich einen Tag vorher an Bord."

Roger und John wechseln noch einige klärende Worte mit dem Kapitän und laufen dann gemeinsam zum Schuppen, wo das Zero Zero gelagert ist. Es sind nur ein paar hundert Meter, bis sie in einer ehemaligen Motorenwerkstatt vor fünf großen Holzkisten stehen. Ziemlich groß und schwer, wie John feststellt.

„Tja, zwei Tonnen sind kein Pappenstiel", belehrt ihn Roger scherzhaft.

Nach Absprache wurde das Haschisch beim Bauern bereits in handliche folienverschweißte Ein-Kilo-Platten gepresst, bevor es in die Holzkisten verpackt wurde. Zwischen die Lagen legte man dünne Baumwolltücher, getränkt mit einer Substanz, die den Geruchssinn von Spürhunden irritiert.

Das Beladen des Frachtschiffes in den nächsten Tagen geschieht in routinemäßiger Reihenfolge. Am letzten Abend müssen die fünf Kisten an Bord. Auf dem Etikett steht als Warenbezeichnung: Cotton! Es gibt keinerlei Kontrolle seitens der Behörden, und nahezu mühelos gelangen die Kisten, als Baumwolle deklariert, an Bord.

John versucht sich nach getaner Arbeit mit seiner Kabine anzufreunden. Das Schönste daran ist das Bullauge, die optische Verbindung zur Aussenwelt und die Indikation gegen klaustrophobische Zustände, denn sonst ist sie ziemlich eng. Stahlwände, ein kleines Waschbecken - ebenfalls aus Stahl und eine harte schmale Koje für einsame Nächte.

Egal, es muss gehen!

Was John bei Laune hält, ist der bisher reibungslose Ablauf. Die Organisation scheint zu stimmen. Selbst der unerwartete Besuch vom marokkanischen Zoll lässt sich durch ein großzügiges Bakschisch zu einer Plauderrunde mit Tee und Gebäck hinbiegen.

Für Roger wird es Zeit von Bord zu gehen. Er gibt dem Kapitän die vereinbarte Summe, und die Männer verabschieden sich, als die Leinen schon eingeholt werden und das Frachtschiff im nächsten Augenblick ausläuft.

Roger steht an der Pier und sieht dem Frachter lange nach. Sein Teil der Aufgabe ist erledigt. Er hat das Geld von John erhalten. Jetzt hofft er, dass die anderen ihren Teil genauso gut erledigen.

11

25. April 2004

Die Summer King läuft vor achterlichem Wind mit direktem Kurs auf die Butang Gruppe. Das Rigg pfeift und signalisiert damit optimale Fahrt. Wenn der Wind einen bestimmten Pfeifton im Rigg erzeugt, läuft die Summer King, wie Björn aus Erfahrung weiß, gute acht Knoten, und sie fühlt sich pudelwohl dabei. Der Rudergänger spürt, wie die Yacht nach vorne zieht ohne anzuluven oder abzufallen, sondern dahingleitet, als hätte man extra für sie Schienen gelegt. Sie will laufen!

„Gutes Trimmen ist alles", erklärt Björn stolz, „dann läuft sie von allein."

Bis zur Butang Gruppe sind es noch knapp dreißig Seemeilen. Wenn man die Augen zusammenkneift, kann man bereits schemenhaft die Bergspitzen von Ko Lipe erblicken.

„In spätestens vier Stunden sind wir da", sagt Jan. Die restliche Crew ist mit Gemüseputzen und Kartoffelschälen beschäftigt. Nach den Küchenarbeiten telefoniert Björn mit John über das Satelliten-Telefon. Die Verbindung ist erstklassig.

John gibt die Position des Frachters durch, Jan überträgt sie in die Karte.

Auf dem Frachter ist alles in Ordnung, wie John erzählt.

In Alexandria mussten sie eine Woche auf ein Ersatzteil warten. Im Roten Meer gab es Schwierigkeiten mit den ägyptischen Behörden, als sie den Suezkanal passiert hatten. Der Zoll hatte auf einmal etwas an den Gewichtsangaben des Schiffes in den Schiffspapieren zu bemängeln. Es stellte sich dann zum Glück als unbegründet heraus, und die weitere Reise verlief bis auf einen heftigen Sturm im Arabischen Meer, bei dem die halbe Mannschaft seekrank wurde, reibungslos.

Björn spricht jetzt mit dem Kapitän des Frachters und gibt ihm seine Position durch.

„Wir können in spätestens vier Stunden am Point Zero sein", teilt er dem Kapitän mit. Point Zero ist ein festgelegter Punkt, an dem die Übergabe stattfinden soll.

„Hier geht es etwas schneller", gibt der Kapitän zurück. „Wir sind fast da. In knapp einer halben Stunde werden wir dort auf euch warten. Ist bei euch alles okay?"

„Bei uns ist alles in Ordnung. Wir melden uns ab jetzt alle zehn Minuten", antwortet Björn.

„Roger und Ende."

„Roger und Ende."

„Das geht ja gut los", ruft Tim erfreut, und Morten meint:

„Jetzt gibt es endlich was Gescheites zu kiffen!"

Gelächter johlt über die Yacht. Alle sind begeistert von dem bisherigen guten Gelingen ihres Unternehmens.

Die Yacht hat die untergehende Sonne jetzt genau von der Seite. Björn ändert den Kurs etwas, damit er direkt vor dem Wind auf Point Zero zusegeln kann. Mit weit ausgestellten und geblähten Segeln kommen sie Butterfly daher wie Regattasegler. Sie machen jetzt immer noch gute sieben Knoten. Schnell genug um in vierzig Minuten am Ziel zu sein. Tim hält sich am Vorstag fest. Vom Nest aus kann er den Frachter mit dem Fernglas deutlich erkennen. Die Butang Gruppe lag bisher voraus, wandert jetzt aber durch den geänderten Kurs langsam Richtung Backbord.

„Wir laufen die Butang Inseln ja gar nicht mehr an?", fragt Morten mit wunderlichem Unterton.

„Nein", antwortet ihm Björn. „Das Rendezvous findet auf Entscheidung des Frachtschiffkapitäns doch auf offener See statt."

Dann spricht er über Satellit wieder mit dem Kapitän um ein Lichtsignal zu vereinbaren, bevor die Yacht am Frachter festmachen wird. Zum Glück ist die See ruhig.

Rasch nähern sie sich, und weitere dreißig Minuten später haben sie den Frachter erreicht. John steht auf der Brücke und schickt das verabredete Lichtzeichen mit der Taschenlampe. Die Summer King bestätigt viermal lang, fünfmal kurz und wiederholt das Zeichen wie vereinbart. Björn startet die Maschine, während die Mannschaft die Segel einholt. In langsamer Fahrt leiten sie das spezielle Anlegemanöver ein, indem sie dem vergleichsweise riesigen Schiff längsseits beikommen. Bei der ruhigen See bleibt es ein harmloses Manöver, sollte die Dünung aber zunehmen, könnte es brenzlig werden. Sie müssten dann nämlich abbrechen und die Übernahme doch im Schutz der Butang Inseln abwickeln. John steht nun an der Reling und winkt den Freunden zu. Jan und Morten fendern die Steuerbordseite, mit der sie festmachen wollen, gut ab, damit sie keinen Schaden nehmen, bei einem Anlegemanöver zwei so ungleicher Schiffe. Darauf wirft John zwei Festmacherleinen herüber, und Minuten später liegt die Yacht am Frachter fest.

Als erster geht Björn an Bord. Jan und Tim folgen. Es erwartet sie herzlicher Empfang. John stellt seine Leute dem Kapitän und dem Ersten Offizier vor, Hände werden geschüttelt, Fragen gestellt, und der Kapitän, ganz seiner lebenslustigen Art entsprechend, hat für diese Gelegenheit zwei Fläschchen Champagner kalt gestellt, mit dem zur Freude aller an diesem glücklichen Tag angestoßen werden soll, wenn die Arbeit verrichtet ist.

Während John auf die Summer King wartete, hat er mit dem Ersten Offizier und zwei Männern der Mannschaft, deren Loyalität der Kapitän versichert sein kann, das ganze Dope schon mal an Deck gebracht. Mit Hilfe eines Bordkrans war ihre Ladung schnell nach oben befördert. Sie können den Kran auch zum Umladen auf die Yacht benutzen, wobei sie die fünf Kisten gleichmäßig auf dem Deck verteilen. Das Auspacken der Platten behalten sie sich allerdings für später vor, wenn der Frachter wieder fort ist, denn die Mannschaft braucht nicht mitzubekommen, was sie da umladen, selbst wenn sie es ahnen sollten, sehen sollten sie es nicht.

„Gute Arbeit", lobt der Kapitän. „Zeit den Champagner zu öffnen! In zweieinhalb Stunden wird es hell. Bis dahin möchte ich gerne wieder auf meinem alten Kurs sein, bevor die Küstenwache sich womöglich noch für uns interessiert."

Der Mann hat recht, denn ein Frachter außerhalb der regulären Wasserstraßen ist auffällig und kann zu unerwünschtem Besuch führen.

Der Käptain drückt John noch einmal. Sie hatten eine gute Zeit an Bord, in der sie zu Freunden geworden sind. Langeweile, wie sie sonst auf den meisten Frachtschiffen üblich ist, stellte sich nie ein. Es gab immer was zu erzählen, sie spielten Schach und Back-gammon, tranken ab und zu ein Fläschchen Champagner, zeigten sich großzügig im Umgang mit der Mannschaft, und zum

Abschied gibt der Käptain John noch eine ganze Kiste Moet Chandon mit auf den Weg.

„Die stammt von meiner letzten Fahrt. Da hatten wir dieses Zeug palettenweise geladen. Also, wenn ihr unterwegs seid, trinkt mal einen auf mich!"

Gerührt von der Generosität des Philippinos schneidet John gut ein Drittel von einer Kiloplatte Zero Zero ab und überreicht es seinem neuen Freund für den Champagner und die gute Zusammenarbeit. Er weiss, der Käptain ist kein Kostverächter.

Kurz darauf ist die Mannschaft der Summer King wieder vollständig an Bord ihrer Yacht, und im fahlen Licht des aufgegangenen Mondes entfernt sich der Frachter schnell und hat sich bald in die endlose Karawane der Großtanker und Containerschiffe auf ihrem Weg nach Süden eingereiht.

Nun beginnt der zweite Teil ihrer Arbeit. Sie müssen alle Haschischplatten auspacken und unter den Bodenplanken der Summer King verstauen. Im Schutz der Nacht laden die Freunde um. Das geschieht reibungslos und schneller als erwartet. Sie haben eine Kette gebildet, die ihre Arbeit enorm beschleunigt. Gegen fünf Uhr morgens ist ihre ganze Fracht im Bauch der Yacht verstaut. Die leeren Kisten werden zerlegt und auf Deck festgezurrt.

Eine gelungene Operation. Schnell und ohne Probleme. Nur stellen sie fest: Mit zwei Tonnen zusätzlicher Fracht liegt die Summer King ein ganzes Stück tiefer im Wasser. Sie ist ohne Zweifel schwerfälliger geworden - hat dadurch auch an Geschwindigkeit eingebüßt. Allerdings soll das kein Problem darstellen, wie Björn meint:

„Wenn der Wind richtig bläst, macht sie schon wieder ihre zehn Knoten. Was unseren Zeitplan anbelangt, liegen wir gut im Rennen. Wir schaffen es bei Zeiten in Cairns zu sein."

Alle sind zuversichtlich. Die Stimmung an Bord ist, wie sie besser nicht sein kann. Ein paar der Jungs haben sich in ihre Kabinen verzogen und schlafen, aber die Wachhabenden lauschen gespannt Johns Erzählungen von Tanger und seiner Dampferfahrt hierher.

„Eigentlich kann der Kapitän des Frachters froh sein, dass er das Zeug nicht mehr an Bord gehabt hat, bevor er in die Straße von Malakka eingefahren ist", spricht Jan mit vollem Mund.

„Im Schnitt wird hier jede Woche ein großes Schiff von Piraten geentert."

Jan und Björn sind auf Wache. Sie segeln wieder, möchten den kräftigen Nordost nutzen, der sie die Straße von Malakka hinunter treibt. Wegen des extremen Schiffsverkehrs, aber vielleicht auch aus einer unterschwelligen Angst vor Seeräubern, halten sie sich vorzugsweise an der malaiischen Seite des Seewegs auf statt den indonesischen Teil zu befahren. Dort soll es die meisten Zwischenfälle mit Piraten geben.

„Eigentlich befinden wir uns während unserer ganzen Reise in Piratengebiet. Das Problem hört in Singapur nicht auf, sondern setzt sich über das Südchinesische Meer und die indonesischen Inseln von Bali bis Papua Neu Guinea fort. Wir müssen immer auf der Hut sein", erklärt John.

„Halb so schlimm", meint Björn.

„Die Seeräuber bringen sehr selten eine Segelyacht auf. Sie bevorzugen Containerschiffe, die sie unbemerkt entern können, um Beute zu machen. Oft merkt die Mannschaft das noch nicht einmal, wenn sie beraubt wird."

„Kolossal beruhigend", wie Jan mit sarkastischem Unterton bemerkt.

Aus heiterem Himmel brist es auf. Björn hebt den Kopf wie ein witternder Hirsch. Dann springt er auf und ist mit zwei Sätzen am Großmast.

„Die Segel müssen runter! Los Leute, die Lappen runter, so schnell es geht! Wir kriegen Sturm, alle Mann an Deck!" Die Dünung nimmt sehr schnell zu, und dem abflauenden Nordost steht urplötzlich westlicher Starkwind gegenüber, der sich in kürzester Zeit zu einem handfesten Sturm entwickelt. Mit guten vierzig Knoten kommen die Sturmböen angefegt und krängen die Summer King trotz ihres Gewichtes wie eine Jolle.

In Rekordzeit sind die Segel eingeholt bis auf ein winziges Dreieck der gerefften Genua, das in Zusammenarbeit mit der Maschine für Stabilität sorgen soll.

„Der Sumatra", brüllt Björn lautstark, „der verdammte Sumatra! Ein thermischer Wind, der ganz unverhofft auftaucht und nach kurzer Zeit wieder verschwindet, als hätte es ihn nie gegeben. Von dem kann manch Seemann ein Lied singen."

„Stimmt!", brüllt Jan zurück. „Ich erinnere mich an eine Yacht, die vor zwei Jahren Opfer des Sumatras wurde. Zwischen Krabi und Phi Phi Island war das, als der Sturm sie ohne Vorwarnung erwischte und zum Kentern brachte. Sie sank!"

„Aber warum heißt dieser Wind Sumatra?", fragt Tim.

„Weil er aus Sumatra kommt - ganz einfach!"

Scheiß Sumatra.

Die Sicht ist schlecht geworden, und die Wachhabenden müssen ihre Augen offen halten, damit sie den vorbei fahrenden Ozeanriesen nicht zu nahe kommen. Eine Yacht ist gegenüber einem Berufsschiffer immer in der Pflicht auszuweichen. Einem Containerschiff oder Tanker zum Beispiel wäre es gar nicht möglich seinen Kurs zu ändern. Sie reagieren viel zu träge und müssten, ohne es zu wollen, die Yacht überfahren, die es nicht rechtzeitig schafft diesem grauenhaften Schicksal davon zu segeln. Als ob der Sturm nicht genug wäre, sausen jetzt auch noch gigantische Blitze nieder, vor denen die Segler tatsächlich großen Respekt haben.

„Da ist wohl noch eine Warmfront mit im Spiel", mault John mit auffallend schriller Stimme. Ihm reicht es jetzt. Er ist müde, ihm tun alle Knochen weh, wie er behauptet. Ohne weitere Worte verlässt er das Cockpit.

Björn hatte recht. So unverhofft, ohne Vorwarnung kam der Sumatra, aber genau so plötzlich flaut er auch wieder ab. Man hat sich gerade auf Sturm eingestellt, doch im nächsten Moment ist es schon wieder vorbei. Was bleibt, sind die schaukelnden Wellen. Dummerweise taugt der immer weiter abflauende Wind nicht mehr zum Segeln. Wachablösung! Tim und Morten übernehmen. Sie haben die Maschine eingeschaltet und geigen nun auf den alten Sturmwellen in Richtung Singapur. Unangenehme Fahrt - aber es ist inzwischen hell geworden, so dass man den schweren Verkehr in der Seestraße besser im Auge behalten kann. John hat sich noch ein Schlummerbier genehmigt, nun liegt er am ersten Segeltag mit der heißen Fracht laut schnarchend in seiner Koje.

Glücklicherweise können sie am Abend die Lichter der Stadt Malakka hinter sich lassen und die Segel wieder hochnehmen. Ein strammer Nordwind bringt sie schnell voran.

In den frühen Morgenstunden des dritten Tages entdecken sie in der Ferne bereits die ersten Hochhäuser von Singapur. Leider hält das Wetter nicht. Der Wind lässt nach, und Regen zieht auf. Weil sie Singapur in gebührendem Abstand umrunden wollen, fahren sie noch ein ganzes Stück nach Süden, bis sie die Stadt querab haben, dann ändern sie den Kurs auf Südost. Der Verkehr ist sagenhaft. Hunderte von Ozeanriesen liegen hier auf Reede oder sind in Bewegung. Große Schiffe, kleine Schiffe, Schnellboote, alles wuselt und flitzt durcheinander. Die Mannschaft muss nun besonders aufmerksam sein. Es stehen immer mindestens drei Leute auf Deck und halten die großen Pötte im Auge. Zu allem Überfluss gesellt sich zum Regen jetzt auch noch Nebel.

„Das hat gerade noch gefehlt!" Björn schaltet das Radar ein, doch trotzdem wird ihre Fahrt immer gefährlicher. Manchmal sind sie den Schiffen so nahe, dass ihnen beim Anblick der sich plötzlich neben ihnen auftürmenden Kolosse vor Schreck der Atem stockt..

„Lieber drei Ozeane überqueren als einmal im Nebel um Singapur!", stöhnt Björn. Alle sind jetzt wieder an Deck. Sie versuchen ihre Yacht, so gut es geht, durch den Nebel zu navigieren. Man kann die Hand nicht vor Augen sehen. Björn klebt förmlich am Radarschirm, der jede Menge Schiffe anzeigt, die sich für die Summer King als gefährlich entwickeln könnten. Mit einem Mal ertönt ein ohrenbetäubendes Tuten auf der Backbordseite. Im gleichen Moment tauchen ungefähr vierzig Meter stählerne Schiffswand senkrecht keine sieben Meter von der Yacht entfernt auf. Sie sehen das riesige Containerschiff in schneller Fahrt erschreckend deutlich an ihnen vorbei ziehen, und es ist ihnen klar, in welchem Minenfeld sie sich befinden.

„Wir müssen wahnsinnig sein", seufzt John. „Was wir machen, ist der helle Wahnsinn. Wenn wir hier mit einem Schiff kollidieren, sind wir alle tot. Entweder durch die Kollision, oder sie hängen uns auf."

„Du hast Recht, wir sollten uns irgendwo verkriechen", meint Jan. „Hier gibt es doch ganz in der Nähe eine Flussmündung. Da könnten wir ankern."

„Das machen wir auch sofort!", pflichtet Björn bei. Jan steckt in Windeseile mit Hilfe des GPS den Kurs bis zur Flussmündung ab. Es sind genau drei Seemeilen bis dorthin. Langsam schleichen sie durch den Verkehr. Zum Glück verzieht sich der Nebel soweit, dass er nicht mehr ganz so dick ist wie vorher und die Sichtweite auf fünfzehn bis zwanzig Meter ansteigt.

„Das reicht zwar immer noch nicht zum Ausweichen, aber zumindest sehen wir die Schiffe eher, bevor sie uns übermangeln", spottet Björn mit seinem Galgenhumor.

Es kommt auf diesen drei Meilen noch zu einigen kritischen Begegnungen mit diesen schwimmenden Stahlriesen, gegen die die Summer King aussieht wie ein Modell, aber letztendlich schaffen es die Freunde in die rettende Flussmündung, wo sie ankern und übernachten, in der Hoffnung auf besseres Wetter am nächsten Morgen.

Während der Nacht hat neben ihnen eine weitere Yacht geankert. Wahrscheinlich ebenfalls um den Nebel abzuwarten.

Als Jan morgens den Niedergang hochklettert um nach dem Wetter zu sehen, muss er feststellen, dass der Nebel sich zwar verzogen hat, es aber immer noch in Strömen regnet. John ist auch schon wach. Er putzt sich gerade die Zähne und deutet mit einer Kopfbewegung in Richtung der Yacht, die in der Nacht neben ihnen geankert hat. Jan ist nicht wenig überrascht, als er die Blue Diamond erkennt. Die Eigner sind Freunde von ihm.

„Was für ein Zufall die beiden hier zu treffen!", sagt Jan sichtlich erfreut zu John. „Das sind Buck und Mary, zwei Engländer, die schon seit geraumer Zeit in Südostasien segeln. Früher segelten sie in afrikanischen Gewässern und davor in südamerikanischen. Die beiden kennen die Welt von allen Seiten"

Buck ist für Jan so etwas wie ein Vorbild, was Segeln anbelangt, ein internationaler „Crack", der zu den besten gehört.

„Die Blue Diamond, sein Schiff, die kenn' ich gut", lässt Jan stolz verlauten. „Mit Buck zu segeln ist ein Erlebnis der besonderen Art. Einmal haben wir zusammen das Chinesische Meer überquert, als wir von Langkawi eine superteure Luxusyacht an deren Eigentümer nach Borneo überführten. Buck ist mit allen Wassern gewaschen, und er hat immer noch ein paar Tricks auf Lager, wenn anderen schon lange nichts mehr einfällt. Sein Geld machte er als professioneller Schatzsucher. Sechzig Meilen östlich von Singapur, also gar nicht so weit von hier, fand er vor Jahren mit Freunden einen vierzig Millionen Dollar Schatz. Es handelte sich um große Mengen alten chinesischen Porzellans aus der Ming-Dynastie."

„Ich erinnere mich", sagt John. „Und das sind die beiden?" Dabei pfeift er anerkennend durch die Zähne.

„Die Geschichte ging damals um die Welt; ich glaube, da gibt es heute sogar einen Film drüber."

In dem Moment erscheint Buck auf Deck seiner 57er Sparkman/Stevenson und sieht zur Summer King herüber. Er erkennt Jan. Die beiden winken sich zu, doch in Anbetracht der speziellen Fracht, die sie geladen haben, erscheint es John nicht ratsam sich zu besuchen. Er lässt es Jan wissen, aber auch Jan ist der Meinung, ein Besuch wäre nicht vorteilhaft, zumal das Dingi gar nicht im Wasser ist. Doch begrüßen will Jan sie wenigstens.

Über Sprechfunk plaudert er mit Buck und Mary, die gerade aus Bali kommen und ebenfalls weiter wollen. Buck berichtet noch, er habe im Südchinesischen Meer eine merkwürdige Begegnung mit Fischern gehabt, die sich sehr auffällig benahmen. Sie verfolgten ihn und hätten die Yacht fast eingeholt. Als sie näher kamen, sah Buck ihre Waffen und befürchtete schon das Schlimmste bis sie plötzlich den Kurs änderten.

12

Die anbrechende Dämmerung wirft ihr diffuses Licht auf die stürmische See, und die Summer King befindet sich etwa neunzig Seemeilen vor der Nordostspitze des Great Barrier Riffs. Seit ihrer letzten Station, Papua Neu Guinea, sind sie mit nordöstlichem Wind schnell und problemlos gesegelt. Es gab herrliches Wetter, bei dem die Jungs viel Segelspaß hatten. Doch kurz vor ihrem Ziel wurde das Wetter schlechter. Der Wind drehte nach Westen und legte kräftig zu.

Björn entscheidet sich für eine Wende. Er will einen langen Kreuzschlag, will gegen anknüppeln trotz zunehmendem Wind, einbrechender Dunkelheit und sich auftürmenden Wellen. Er will den kurzen Weg, den direkten durch das Riff. John und Jan versuchen ihn davon abzubringen, ihn davon zu überzeugen nicht nach Luv zu segeln, sondern weg vom Riff. Doch Björn ist auf einmal ganz versessen den vereinbarten Termin unbedingt einzuhalten, die australische Connection in zwei Tagen vor Cairns zu treffen. Das veranlasst ihn auf diesem beinharten Südwestkurs den direkten Weg zur Grafton Passage zu nehmen, in den Sturm hinein, in die Nacht. Der Wind wird stärker.

Es dauert nicht lange, und die Böen erreichen über vierzig Knoten Windgeschwindigkeit. Die großen Wellen des Pazifiks rollen über Backbord ab, so groß, dass man es kaum fassen kann. Es ist, als befände man sich auf einem Elefantenrücken. Jan hat diese großen Wellen deshalb auch einmal Elefanten genannt. Die Kraft, mit der sie das vierundzwanzig Tonnen schwere Schiff durch die See werfen, zerrt am Ruder. Hart am Wind, Steuerbord, mit fast eingerollter Genua und dem Großsegel im dritten Reff, aber immer noch zu viel Lappen oben. Mit dieser Krängung und einem Kurs von zweihundertvierzig Grad auf dem Kompass machen sie nur wenig Fahrt. Für diesen waghalsigen Kurs bestraft sie das Meer mit unbarmherzigen Schlägen.

Gewaltige Kreuzseen rollen seitwärts heran und werfen das Schiff, als wäre es ohne Gewicht, bringen es für Sekunden fast zum Stehen. Dann schießt es wieder nach vorn, giert schmatzend, gurgelnd, und vibriert unter dem Hieb der nächsten Welle.

Die Summer King führt sich auf wie eine rasende Stute bei einem Rodeo.

Als es richtig dick kommt, ist Johns und Björns Wache zu Ende. John verzieht sich gleich in seine Koje und versucht zu schlafen. Er ist sauer auf Björn wegen dieser idiotischen Idee mit der Wende. Bei diesem Sturm ist es lebensmüde über das nördliche Riff zu fahren. Es gibt zwar hervorragende Seekarten von diesem Gebiet, doch bei kräftigem Seegang sind die Untiefen kaum berechenbar und stimmen mit den Werten auf der Karte nicht mehr überein. Das größte Risiko sind die Untiefen über dem Riff. Es gibt nicht genug Seeraum um vor dem Wind einen Sturm ablaufen zu können.

Schlafen kann John nicht, denn das heftige Geschaukel und die ätzenden Geräusche bescheren ihm eine Gänsehaut. Wenn er

82

nicht wüsste, dass ihr Schiff aus Beton ist, würde er behaupten, man höre mitunter Holz splittern, in den Kabinen klingt es wie eine U-Bahn, die außer Kontrolle geraten durch ihren dunklen Schacht rast.

Drei Stunden lang hat die tobende See nun gnadenlos auf die Summer King eingedroschen. So hoch am Wind wird sie von den Wellen regelrecht ausgebremst, als wolle sie sich auf diesem Kurs gegen die See nicht mehr bewegen. Die Belastungen für den alten Betonklotz sind enorm.

Zur Erleichterung aller, insbesondere der Summer King, gibt Björn endlich das Kommando für eine weitere Wende und fällt dreißig Grad ab, nachdem er die Wache wieder übernommen hat. Er hat eingesehen, dass sie zu langsam sind, viel zu schräg liegen und in dieser finsteren Nacht, in der man keine drei Meter weit sehen kann, gute Chancen haben, unliebsamen Kontakt mit dem Riff zu bekommen. Etwas zerknirscht bewegt John sich wieder aus seiner Kabine nach oben, da er sowieso keinen Schlaf findet. In der Kombüse trifft er auf Morten, der gerade bemüht ist sich ein Wurstbrot zu schmieren, es aber dann aufgibt und sich lieber ein paar trockene Kekse in den Mund schiebt. Morten ist wohl der einzige an Bord, der bei so einem Seegang überhaupt an Essen denken kann, geschweige denn sich Wurstbrote zu schmieren. Aber Morten ist eben auch in solchen Situationen anders als andere.

Jan und Tim übernehmen die nächste Wache. Man spürt Erleichterung, denn die Summer King bewegt sich auf ihrem neuen Kurs wesentlich eleganter.

Morten hätte vielleicht doch nichts essen sollen. Das kommt nun zurück! Bleich hängt er in der Kombüse und kotzt in kleinen Abständen in einen Eimer, an dem er sich festhält wie an einer Rettungsboje. Die Wachablösung erfolgt ab sofort im Dreißig-Minuten-Takt, da die Konzentration im Cockpit nicht nachlassen darf, aber alle ziemlich erschöpft sind. Doch schon droht eine neue Gefahr!

Das große Ölfass mit dreihundert Litern Reservediesel hat sich gelockert und fängt an beängstigend die Heckreling hin und her zu rutschen. Nicht auszudenken, wenn sich das Fass losreißt - dann gute Nacht!

Tim gelingt es das rutschige Fass mit einer zusätzlichen Leine wieder festzuzurren. Während er das macht, fällt ihm jedoch auf, dass sich ihr Aluminiumdingi an einer Seite der achterlichen Davit gelöst hat und nur noch an einer Leine hängt. Die andere Seite des Dingis wird über das Wasser gezerrt. So kann es leicht verloren gehen, doch Tims Versuch, die lose Leine vom Cockpit aus zu bedienen um so das Boot wieder ranzuziehen, funktioniert nicht. Er muss aus dem Cockpit heraus über die Reling auf die hintere Badeplattform steigen, damit er das lose Ende zu fassen bekommt. Dabei muss er höllisch aufpassen nicht von den um sich schlagenden Reeps getroffen zu werden. Um mehr Bewegungsfreiheit nach hinten zu bekommen verlängert Tim seinen Lifebelt mit einer zusätzlichen Leine, die er an der Kompasssäule befestigt. Jan sieht, wie Tim, der mittlerweile auf der Badeplattform kauert, sich vergeblich nach der losen Davitleine streckt. Er ruft Jan etwas zu, aber der hört nichts, weil das stürmische Getöse Tim regelrecht die Worte aus dem Mund fegt. Eine Monsterwelle packt die Yacht und wirft sie auf die Seite, woraufhin im Inneren des Schiffes alles durcheinander poltert. Morten fliegt mit seinem Eimer und weit aufgerissenen Augen durch den Salon. Zum Glück landet er relativ weich in den Sitzpolstern auf der anderen Seite des Salons, doch das Erbrochene aus eben jenem Eimer ergießt sich über einen Großteil des Interieurs. Alle Gegenstände, die nicht befestigt sind, sausen umher und landen irgendwo, wo sie gerade auftreffen. Ein unglaubliches Durcheinander entsteht innerhalb von Sekunden.

Mit einem gewaltigen Ruck saust der Großbaum mit dem Großsegel nach Steuerbord und knallt gegen die Want. Dabei hat sich die Großschot aus der Befestigungsklampe gelöst und fängt nun ebenfalls an wild um sich zu schlagen. Jan wird arg herum geschleudert. Er verliert für zwei Sekunden den Boden unter den Füßen, klammert sich aber am Steuerrad fest, seiner im Augenblick einzigen Verbindung zum Schiff. Mit erheblichem Kraftaufwand zieht er sich wieder auf die Beine, aber kaum steht Jan einigermaßen, schießt ihm sofort Tim durch den Kopf, der eben noch auf der Badeplattform dort hinten stand. Doch Tim ist weg! Jan kann ihn nirgends sehen.

Das gibt's doch nicht! Der ist über Bord!

Die Nacht ist schwarz wie der Anzug eines Totengräbers. Seine Blicke suchen hastig nach Tim - die Davit, das Wasser im Heckbereich. In Sekunden scannen seine Augen ab, wo sich Tim befinden könnte. Doch nichts - nur schemenhafte Konturen eines völlig außer Kontrolle geratenen Beibootes. Seine freie Hand tastet die Kompasssäule nach unten, sucht die Öse, in die Tims Lifebelt eingeharkt ist, findet sie. Aber er sieht Tim nicht, fühlt nur, wie jemand am anderen Ende reißt und ruckt. Der Lifebelt müsste mit Verlängerung etwa sechs Meter lang sein. Jan packt zu - zieht kräftig, in der Hoffnung, Tim irgendwie zu entdecken. Vielleicht kann er ihn ins Boot zurückziehen. Doch er kann nichts sehen und sein Ziehen bewegt nichts. Jan brüllt aus Leibeskräften:

„Mann über Bord!"

Immer wieder ruft er es, auch Tims Namen! Doch so sehr er sich bemüht, er kann seine eigene Stimme nicht hören. Das Gebrüll des Sturmes und die tosende See sind lauter. Sie verhindern jegliche verbale Kommunikation, von den geschrieenen Worten bleibt nichts als die Bewegung der Lippen wie bei Taubstummen. Jan hangelt sich an Tims Lifebelt nach hinten. Gleichzeitig strecken Morten und John, die den Mann-über-Bord-Ruf allem Anschein nach doch gehört haben, ihre Köpfe aus dem Niedergang, sehen, dass Tim fehlt und Jan hinter der Reling auf der Badeplattform herumkrabbelt. Sie harken ihre Lifebelts ein, und John übernimmt sofort das herrenlose Ruder.

„Ich steuere das Schiff, versuch' du Jan zu helfen", schreit John Morten ins Ohr, und Morten ist schon auf dem Weg nach hinten.

Gemeinsam ziehen sie an Tims Lifebelt. Sie können ihn von da aus im Wasser sehen, wie er sich an der Bordwand des gefährlich umhertobenden Aluminiumbootes festklammert. Zuerst hoffen sie, dass Tim in das Dingi klettert, dann könnten sie ihn vielleicht mitsamt dem Boot heranzuziehen. Doch es ist unmöglich für Tim in dieses wütende Boot zu gelangen - im Gegenteil: Das Dingi hat sich auf die Seite gedreht und drückt ihn für Sekunden unter Wasser.

Mein Gott, denkt sich Jan, *das Boot wird Tim erschlagen. Wir müssen ihn jetzt schnell ohne das verdammte Boot rauskriegen, sonst ist es um ihn geschehen.*

Morten hockt sich hinter die Heckreling und umklammert Jan in der Taille mit beiden Armen durch die Reling, hält ihn ganz fest, damit Jan eine stabile Position bekommt und beide Arme frei für Tims Rettung. Sie geben Tim zu verstehen, er soll das Dingi loslassen, sie wollen versuchen ihn direkt reinzuziehen, doch es kostet Tim enorme Überwindung das Beiboot loszulassen. Für ihn ist es, wie von der Summer King loslassen. Einen Moment zögert er noch, aber dann löst er sich und wird sofort mit zehn Knoten nach hinten katapultiert, bis seine Leine sich mit einem Ruck strafft, der ihm fast das Kreuz bricht. Wie ein Treibanker hängt er jetzt am Heck der Yacht, durch das mörderische Wasser gezogen, von dem er jede Menge schlucken muss, und das rasende Dingi, welches gerade noch seiner Rettung dienen sollte, schlägt nach ihm, als wäre es auf einmal sein Feind. Jan und Morten müssen sich beeilen. Sie ziehen beide aus Leibeskräften, bis Tim mit seinen Händen endlich die Plattform greifen kann und es gelingt ihn aus dem Wasser zu hieven - er ist wieder auf der Yacht. Tim, Jan und Morten bleiben erst mal triefend und völlig fertig im Cockpit liegen. Zum Glück ist keiner verletzt.

Das Dingi hat sich, durch seine wilden Bewegungen mit den Leinen, so verdreht, dass es kurz hinter dem Steven sein Unwesen treibt. Jedes Mal, wenn eine Welle von hinten anrollt, schlägt es mit brachialer Gewalt gegen das Heck und wird so zu einer großen Gefahr für das Schiff. John startet noch einen letzten Versuch ihr Beiboot zu retten, doch es geht einfach nicht. Die schlagenden Davitleinen sind durch die chaotischen Bewegungen und Drehungen derart verknotet und verwickelt, dass es selbst bei gutem Wetter schwer sein dürfte das wieder zu entwirren. Wahrscheinlich ist durch das zuvor umherrutschende Ölfass die Halterung beschädigt worden und das der Grund dafür, warum sich ihr Dingi überhaupt gelöst hat.

Nachdem John erkennen muss, wie hoffnungslos es unter diesen Umständen ist die Situation in den Griff zu bekommen, trifft er eine einsame Entscheidung. Er drückt Jan die Taschenlampe, die er von unten mitgebracht hat, in die Hand. Jan soll ihm leuchten, während er nach hinten klettert und in letzter Konsequenz die Leinen kappt. Weg ist es! Ab sofort hat die Summer King kein Beiboot mehr! Ein sehr schweres Opfer, aber das tobende Dingi war zu gefährlich geworden. Den Versuch es zu bergen hätte Tim fast mit seinem Leben bezahlt.

Björn hat die ganze Zeit in seiner Kabine geschlafen und von dem Rettungsmanöver und dem Verlust des Dingis nichts mitbekommen. Erst als er nach oben kommt um mit John die nächste Wache anzutreten, erfährt er, was passiert ist, doch er sieht ein, dass John keine Wahl hatte, er hätte genauso gehandelt - handeln müssen. Tim rutscht mit weit aufgerissenen Augen den Niedergang herunter, klammert sich irgendwo fest und sagt in Endzeitstimmung nur noch: „Das ist der Wahnsinn!"

Er sollte jetzt eigentlich schlafen, doch daran ist bei allen überhaupt nicht zu denken. Tim versucht einige Gegenstände, die durch die Kabinen poltern, zu versorgen, gibt aber diesen Gedanken bald auf. Er hat Angst. Angst zu sterben, denn er war vorhin dem Tod so nah wie noch nie in seinem Leben.

Björn fiert die Segel und geht auf halben Wind. Die Yacht quittiert dieses Manöver mit gewaltiger Fahrtaufnahme. Sie überschreitet ihre Rumpfgeschwindigkeit, die Krängung nimmt zu. Zuviel Schräglage, zuviel Segelfläche! Das könnte die

Summer King zum Kentern bringen. Er luvt wieder an und stellt sie in den Wind.

Das Großsegel muss runter, hämmert es in Björns Kopf.

Er schafft es bis zum Großmast, doch die riesigen Wellen brechen sich an der Yacht, überschütten ihn mit so viel Wasser, dass es ihn regelrecht über Deck spült und er verzweifelt Halt sucht. Mühsam kommt er wieder zum Großmast, und mit übermenschlichen Kräften zerrt er am Segel. John ist bei ihm, hilft ihm - aber einige Mastrutscher müssen so verbogen sein, dass sie sich keinen Zentimeter bewegen lassen. Sie bekommen das Segel nicht runter!

Ohne akustisch zu hören was Björn in den von ihm plötzlich aufgerissenen Niedergang schreit, hat doch jeder verstanden, was er will. Der Ausdruck in seinen Augen und die unmissverständliche Bewegung seiner Lippen, wie er die Worte ruft: „Alle Mann an Deck!", brauchen keinen Ton um verstanden zu werden. Björns Versuch die Maschine zu starten ist im Moment nicht von Erfolg gekrönt, er muss sich später darum kümmern, wenn die Segel erst mal unten sind.

In so einer Situation an Deck zu gehen um Segel einzuholen, ist so ziemlich das Letzte, was man sich wünscht. Aber wenn sie überleben wollen, müssen sie da jetzt alle rauf.

John versucht sich über die Leeseite zum Bug hin zu arbeiten. Mit größter Aufmerksamkeit hält er sich an Wanten und Reling fest, abgesichert mit zwei Gurten, von denen immer mindestens einer eingehakt ist. Man sieht ihn kaum, nur den Kegel einer Taschenlampe mit Johns diffusen Umrissen dahinter. Björn ist am Ruder, er hat die Yacht wieder in den Wind gedreht um den Druck aus den Segeln zu nehmen. Noch ein weiterer Versuch das Groß herunter zu bekommen scheitert. Die nun frontal anrollende See ist gewaltig und unbarmherzig. Sie wirft die Summer King in die Höhe und lässt sie im nächsten Wellental niedersausen wie im freien Fall. Eine fast seitlich anrollende Welle bricht sich über ihr. Die Bewegungen im Schiff sind abrupt, unberechenbar. Jeder

Schritt an Deck ist lebensgefährlich, nach vorne zu gehen mit der Gefahr verbunden einfach über Bord gespült zu werden. Doch einer muss nach vorne. Die Vorschot hat sich in der Bugluke verklemmt und muss klar gemacht werden. Völlig entkräftet und durchnässt rollen sie zu dritt den Rest der Genua ein. John und Morten treffen sich am Großmast. Gerade noch rechtzeitig haben sie wieder ihren Lifebelt eingeklinkt, da kommt eine zehn bis zwölf Meter hohe Wand aus Wasser, direkt von vorn und rollt über den Bug wie eine riesige Walze. Die Unmenge an Blauwasser, die mit sehr hohem Druck über das Schiff fegt, verwandelt das Deck für Sekunden in einen Seewasserpool. Es knallt und kracht fürchterlich, man hört Geräusche wie in einer Schrottpresse, laut und erschreckend. Für eine Sekunde ist es fast still. In der nächsten Sekunde klingt alles ganz weit weg. Dann bricht das Getöse wieder los, und im ablaufenden Blauwasser greift Morten, um den Großmast geklammert, den Bolzenschneider aus der Kiste am Mastfuß und kappt das Großfall. Für einen Moment war die Summer King mit dem Rumpf komplett unter Wasser. Sie ist quasi durch die Wasserwand getaucht, die über sie hinwegrollte. Ein Wunder, dass noch alle an Bord sind und der Niedergang gerade in diesem Moment zu war. Doch der Druck hat auch Jan, der ins Cockpit gespült wurde, viel Wasser in den Mund gepresst. Jetzt ist ihm hundeelend, und er muss sich übergeben, dabei dreht er sich zum Heck, aber was er da sieht, haut ihn fast um. Zuerst glaubt er, eine Halluzination hält ihn zum Narren, vielleicht, weil er zuviel Seewasser geschluckt hat. Das Ölfass ist weg! Es ist einfach weg! Von der Welle mitgerissen. Die Reling hängt verdreht und zerbrochen über dem demolierten Steven bis ins Wasser, und was von der Davit noch übrig ist, sieht aus, als würde es mit der nächsten Welle wegbrechen.

„Das ist das Ende!", schreit Jan, dann beugt er sich nach vorne und kotzt mindestens einen Liter Salzwasser ins Cockpit.

Der Rumpf im Heckbereich hat schwer was abbekommen. Die Welle hat das Fass mit seinen dreihundert Litern Diesel und einem großen Teil der Reling einfach losgerissen. Es muss so brutal gegen die Davit geknallt sein, dass deren Befestigungen herausgebrochen wurden. Dabei wurden Zementbrocken mit herausgerissen, die große Löcher im Rumpf hinterlassen. Überall Risse und abgeplatzte Betonstücke. Dabei können sie noch froh sein, dass die Welle nicht von hinten eingestiegen ist, denn dann wäre die ganze Chose nach vorne los gegangen und hätte noch einen wesentlich größeren Schaden angerichtet. Mit großer Wahrscheinlichkeit wären ein paar Männer verletzt oder getötet worden.

Aber der Schaden ist noch größer, als es ohnehin schon aussieht. Morten bewegt sich nach unten. Es ist ziemlich dunkel im Schiff. Ein Teil der Elektrik ist ausgefallen. Einige Lampen brennen nicht, und die Navigation ist ebenfalls ohne Strom. Obwohl die Luken geschlossen sind, ist viel Wasser eingedrungen. Alles ist nass, und die halbe Einrichtung poltert durch das stampfende Schiff oder schwimmt auf dem Boden umher. Björn ist auch runter gekommen. Die beiden patschen bei jedem Schritt in Wasser, das bedeutet: Die Bilge ist bis über die Bodenbretter voll mit Wasser. Tendenz steigend!

„Grauenhaft! Das bedeutet ja, wir sinken!", jammert Morten, als sie das Maß der Beschädigung erfassen.

„Sieht so aus! Sie hat ein paar ganz schöne Risse und Löcher im Heckbereich. Hoffentlich funktionieren die Lenzpumpen", sorgt sich Björn und schaltet sie ein. Eine Bilgenpumpe fängt an zu arbeiten. Die anderen zwei verweigern ihren Dienst. Sie hängen dummerweise an einem Stromkreis, der nicht mehr existiert. Björn und Morten begeben sich jeweils an eine Pumpe und pumpen von Hand so schnell sie können. Sie müssen sich jetzt auch unter Deck schon anschreien um verstehen zu können, was sie sagen, denn der Sturm hat noch einen draufgesattelt. Mit sechzig Knoten Windgeschwindigkeit lehrt er die Freunde das

Fürchten. Gischt fegt über das schwer beschädigte Schiff und trifft waagerecht wie tausend kleine Stahlnägel auf die Männer. Es befindet sich so viel hoch beschleunigtes Wasser in der Luft, dass man auch ohne über Bord zu gehen fast darin ertrinken könnte. Die anderen kommen nun auch nach unten, da man sich an Deck kaum noch halten kann. Keiner hat einen trockenen Fetzen am Leib. Es ist zum Verzweifeln. Alle frieren und klappern mit den Zähnen. Die übermäßigen Anstrengungen und der nun schon viele Stunden anhaltende Kampf gegen die Elemente haben die Männer total erschöpft. Das Fatale daran ist auch noch, sie haben keine Möglichkeit in warme Klamotten zu schlüpfen oder sich irgendwie mal kurz zu erholen. Die ständige Herausforderung und der immer schlechter werdende Zustand der Summer King und ihrer Mannschaft nehmen ihnen sehr viel Hoffnung auf ein gutes Ende.

John versucht die Maschine zu starten, doch seine Befürchtung bewahrheitet sich. Sie springt nicht an. Er versucht es immer wieder, doch das verdammte Ding will nicht. Wie von Furien gepeitscht hebt er die Bodenplanken heraus, die über der Batteriekammer liegen. Nass! Alles nass! Gut die Hälfte der Akkus sind klatschnass oder stehen komplett im Wasser.

„Überall Kriechströme und Kurzschlüsse. Die ganze Elektrik ist im Arsch! Alles nass! Alles im Eimer!" John wiederholt es wie ein Klagelied über die Hoffnungslosigkeit ihrer Situation, wobei er versucht die Batteriekammern zu lenzen. Vergeblich! Das Wasser dringt zu schnell ein. Es gibt keinen Zweifel mehr, die Summer King sinkt! Sie sinkt sogar schneller als erwartet. Inzwischen reicht das Wasser im Schiff den Männern schon über die Fußgelenke. Mit den Handpumpen allein bekommen sie es nicht mehr heraus, und die einzig funktionierende elektrische Pumpe hat gerade aufgehört zu pumpen.

Ganz sicher haben sie es nun mit einem ultimativen Problem zu tun. Sie sinken! Die Ursachen, die dazu geführt haben, sind unter den gegebenen Umständen nicht zu beheben, und die Zeit reicht nicht aus um auf bessere Bedingungen zu warten.

Sie müssen raus. Sie müssen die Summer King aufgeben. Jeder der Männer weiß es. Aber keiner sagt es. Wie versteinert, unfähig im Augenblick irgendetwas zu tun, wird ihnen klar: Sie sind gerade dabei, alles zu verlieren. Das Schiff, das Dope, ihr Geld, ihre Hoffnungen, ihre Pläne, ihren Mut und vielleicht am Ende sogar ihr Leben. Einfach alles, wofür sie sich die letzten Wochen so geschunden haben. Worauf sie seit Monaten hingearbeitet haben, wird in diesem Moment sinnlos, wertlos, eine Illusion ohne Bedeutung. Zwei Tonnen bestes Haschisch und die Yacht sind ein großes Opfer für Erasmus. Aber es bleibt ihnen keine Zeit, diese harte Nuss zu verdauen. Statt zu verzweifeln müssen sie jetzt noch einmal all ihre Kraft aufwänden. Überleben! - lautet ihr Befehl.

Doch kaum haben sie die Endgültigkeit dieser Situation begriffen, da stehen sie schon vor einem weiteren Problem: Morten ist verzweifelt, er will nicht mehr. Eine Depression überkommt ihn, begleitet von Angst. Angst, die sie alle haben, die sie erzittern lässt und gleichzeitig lähmt. Mit dicken Tränen in den Augen steht er im Salon und heult laut wie ein Kind, das die Nase vom Mitspielen gründlich voll hat.

„Ich bleibe auf dem Schiff", heult er. „Lieber will ich mit der Summer King untergehen als in dieser nassen dunklen Hölle da draußen zu verrecken. Außerdem steckt mein ganzes Geld in diesem Projekt, alles eine Farce, alles beim Teufel! Ich werde nicht mit euch gehen. Ich bleibe auf dem Schiff.".

„Moment mal", unterbricht ihn Tim. „Wir brauchen dich, brauchen deine Hand an Bord, gerade jetzt, wo es ans Ausbooten geht. Also lass uns nicht im Stich! Du bist doch unser Freund!"

Aber Morten will nicht mehr. Statt dessen kramt er aus seiner Hosentasche eine Karte mit Tabletten hervor und nimmt sofort zwei davon.

„Das ist gegen meine Angst", jammert er. „Ich habe sie lange nicht gebraucht, aber jetzt habe ich verdammte Angst!"

„Wir haben alle Angst!", schreit Tim ihn an. „Aber wenn du auf dem Schiff bleibst, ersäufst du wie eine Ratte. Unsere einzige Chance ist die Rettungsinsel. Wir müssen das Schiff aufgeben!" Morten sieht Tim mit Augen an, die so traurig sind wie die eines Mannes, dem gerade die ganze Familie weggestorben ist, dann sagt er:

„Ihr seid Arschlöcher! Ich würde euch niemals im Stich lassen! Ich helf euch beim Ausbooten, aber ich komm nicht mit."

„Schluss jetzt", klinkt Björn sich ein. „Wir haben keine Zeit für Psychotherapien, wir müssen hier raus und zwar schnell. Du auch, Morten!"

Bevor die Diskussion weitergehen kann, suchen alle ihre Sachen zusammen, die sie mitnehmen wollen. Sie überprüfen ihre Schwimmwesten, auch Morten, der seine bereits ausgezogen hat, streift sie sich wieder über den Kopf. Pass, Geld, und was sie sonst noch an Wertsachen bei sich haben und nicht zu groß und zu schwer ist, wandert in zwei wasserdichte Beutel. Leuchtraketen, ein kleiner Sender, Proviant und Trinkwasser, Verbandskasten, Decken und Taschenlampen, eine Angel und ein Stück Zero Zero werden ebenfalls mit eingepackt. Die Aktion verläuft sehr ruhig und konzentriert. Jeder überlegt, was er auf diese ungewöhnliche Reise mitnehmen will. Schnell haben sie alles beisammen und ziehen sich zum letzten Mal den Niedergang hoch an Deck. Björn geht zuerst, gefolgt von Morten, bei dem die Psychopharmaka zu wirken scheinen, zumindest sträubt er sich nicht mehr vehement von Bord zu gehen. Tim, der hinter ihm geht, schubst ihn geradezu den Niedergang hoch. Die anderen folgen. Durch das eingedrungene Wasser hat sich der Schwerpunkt weit nach unten verlagert. Sie sinkt jetzt immer schneller. Das Wasser läuft hauptsächlich durch das Heck hinein und schießt zur Mitte des Rumpfs.

Dann geht alles reibungslos, obwohl das vorher nie geübt wurde. Die Männer stehen sprungbereit mit ihrem Gepäck an der Reling. Sie müssen sich sehr gut festhalten, damit sie vom Sturm nicht vorher über Bord geblasen werden. Björn und Tim lösen die Rettungsinsel vom Kabinendach und auf „Drei" werfen sie sie ins Wasser. Sobald die Insel im Wasser ist, bläst sie sich automatisch auf. Die Summer King steht gerade, als wolle sie erhobenen Hauptes abdanken. Von der Deckkante zum Wasser ist es noch gut einen halben Meter. John, Jan und Tim springen zuerst. Dann folgen Björn und Morten. Morten hat noch seine Taucherbrille, zwei Paddel und eine Druckluft-Harpune mitgebracht.

Höchste Zeit die Leine zu kappen, sonst werden sie von der untergehenden Summer King am Ende noch mit in die Tiefe gezogen. Alle sind jetzt an Bord der Insel. John durchtrennt die Leine, ihre letzte Verbindung zur Yacht. Der Sturm übernimmt sofort die Navigation und weht sie mit ihrem Gummiboot schnell vom sinkenden Schiff weg. Es besteht also keine Gefahr mehr in den Sog zu geraten oder gerammt zu werden. Gebannt starren alle zu ihrem Schiff, welches schwerfällig vom vielen Wasser im Bauch den mörderischen Bewegungen der Wellen folgt, die es schonungslos bis zum bitteren Ende malträtieren. Bis hierher hat sie die Männer gebracht. Viele tausend Seemeilen war sie ihr Zuhause und ihre Hoffnung. Doch auf der letzten Etappe macht sie schlapp, will sich von der Welt verabschieden, indem sie einfach abtaucht. Sie hat jetzt doch eine leichte Schräglage angenommen. Das Heck ist bereits unter Wasser, nur der Bug ragt noch vor. Die zerfetzte Genua hat sich aufgerollt. Immer noch am Vorstag mit ihrer ausgerauschten Schot flattert sie laut klatschend wie ein nasses Wäschestück im Sturm und gibt der ganzen Szene einen noch makabereren Ausdruck, als sie sich ohnehin schon darstellt. Das Großsegel an der unteren Masthälfte ist vom Sturm regelrecht zerlegt worden, und was davon noch übrig ist, schlägt im Duett mit der Fock auf das restliche stehende Gut ein. Es ist ein trauriger Anblick, aber alle sind regelrecht hypnotisiert von diesem schauerlichen Ereignis - mit Tränen in den Augen, die ungesehen fallen. Das letzte Bild der sinkenden Yacht ist schockierend kurz. Eine Riesenwelle wirft sie auf die Seite, bis der Kiel zu sehen ist, bringt sie zum Kentern und bricht sich über ihr. Dabei schüttet sie solche Mengen an Wasser auf die Verlorene, dass sie augenblicklich untergeht. Sie taucht gar nicht mehr auf. Wie von einer riesigen Faust wird sie von den Wassermassen nach unten gedrückt. Sie verschwindet, sinkt - was vorher keiner für möglich gehalten hatte, als sie den Törn planten. Da, wo eben noch ihr Schiff war, ist jetzt nur noch tosende See. Gespenstisch!

Ein ganz fremdes Gefühl wächst langsam in den Gemütern der Schiffbrüchigen. Ein Gefühl, dass keiner von ihnen jemals zuvor empfunden hat. Als seien sie die einsamsten Menschen auf der ganzen Welt, kommt es ihnen vor. Ihre Augen folgen dem fahlen Schein der Taschenlampe, der vergeblich die Stelle sucht, an der sie ihr Schiff verloren haben, sie aber nicht finden kann, während ihr Rettungsfloß vom Sturm hilflos wie ein Blatt verweht wird. Es ist nicht nur Angst, die sie bewegt, es mischt sich in ihrer Gefühlswelt ein hochexplosiver Stoff zusammen, der in den nächsten Minuten über ihr Weiterleben oder ihren Tod entscheiden wird. Hoffnungslosigkeit und Einsamkeit können leicht den Tod herbeisehnen. Die Tatsache, dass sie alles verloren haben und schließlich in einem vier Quadratmeter großen Gummifloß im stockfinsteren stürmischen Pazifik treiben, macht sie alle zu Todeskandidaten, die nicht wissen, ob sie auf Begnadigung hoffen können.

„Kann mir einer sagen, wie das geschehen konnte? Was haben wir falsch gemacht, dass es uns so kurz vor dem Ziel erwischt?" Björn weint bitterlich. Die Verzweiflung und die Traurigkeit, die Enttäuschung und der Schock halten die total erschöpfte Mannschaft wach.

„Wir müssen warten, bis der Wind sich gelegt hat. Bei diesem Wetter haben wir kaum eine Chance auf Hilfe. Das wenige, was wir machen können, ist den Sender einschalten und eine Leuchtrakete abfeuern." John sagt es und schaltet den kleinen Sender ein, der augenblicklich anfängt zu blinken. Dann feuert er eine rote Leuchtrakete ab, die sich zischend in den schwarzen Himmel erhebt. Das gleißende Rotlicht ist weit zu sehen und illuminiert die wütende See in ihrer ganzen Schauderhaftigkeit.

„Durch den Rotstich erhält man einen kleinen Vorgeschmack von der Hölle", bemerkt John. Und Morten setzt noch einen drauf, indem er ergänzt: „Stell dir vor um uns herum wäre alles Feuer. Das wäre ja noch schlimmer! Findet ihr nicht?"

Obwohl keinem auch nur der geringste Sinn nach einem Späßchen steht, keiner sich die Mühe macht, diese etwas einfältige Bemerkung von Morten als Witz anzuerkennen, huscht doch ein verknittertes Lächeln über die Gesichter der Gebeutelten. Wahrscheinlich weniger des Inhaltes wegen als eher die Verblüffung darüber, dass Morten selbst in solchen Situationen immer noch zu seinen Kalauern fähig ist. Doch der blöde Witz hat eine sehr wertvolle Qualität, denn er wirkt, so unscheinbar er sein mag, wie ein winziger Lebensfunken, weil er die Lethargie bricht, den verzweifelten Menschen einen kurzen positiven Impuls sendet, der vielleicht ausreicht, damit sie sich für das Leben entscheiden.

Die glühende Magnesiumkugel sinkt langsam an einem kleinen Fallschirm nach unten. Durch den gedämpften Fall kann sie länger leuchten. Nach dreißig Sekunden hat die Kugel ihren Flug beendet und verlischt im Meer. Es ist wieder stockdunkel, aber der kleine Sender in der Rettungsinsel arbeitet weiter und sendet permanent ein Notsignal, von dem die Schiffbrüchigen hoffen, dass irgend jemand es hört.

Mehr gibt es im Moment nicht zu tun.

„Wenn die See ruhiger geworden ist, werden wir eine zweite Rakete abfeuern", gibt John bekannt. Sein Kopf und seine Augen sind ihm unerträglich schwer geworden, seine Kräfte restlos erschöpft, sein Körper fällt langsam rückwärts, und seine Lider schließen sich, als sein Geist bereits weggedämmert ist. Der Kopf fällt auf den nassen Gummiboden, aber er spürt die Nässe nicht mehr, denn er schläft bereits tief und fest. Den Freunden geht es nicht anders. Ihr Adrenalin ist aufgebraucht. Sie haben nun einen Punkt erreicht, an dem sie nichts mehr fürchten. Alles ist geschehen. Alles um sie herum hat sich in kürzester Zeit so dramatisch verändert, dass es nichts mehr zu verändern gibt. Der nächste Schritt wäre der Tod, doch auch der hat seinen Schrecken verloren. Sie haben alles gemacht, was möglich war, und wenn der Tod sie jetzt holen will, dann soll er es doch tun, verdammt noch mal! Doch bevor die Depression ihren Höhepunkt erreicht, sind alle fest eingeschlafen.

Fünf Männer liegen völlig fertig, platt auf dem wabernden Gummiboden und schlafen. Zwei Millimeter PVC trennen sie vom Schicksal der Summer King, die ihre endgültige Tiefe erreicht haben dürfte. Aber es gibt genug Platz, keiner behindert den anderen. Zum Glück ist ihre Rettungsinsel ein sehr bequemes und geräumiges Modell. Sie ist eigentlich nicht für eine Segelyacht entwickelt worden, sondern stammt aus US-Marine-Beständen. Björn und John haben sie in Singapur gekauft. Nicht billig! John meinte erst, eine kleinere würde schließlich auch genügen, aber Björn bestand auf dieser. Eine der sinnvollsten Investitionen, wie sich nun herausstellt.

13

Der wachhabende Offizier der Küstenwache von Queensland empfängt seit Mitternacht ein Notrufsignal aus dem Äther. Mittlerweile ist es null Uhr dreißig, und das Signal ist noch immer deutlich zu hören. Selbstverständlich hat er sofort Meldung bei der Seenotrettung gemacht, und die haben ihm bestätigt, dass sie rausfahren, sobald ihr Seenotkreuzer von einem anderen Einsatz zurück ist. In dieser Nacht hat es noch eine weitere Havarie gegeben, die die Hilfe eines Seenotkreuzers erforderlich machte. Die „heimlichen Engel" der See sind mit ihrem einzigen Kreuzer unterwegs um zu helfen. Daher geht es gewissermaßen der Reihe nach.

Eine halbe Stunde, denkt sich der Offizier, *in einer halben Stunde kann da draußen so unendlich viel passieren.*

Er muss an die Menschen denken, die jetzt irgendwo auf dem Wasser ums Überleben kämpfen, und auch an die, die ihnen helfen. Er hat über Funk versucht ein anderes Schiff zu finden, eines in der Nähe des Notrufsignals, das helfen könnte, aber nichts. In diesem Bereich des nördlichen Great Barrier Riffs gibt es heute nacht nur zwei Schiffe. Die sind beide in Not. Es handelt sich zum einen um ein manövrierunfähiges australisches Fischerboot mit Maschinenschaden und verrutschter Ladung. Durch die enorme Schräglage besteht Kentergefahr. Die Küstenwache schickte ihren Kreuzer, und wie der Offizier gerade über Funk erfährt, befindet sich die Besatzung des Fischerbootes inzwischen komplett an Bord des Seenotkreuzers. Das Fischerboot mussten sie sich selbst überlassen in der Hoffnung, dass es diesen Sturm übersteht und nicht kentert. Der andere Notfall ist dieses Signal, von dem der Offizier gar nicht genau weiß, was es ist, das aber ständig SOS funkt.

„Hallo, Mother Teresa, hier Küstenwache, konnten sie mittlerweile die Position des SOS-Signals feststellen? Over."

„Hallo Küstenwache! Hier Kreuzer Mother Teresa, wir hören das Signal, aber wir haben nichts auf dem Radarschirm. Es scheint kein Schiff mehr zu geben. Die Position ist 147° 52' 07'' Ost und 17° 59' 24'' Süd, vermutlich eine Life-Raaft. Könnte aber auch nur eine Person mit Schwimmweste sein. Wir haben die Fischer alle an Bord und fahren jetzt zur Position des Signals. Schickt bitte einen Hubschrauber! Die Sicht ist miserabel. Over."

„Habe verstanden. Wir schicken einen Hubschrauber. Noch was, gute Nachricht, Leute! Der Sturm lässt nach. Wir haben zwar immer noch dreißig Knoten, aber es soll weiter abflauen. Viel Glück für euch! Over."

Gegen Morgen legt sich der Wind schneller als erwartet. Die Rettungsinsel ist durch den ablandigen Sturm aus südwestlicher Richtung weit abgetrieben über dem nordöstlichsten Teil des Great Barrier Riffs und erscheint bei aufgehender Sonne auf dem tiefblauen Meer wie ein winziges Stück Mandarinenschale.

Erst gibt es einen leichten Stoß, dann klingt es wie ein Schurren, ein Kratzen am Boden der Rettungsinsel. Als ob jemand von außen kratzt und boxt. Tim erwacht. Er sieht den großen Kunststoffreißverschluss! Eine Zeit lang hat er tief und fest geschlafen, und es dauert einen Moment, bis ihm klar wird, was passiert ist.

Die schrecklichen Bilder der vergangenen Nacht tauchen wieder auf wie der Trailer eines Horrorfilms. Er versucht sich zu bewegen, doch sein ganzer Körper hat bleierne Schwere, als sei er gelähmt. Der Versuch seine Finger zu spreizen und seine Knie anzuziehen scheitert. Aber es gelingt ihm den Kopf zu heben. Sein Rücken ist steif und schmerzt. Er ist nicht verletzt, es ist nur die Erschöpfung und die Kälte, die es ihm nicht gestatten seinen Körper so zu bewegen, wie er es will.

Aber was war das für ein Geräusch? Seine Hand tastet nach dem Kunststoffreißverschluss und zieht daran. Er kommt ganz langsam hoch und streckt seinen Kopf ins Freie. Eine leichte Brise kühlt ihm den Kopf, lässt sogar ein Fünkchen Hoffnung in ihm aufkeimen. Der starke Regen, der mit dem Sturm kam, hat die Wogen reduziert. Die See ist viel ruhiger geworden, aber die alten Wellen rollen noch an - sie eignen sich allerdings nur für einen Tauglichkeitstest in Bezug auf Seekrankheit, bedeuten aber keine echte Gefahr mehr. Es gelingt Tim aufzustehen. Die aus dem Wasser ragenden Felsen machen ihn mit einem Mal hellwach. Sein Rücken scheint sich augenblicklich erholt zu haben. Aufgeregt weckt er die anderen, die aus ihrem Tiefschlaf gerissen reichlich belämmert wirken, sich aber doch nach einigen Anfangsschwierigkeiten auf Tim und auf das, was er ihnen zeigen will, konzentrieren können.

„Wir müssen uns irgendwo in einer Untiefe auf dem äußeren Riff befinden", sagt Tim und deutet auf die aus dem Meer ragenden Felsen.

„Kann man nur von Glück sagen! Stell dir vor, der verdammte Sturm hätte uns auf die Felsen geknallt!", wundert sich Morten.

„Dann hätten wir in einer Nacht zum zweiten Mal unser Schiff verloren."

„Tja, dann hätten wir uns als letzte Möglichkeit vielleicht noch an die Felsen klammern können", versucht John zu witzeln. Doch so witzig findet das keiner.

Trotz des Geschaukels durch die hohen Wellen können die Männer die Korallenköpfe erkennen, die sich dicht unter ihrem Floss befinden. Sie sehen sogar ein paar Fische, ziemlich große Fische - Haifische!

„Ich werd` verrückt, da sind ja jede Menge Haie!", und wie vom Sandfloh gebissen sucht Björn die Taucherbrille, die in jede Rettungsinsel gehört, wie Morten noch meinte. Er findet sie und beugt sich über den wulstigen Rand ihres Floßes um zu sehen, was da unten los ist. John und Jan halten ihn an den Beinen fest, damit er nicht zu den Fischen abrutscht.

„Ja, ich kann einen Tigerhai erkennen und zwei andere, und da ist ein Zitronenhai - alle noch ziemlich klein. Ein paar Riffhaie. Die sind schon größer. Das ist ja hier wie im Aquarium!"

„Glaubst du, dass sie uns angreifen?", fragt Tim emotionslos.

„Ach, ich weiß nicht", antwortet Morten, „so was gibt's doch nur im Kino - glaub` ich jedenfalls."

„Ich denke, in unserem Floß sind wir sicher. Wir brauchen ja nicht ins Wasser zu gehen, und irgendwann hauen sie bestimmt wieder ab", versucht John zu beruhigen.

„Schöner Mist", flucht Björn mit nassem Gesicht.

„Was ist mit dem Sender? Ist er noch da? Funktioniert er noch?" Alle suchen hektisch nach dem kleinen Zauberkasten, der sozusagen ihr Link zurück ins Erdenleben sein soll. Sie finden ihn emsig blinkend zwischen den andern Gegenständen auf dem Gummiboden.

„Gott sei Dank, nun können wir nur noch hoffen, dass sie uns bald finden", sagt Morten mit übergezogener Taucherbrille. Er kann's nicht fassen, das mit den Haien.

Jeder trinkt einen Becher voll Wasser und bekommt einen Müsliriegel. Die erste Ration. Außerdem bekommt noch jeder eine Vitaminpille und auf besonderen Wunsch ein winziges Stück Zero Zero.

„Davon liegen nun zwei Tonnen auf dem Meeresgrund. Es ist zum Heulen!", jammert Tim und legt sich diesen winzigen Pickel Haschisch unter die Zunge, damit sich seine Nerven beruhigen, wie er sagt.

Die Schiffbrüchigen sitzen in der Rettungsinsel und dämmern im Halbschlaf. Björn wirkt sehr nachdenklich. Er schaut seine Freunde der Reihe nach an mit einem Blick, der erkennen lässt, wie sehr ihn etwas quält, schließlich kommt er damit heraus:

„Der Kreuzschlag nach Luv war keine gute Entscheidung. Mir ist das schon klar. Es hätte aber an der Situation nichts geändert, wenn wir nicht gekreuzt wären. Dem Wetter konnten wir damit nicht entkommen."

„Du hättest nicht so an unserem Termin kleben sollen", sagt Tim. „Beim Segeln ist eben nicht alles kalkulierbar."

„Was für ein Blödsinn!", fällt ihm John ins Wort. „Du hättest zwar den Kreuzschlag nicht machen sollen, brauchst dich aber gar nicht zu entschuldigen!"

„Das finde ich aber auch", bestätigt Jan.

„Dem Sturm konnten wir nicht entkommen. Wir hatten gar keine Chance. Unser Pech war dieses Scheißdieselfass. Wenn das nicht gewesen wäre, säßen wir wahrscheinlich noch alle auf der Summer King statt auf dieser Gummiinsel."

„Und wessen Idee war das mit dem Fass?", fragt Morten aufgebracht.

„Spielt doch jetzt keine Rolle mehr", meint John in beruhigendem Ton.

„Wir alle haben das Fass wochenlang gesehen und uns keine Gedanken darüber gemacht, was für eine gefährliche Bombe wir da ständig mit uns führen. Das Einzige, was wir uns vorwerfen müssen, ist die Tatsache, dass wir die Segel nicht früher runter genommen haben. Das war einfach zu spät, aber was nutzt uns das jetzt. Wir sitzen doch alle im selben Boot. Man könnte natürlich auch sagen: Björn hat Scheiße gebaut, er hätte es wissen müssen als Skipper, das mit den Segeln. Doch eigentlich hätte es jeder von uns wissen müssen."

„Wir haben es ja schließlich auch versucht", bringt Björn zu seiner Entschuldigung vor.

„Hat aber nicht mehr funktioniert!", mischt sich John wieder ins Gespräch. „Ja, und dann war da diese Riesenwelle, dieser Kaventsmann. Diese Welle hat unser Ölfass losgerissen, unser Heck zertrümmert und war der Grund, warum der Rumpf gerissen ist. Ob diese Welle oder eine ähnliche uns auf einem anderen

Kurs genauso gepackt hätte, weiß kein Mensch, denn letzte Nacht gab es keine Sterne, dafür aber genug Killerwellen. Also ich finde, wir sollten keinen Fehler machen und nach Schuldigen suchen. So wie es ist, ist es schlimm genug."

Schweigen - langes Schweigen und eine gewisse Ratlosigkeit machen die Runde.

„John hat recht. Wir befinden uns in einer sehr schwierigen Situation. Das Letzte, was wir noch brauchen, ist Streit. Wir müssen zusammenhalten, uns gegenseitig helfen und ermutigen, sonst gehen wir alle vor die Hunde. Wenn wir überleben wollen, müssen wir uns auf das konzentrieren, was unser Überleben ermöglicht. Streit und Kontroversen gehören sicher nicht dazu. Einer für Alle. Alle für Einen. Erinnert euch! So haben wir es geschworen und so sollten wir es auch halten." Jan schaut den Freunden in die Augen und seine Worte sind einleuchtend für jedermann. Selbst Björn, der sich immer noch mit Schuldkomplexen quält, hat ein Einsehen. Jetzt zählen Disziplin, Durchhaltevermögen und Teamgeist.

Das hat der Mannschaft gut getan. Ein paar richtige Worte, ein Appell an die Vernunft geben Kraft und Hoffnung und die Motivation über sich selbst hinauszuwachsen.

Auf einmal streckt Morten seinen Arm in die Runde, in seiner Hand der Sender. Die Augen der Freunde fokussieren abrupt das kleine hoffnungstragende Kästchen. Keiner sagt etwas, weil es allen die Sprache verschlägt. Der Sender blinkt nicht mehr! Das heißt, er sendet auch nicht. Wie lange denn schon? Wie kann das passieren? Die Dinger sollen doch mindestens drei Tage lang funktionieren! Das ist ein herber Schlag. Wo man eben noch bemüht war, Hoffnung und Rücksichtnahme zu predigen, stehen die Männer nun vor einem neuen, einem vernichtenden Problem. Ihre einzige Verbindung zur Außenwelt ist abgebrochen.

Die letzte Ausfahrt geschlossen vor ihren Augen. Jetzt wird sie keiner mehr finden, womöglich nicht mal mehr suchen, weil die glauben, da draußen ist nichts mehr, wonach man noch suchen könnte.

Der Schock hat eine barmherzige Nebenwirkung. Er lähmt die Zungen der Schiffbrüchigen. Jeder nimmt es zur Kenntnis und schweigt. Gar nichts! Keiner äußert sich zu diesem kolossalen Ereignis. Es wäre auch sinnlos.

Ein paar klägliche Versuche den Sender wieder in Gang zu kriegen schlagen fehl, und so bleibt nichts als zu warten und zu hoffen.

Das Rettungsfloß ist durch die Brise ein ganzes Stück weiter nach Nordosten getrieben. Die Felsen tauchen nur noch vereinzelt auf, aber sie befinden sich noch immer über flachem Wasser.

„Wir müssen sehen, dass wir unsere Position halten", ermahnt Björn.

„Falls die nach uns suchen, werden sie dorthin kommen, woher sie unser letztes Signal empfangen haben."

„Aber wie sollen wir das machen, wir haben keinen Anker?" Tim zeigt Björn die etwa fünfzig Meter lange Leine, die, fein säuberlich auf eine Plastikrolle gewickelt, zur Not als Ankerleine dienen könnte, wenn sie einen hätten.

„Ich habe eine Idee!", platzt es aus Morten heraus. „Wir binden das Floß am Meeresgrund fest. Wir suchen uns eine Stelle, wo man eine Leine durchstecken kann, und binden es einfach fest."

„Gute Idee, Morten, sollten wir probieren. Viele Möglichkeiten haben wir ja nicht", bekräftigt Björn.

„Das Wasser hat hier höchstens sechs bis acht Meter Tiefe, und die Haie, falls noch welche da sind, bleiben doch lieber in tieferem Wasser, oder?"

„Jawohl, positiv denken, Leute, wir sind noch nicht verloren. So schnell geben wir nicht auf. Wir haben eine Taucherbrille, und wir losen aus, wer mit dem Seil nach unten geht."

„Lass gut sein John, ich kann am längsten unten bleiben", unterbricht Tim. Dann schnappt er sich Taucherbrille und Leine und lässt sich langsam ins Wasser gleiten. Augenblicklich huschen ein paar größere Schatten umher, keiner weiß, was es ist, und keiner will es richtig wissen. Am wenigsten Tim. Der stößt sich von der Rettungsinsel los und sucht den Grund nach einer geeigneten Stelle ab, wo er die Leine befestigen kann. Ein großer Hai schwimmt etwa zwei Meter unter ihm, dreht aber seitlich ab und verschwindet.

Von wegen, Haie gehen nicht ins Flache! Da sieht Tim ein Korallengebilde, wie ein Auge. *Ideal*, denkt er. *Das könnte gehen.*

Er gibt den anderen zu verstehen, dass er etwas Geeignetes gefunden hat und taucht. Er ist ein großartiger Taucher, er liebt es. Seinen Tauchschein hatte er schon mit neunzehn. Was er allerdings im Moment gerade macht, übertrifft all seine Erwartungen. Wieder schwimmt ein großer Tigerhai aus dem Nichts kommend auf ihn zu, dreht kurz vor ihm ab und verschwindet wieder.

Wo kommen die her?, fragt sich Tim. *Die sind plötzlich da.*

Bei ihren früheren Tauchgängen haben sie sich immer gefreut, wenn sie endlich mal einen Hai zu Gesicht bekamen. Heute ist das ganz anders! Er muss hoch Luft holen. Die Leine hat er bereits durchs Auge der Koralle gesteckt, sie aber noch nicht befestigt.

Beim zweiten Abtauchen sind die beiden Tigerhaie, die er jetzt deutlich erkennt, schon wieder direkt unter ihm. Tim schwimmt geradewegs auf sie zu, weil sie zwischen ihm und der Koralle sind. Die Haie bewegen sich etwas unentschlossen zur Seite, als Tim seinen Weg unbeirrt fortsetzt. Er packt das Ende der Leine und steckt einen großen Palstek. Das hält, sagt er sich, taucht auf, präsentiert den gestreckten Daumen und erntet einen großen Applaus für seine Heldentat. Für einen Moment herrscht Euphorie im Rettungsfloß.

Auf der Mother Teresa haben sie die acht schiffbrüchigen Fischer mit dem Nötigsten versorgt. Ihnen vor allem trockene

Kleidung und warme Decken gegeben. Sie sind jetzt unter Deck in zwei Kabinen zu jeweils vier Mann einquartiert und schlafen. Man hat ihnen auf Wunsch ein Schlafmittel gegeben, damit sie ihre unfreiwillige Fahrt zur zweiten Havarie nicht unbedingt miterleben müssen. Sie sind alle ein wenig traumatisiert. Es wäre zuviel Zeit verstrichen, hätte man die Fischer vorher nach Townsville gebracht, wie es eigentlich geplant war.

Unterdessen hat der Kapitän Kurs auf die Palmpassage genommen. Der Bordfunker empfängt seit sechsunddreißig Minuten nichts mehr, kein SOS, und 148° 40' 25'' Ost und 17° 69' 58'' Süd war die Position des letzten Signals, das bei ihm ankam. Die Leute auf der Mother Teresa gehen davon aus, das havarierte Schiff ist gesunken und in der Nähe der Unglücksstelle befinden sich noch Überlebende. Auf dem Radar ist jedenfalls nichts zu sehen. Im Prinzip schätzen sie die Situation richtig ein. Sie wissen nur nichts von der Abdrift der Rettungsinsel. Es hängt aber weitgehend von den Sichtverhältnissen ab, ob sie dann noch etwas finden. Wie es aussieht, hat der Wind stark nachgelassen. Es ist hell, die Sicht gut. Geschätzte Zeit bis zum Zielort: Vier Stunden und dreißig Minuten. Der Hubschrauber müsste in etwa einer dreiviertel Stunde da sein. Er hat ständigen Kontakt mit der Mother Teresa.

Das Rettungsfloß mit den fünf Unglückssseglern hängt in einer Strömung in östliche Richtung über dem Great Barrier Riff. Die Notleine, die das Floß auf der Stelle hält, ist gespannt wie eine Basssaite.

„Wenn die Strömung nicht zunimmt oder erneut Wind aufkommt, wird es halten", meint John etwas müde. Er zieht an der Leine, prüft die Spannung: „Da ist ganz schön Zug drauf trotz der geringen Strömung."

Ein Blick zur Sonne, verrät ihm, dass es um die Mittagszeit ist und sie seit über zwölf Stunden auf ihrem Floß sind.

„Wenn ich jetzt einen Sextanten hätte, könnten wir eine Mittagsbreite nehmen."

„Haha, und wem willst du sie ohne Kommunikationsmittel präsentieren? Außerdem hast du doch dein kleines GPS, wenn es nicht nass geworden ist. Damit hast du auch unsere genaue Position. Nur es nutzt nichts." Morten lacht etwas verschämt, als er über dem Wulst sitzt und bemüht ist, das Floß nicht zu beschmutzen, während er seine Notdurft verrichtet.

„So wird dir deine Navigation nicht viel nützen. Aber vielleicht sollten wir noch eine Leuchtrakete abfeuern!"

„Wir haben noch drei rote. Ich schlage vor, wir warten noch eine Stunde und feuern dann eine. Nach zwei Stunden die nächste. Die dritte und letzte sollten wir hochjagen, wenn wir irgendetwas sehen, was uns nicht sieht, aber sehen könnte, wenn wir uns bemerkbar machen würden."

„Einverstanden."

Die Männer sind still geworden. Sie leiden zusätzlich. Unter der geschlossenen Persenning werden sie zwar vor den Sonnenstrahlen geschützt, aber die Hitze, die sich darunter entwickelt, ist infernalisch. Keiner mag mehr etwas sagen. Was soll auch gesagt werden? Schlafen, nur noch schlafen, ist der Gedanke. Sie sacken weg, unweigerlich, und Morten muss aufpassen, dass er während seiner Toilette nicht einschläft.

„Das muss die Stelle sein. Wir kreisen genau über Position 148° 40' 25'' Ost und 17° 69' 58'' Süd, dem letzten Notruf. Aber hier gibt es weit und breit nichts zu sehen. Keine Überlebenden, keine Wrackteile, nichts, was auf einen Untergang hinweist." Der Co-Pilot kneift die Augen zusammen. Er sucht auf der unendlich weiten blauen Fläche irgendetwas, was auf Schiffbrüchige schließen lässt, doch er sieht nichts. Er geht tiefer und fliegt langsam ungefähr eine halbe Stunde lang in südwestliche

Richtung, gegen den Wind. Plötzlich sehen beide Piloten Gegenstände auf dem Wasser.

„Da ist was, ich kann nicht genau erkennen was, aber das sieht aus wie Überreste eines gesunkenen Schiffes!"

Sie berichten dem Seenotkreuzer, was sie hier sehen. Der Hubschrauber geht auf dreißig Meter runter, die Piloten erblicken etwas Braunes, wie Sitzpolster oder Matratzen, eine deutlich zu erkennende Styroporkiste, ein Brett - aus der Bordküche vielleicht - und noch einige nicht genau zu identifizierende Gegenstände, die verlassen auf den blauen Wellen schaukeln. Menschen können sie nicht entdecken. Bis zur Dunkelheit bleiben noch gut zwei Stunden, die sie nutzen wollen. Der Navigator des Kreuzers informiert die Piloten über Windrichtung und Windgeschwindigkeit der letzten zwölf Stunden, und da der Hubschrauber offen-sichtlich die Unglücksstelle gefunden hat, lässt sich mit Hilfe der Position des letzten SOS-Signals eine Linie zwischen den beiden Punkten ziehen, die in der Verlängerung die Drift möglicher Überlebender bestimmt. Natürlich bezieht sich diese Navigation nur auf die Windrichtung, Eine leichte Meeresströmung in entgegengesetzter Richtung könnte das Abtreiben der Rettungsinsel bremsen. Mögen die Piloten in dieser Richtung weitersuchen, rät der Navigator. Der Seenotkreuzers hat bereits auf Nordost-Kurs abgedreht

„Roger!" der Hubschrauber dreht, geht bis auf hundert Meter hoch und fliegt im Schleichflug ebenfalls nach Nordosten.

Diesmal ist der Ruck im Inneren der Rettungsinsel längst nicht so stark wie am frühen Morgen, als sie gegen den Felsen geschrammt sind. Nur ein leichtes Knacken mit einer kaum spürbaren Vibration. Aber alle haben ihn bemerkt, den Knack. Alle sind wach. Hochsensibel reagieren sie auf Geräusche dieser Art.

„Wir sind los!", brüllt Björn wütend. Er sieht über den Wulst ins Wasser. Sie driften! „Verdammt!" Langsam, aber mit einer beängstigenden Gleichmäßigkeit treibt das Floß weiter über das Riff dem tiefen Wasser zu. Die Jungs schauen mit gläsernem Blick. Es zieht vorbei. Der Wind treibt sie weiter. Weiter in den Pazifischen Ozean, weg von der Sonne, die schon im Westen steht. Nur Björn gibt seiner Erregtheit offen Ausdruck. Panisch kramt und wühlt er im Floß herum, ob ihm vielleicht irgendetwas in die Hände fällt, was diesen Wahnsinn stoppt. Er findet nichts. Alle Optionen sind verbraucht. Die Tatsache, dass sie hier sind ohne Kontakt, dass jede weitere Meile Abdrift sie für ihre Retter unsichtbarer macht, erzeugt in ihm das Bild des völligen Versagens. Die anderen fühlen nichts. Sie sagen nichts, sie machen nichts. Sie sitzen einfach nur da und schaukeln auf den Wellen.

Als die Sonne untergeht, schwindet die Hoffnung heute noch gefunden zu werden. In zwanzig Minuten ist es dunkel!

Ein tiefes kaum hörbares Grollen mischt sich in die trostlose Stille an Bord, verändert sich in der Frequenz, dann ist es weg. Nach einigen Minuten taucht dieses Geräusch erneut auf. Nur schwächer, dann ist eine ganze Zeit nichts.

Björn hält die Leuchtpistole hoch über den Kopf. Er feuert die rote Rakete zum Himmel und schreit dabei aus Leibeskräften: „Hubschrauber! Das ist ein Hubschrauber!"

Alle schauen gebannt zu der roten Leuchtrakete, die bereits ihren höchsten Punkt überschritten hat und nun gemächlich am Fallschirmchen herunter schwebt. Das glühende Magnesium ist weit zu sehen. Doch außer dem Signal sehen die Freunde nichts. Leider hören sie auch nichts, denn das Geräusch, welches Björn für einen Hubschrauber gehalten hat, taucht nicht wieder auf.

„Ich habe ihn bestimmt gehört. Es klang wie Rotorblätter, eben typisch nach Hubschrauber."

John sieht ihn ungläubig an. „Schieß` gleich noch eine ab!“, sagt er zu ihm. „Wenn es wirklich einen Hubschrauber gibt, dann muss er uns jetzt finden, sonst ist es vorbei!“

Björn legt die vorletzte Kartusche in die Leuchtpistole. Seine Hand zittert, als er den Arm ausstreckt. Mit lautem Zischen saust die Rakete nach oben. Beim Zerplatzen gibt es eine große leuchtende rote Kugel, aber der kleine Fallschirm, der den Sinkflug der Kugel dämpfen soll, fällt herunter und schlägt unweit vom Floß aufs Wasser.

„So ein Mist!“, flucht Björn durch die geschlossenen Zähne.

Die anderen fluchen ebenfalls lautstark. Die zweite Kugel fällt nun natürlich wesentlich schneller als die vom Fallschirm gebremste.

Gerade als die Verzweiflung am größten ist, als jeder schon glaubt, es gehe nichts mehr, erscheint dieses Geräusch wieder. Es wird lauter, kommt offenbar näher. Jetzt kann man deutlich das für Hubschrauber typische flappende Geräusch der Rotorblätter hören. John feuert die letzte Rakete ab. Die Schiffbrüchigen sind alle aufgestanden. Sie suchen mit zusammengekniffenen Augen den Himmel ab und sie winken in großen Bewegungen mit der Taschenlampe.

Die Dämmerung weicht allmählich der Dunkelheit,

„Da ist er!“ Tim und Morten haben ihn zuerst entdeckt. Ein kleiner Lichtpunkt auf vier Uhr, der rasch näher kommt. Der plötzliche Adrenalinstoß, den der ankommende Hubschrauber verursacht, lässt jeden der müde gewordenen Männer zu neuem Leben erwachen. Eine unbeschreiblich freudige Erregung belebt die Havarierten, sie springen im Floß umher, winken und schreien. Sie wedeln mit allem, was sie gerade in den Händen halten. Lauthals und hellwach fuchteln sie wie von Ketten befreit mit den Armen.

Die Piloten des Hubschraubers haben sie ebenfalls entdeckt. Sie kommen direkt auf sie zu. Die Begeisterung der Männer ist grenzenlos. Glaubten sie vor fünf Minuten noch, es wäre aus, sind sie jetzt halb verrückt vor Freude über die sich ankündigende Rettung.

Der Hubschrauber hat die Rettungsinsel erreicht und kreist in zwanzig Metern Höhe darüber. Über Lautsprecher teilt der Co-Pilot mit, ein Seenotkreuzer sei unterwegs, der in etwa einer halben Stunde bei ihnen sein müsste. Er hat dem Kreuzer die neuen Koordinaten durchgegeben. Dann wirft er ein Paket ab und entfernt sich wieder.

Mit beiden Hilfspaddeln bemühen sich Jan und Tim zu dem nahe querab treibenden Paket zu gelangen. Darin befinden sich Trinkwasser, Trocken-Proviant, ein Erste-Hilfe-Kasten und, das Wichtigste, eine große Lampe. Das Trinkwasser wird von allen sehr gerne angenommen. Bisher war es rationiert. Ein paar kräftige unrationierte Schlucke tun jetzt jedem gut. Die anderen Sachen werden im Moment nicht gebraucht, aber wer weiß? Noch sind sie nicht gerettet!

Nach zwanzig Minuten etwa sehen sie den Kreuzer von Südwest am Horizont. Sie halten den Lichtstrahl der gerade erhaltenen Lampe in seine Richtung um gesehen zu werden. Weitere zwanzig Minuten später hat der Kreuzer mit vier großen Scheinwerfern das Floß erreicht, das nun taghell angestrahlt auf den Wellen treibt. Dank des guten Wetters können die Schiffbrüchigen ohne Probleme an Bord genommen werden.

Sie sind völlig am Ende ihrer physischen Kräfte, aber überglücklich auf einem großen Schiff zu sein. Gerettet! Unter Menschen, die sich kümmern, wo sie sofort ärztliche Versorgung erhalten. Es ist ein Wunder.

Björn erzählt apathisch, was passiert ist, wie es zu dem Unglück kam. Aber der Kapitän ist ein sehr mitfühlender Mensch und meint, sie hätten noch genug Gelegenheit zu berichten, sie sollen sich erst mal ausruhen, und unter Rücksichtnahme auf den Zustand der Jungs werden auch keine weiteren Fragen gestellt. Nach der ärztlichen Untersuchung und den nötigsten Formalitäten liegen allesamt auf ihren Ohren in vergleichsweise bequemen Kojen und schlafen tief und fest.

Der Kreuzer dreht unterdessen ab in Richtung Townsville.

14

Im Hafen von Townsville werden die Geretteten der Einwanderungsbehörde vorgeführt.

Alle sind im Besitz ihrer Reisepässe. Außerdem hatten sie alles Geld und die Schiffspapiere mitgenommen, bevor sie ihre Yacht aufgeben mussten. Das erspart ihnen jede Menge Fragen. Die australischen Behörden sind, was ihre Einreisebestimmungen anbelangt, konsequent. Selbst in einem außergewöhnlichen Fall kann es unangenehm werden, wenn die Formalitäten nicht stimmen. Sie erhalten einen Einreisestempel mit vierwöchigem Visum.

Als Nächstes bringt man sie zur Hafenpolizei, die im Wesentlichen zwei Fragen stellt.

Erstens: „Was wollen sie in Australien bzw. australischen Hoheitsgewässern?"

Und zweitens: "War sonst noch jemand auf dem Schiff? Ist vielleicht jemand verloren gegangen?"

Dann will man natürlich noch wissen, wie es zum Sinken der Yacht kam. Wo genau sie liegt? Ob sie daran denken die Yacht zu heben? Ob sich noch irgendwas an Bord befindet, und was sie jetzt tun wollen?

Ganz zur Zufriedenheit der Hafenpolizei können sie alle Fragen beantworten. Es ergeben sich keine Widersprüche, kein Verdacht. Nicht selten werden solche Schiffsunglücke dazu genutzt ungeliebte Menschen los zu werden. Diesen Eindruck gewinnt die

Polizei bei den Jungs allerdings überhaupt nicht, im Gegenteil, sie hören ihren Schilderungen gebannt zu, und als die Jungs von der Minute des Untergangs erzählen, bekommen die Polizisten beinahe Gänsehaut. Die Segler waren, wie sie glaubhaft versichern können, auf einer Weltumsegelung. Ihre letzte Etappe sollte über Queensland, Brisbane, die australische Ostküste entlang nach Sydney gehen.

Berührt von dem Drama schütteln die Polizisten ihnen die Hände, bevor man sie in ein Hotel in der Nähe des Hafens fährt mit der Bitte sich in den nächsten Tagen zur Verfügung zu halten.

Völlig übermüdet aber total aufgekratzt zischen die Jungs fast synchron ein eiskaltes Foster aus der Zimmerbar im Hotel. Die Bierdosen klappern leise und unpersönlich beim Anstoßen. Keiner will so richtig glauben, was in den letzten 48 Stunden passiert ist, und keiner weiß so richtig, wie es jetzt weitergehen soll. Im Moment haben sie nichts zu befürchten, doch sobald die Behörden hinter die Wahrheit kommen und am Ende das Haschisch im Bauch der Summer King fänden, wäre es aus. Das wissen die Geretteten sehr genau. Was also tun?

„Vielleicht sollten wir erst mal froh sein, dass wir noch leben", äußert sich Jan und verteilt noch mal eine Runde Foster Bier.

„Wir sollten sehen, dass wir Australien so schnell wie möglich verlassen, bevor die erst anfangen nach der Summer King zu suchen!"

„Und sie womöglich auch finden", ergänzt Tim.

„Die Polizei meinte, wir sollten uns zur Verfügung halten. Also wäre es doch verdächtig, so Hals über Kopf zu verschwinden.

„Du hast Recht! Wir dürfen nichts überstürzen"

Am nächsten Morgen klingelt um neun Uhr das Telefon. Miss Borroughs, die Sekretärin des Bürgermeisters, ist am Apparat um die Segler für morgen Abend zur alljährlichen Bürgerversammlung in die City-Hall von Townsville einzuladen.

Mr. Hornblower möchte sie gerne seinem Wahlkreis präsentieren. Außerdem lässt Mr. Hornblower darum bitten, sie mögen ein paar Worte an das Publikum richten um die erfolgreiche Arbeit des Seenotrettungsdienstes zu würdigen. Alle werden sie diesmal da sein. Der Bürgermeister, die Hafenbehörden, die Polizei, die Seenothilfe, das Fernsehen und die Presse.

„Ihr seid jetzt so etwas wie Helden", meint Miss Borroughs mit euphorischem Unterton.

„Helden? Wie meint die das?", fragt sich Jan, nachdem er den Hörer aufgelegt hat.

„Was ist denn jetzt passiert?" John ist schon auf dem Weg nach unten eine Tageszeitung zu besorgen, denn er scheint zu ahnen, was hier vor sich geht. Die Bürgerversammlung, zu der sie eingeladen sind, und die Wichtigkeit, die man ihnen zuspricht, Helden sollen sie sein! So richtig geschmeichelt fühlt sich keiner, doch umso verblüffender ist der weitere Verlauf ihrer Geschichte.

„Küstenwache von Townsville rettet Schiffbrüchige"

Vor dem nordöstlichen Bereich des Great Barrier Riffs kam es vorletzte Nacht gleich zu einer doppelten Rettungsaktion. Während eines Orkans, der mit Windgeschwindigkeiten von 130 km/h tobte, gerieten der australische Fischkutter „Sofie" und die Segelyacht „Summer King" in arge Seenot.

Zu verdanken ist es dem Seenotrettungsdienst, insbesondere der Mannschaft des Kreuzers „Mother Teresa", der es gelang beide Mannschaften der in Seenot geratenen Schiffe zu retten. Die „Sofie" war aufgrund eines Schadens am Ruder manövrierunfähig geworden. Außerdem hatte sie enorme Schlagseite

durch ihre verrutschte Ladung. Der Fischkutter konnte am nächsten Tag geborgen werden.

Weniger Glück hatte die Besatzung der Segelyacht „Summer King", deren Yacht im Sturm von einer Killerwelle überrollt wurde und sank.

Die havarierten Segler konnten sich in einer Rettungsinsel vor dem Ertrinken bewahren bis der Rettungskreuzer „Mother Teresa" sie aufnahm.

Mr. Hornblower, Mitgründer und Schirmherr des Seenotrettungsdienstes Townsville, beglückwünschte die Besatzung der „Mother Teresa" zu ihrer herausragenden Rettungsaktion. Er lädt alle Bürger zur kommenden Versammlung in der City Hall von Townsville ein. Die Besatzungen der gesunkenen Yacht „Summer King" und des havarierten Fischkutters „Sofie" werden ebenfalls dabei sein.

Überschrift auf der Titelseite des Queensland Express. Wenn sie es nicht mit eigenen Augen lesen könnten, würden sie nicht glauben, was da steht.

„Die machen da ja ein Riesending draus", wundert sich John. „An der Rezeption hat man mir gerade erzählt, demnächst seien Wahlen."

„Aha", Tim versteht, „das ist es. Wahlen - na dann sind ein paar positive Schlagzeilen natürlich sehr hilfreich. Wenn man sich kurz vor den Wahlen ein bisschen Lametta an die Brust hängen kann, läuft es besser, ist doch klar."

„Kann uns doch egal sein", erwidert Jan. „wir tun ihnen den Gefallen und spielen in ihrem Sinne mit. Schließlich haben sie uns ja auch wirklich gerettet."

Es ist kurz vor acht. Die City Hall ist völlig überfüllt. Die Leute stehen bis auf die Straße, aber die Veranstaltung beginnt pünktlich um acht Uhr. Bürgermeister Hornblower informiert das Publikum in seiner Begrüßungsrede noch einmal über die Rettungsaktion, und dass man sich auf eine Dankesrede freuen kann, die John Woodvine, einer der Geretteten der Summer King Mannschaft, geben wird.

Die Jungs sitzen derweil in ihrer Garderobe und werden für ihren „Auftritt" zurecht gemacht.

„Wir sind alle Helden", murmelt Morten immer wieder vor sich hin. Am liebsten würde er jetzt ein paar Tai Chi-Übungen riskieren, aber die anderen verdrehen genervt die Augen und signalisieren, er soll sofort damit aufhören.

Nachdem die Maske die fünf Männer „fernsehtauglich" geschminkt hat, betrachten sie sich im Spiegel und kommen zu dem Schluss, dass sie eigentlich eher aussehen, als kämen sie gerade aus dem Urlaub als von einer Schiffskatastrophe.

Das lokale Fernsehen hat den Teil des Saales, in dem der Auftritt stattfinden soll, in gleißendes Scheinwerferlicht getaucht. Ein Alleinunterhalter spielt auf einer großen Hammond-Orgel die australische Nationalhymne. Die Zuschauer erheben sich von ihren Plätzen und schauen in Richtung Bühnen-Eingang, wo die beiden Mannschaften erwartet werden. Die letzten Takte der Hymne verklingen, da erscheinen zunächst die Segler gefolgt von den australischen Fischern, die allesamt Japaner sind und kaum Englisch sprechen! Schön frisiert und gepudert für die Kameras laufen sie ein wie die Spieler einer siegreichen Rugby-Mannschaft mit dem australischen Meisterschaftspokal unter dem Arm. Morten grinst breit wie ein wohl vorbereiteter Conferencier, Jan kommt mit verlegenem Lächeln herein, und allen steht ein Ausdruck der Verwunderung im Gesicht, der langsam zunehmender Begeisterung weicht, je mehr die Leute sie feiern. Als wären sie gedopt von der Unglaublichkeit dieser ganzen Situation. Mit erhobenen Armen winkend, benehmen sie sich wie auf einer Siegerehrung. Auf ihrem Weg zum anderen Ende der Halle, wo der Bürgermeister und das Komitee thronen, begleiten sie die Fernsehkameras mit turbulenten Kamerafahrten.

Unterstützt durch flinke Kameraassistenten wird die Veranstaltung live gesendet.

Gemäß der chronologischen Reihenfolge ihrer Rettung werden die Japaner zuerst begrüßt und mit gebührendem Applaus entsprechend gefeiert. Ihr Erscheinungsbild ist bescheiden und knapp, und ohne Kapriolen nehmen sie die Plätze ein, die man für sie reserviert hat. Dann erfolgt die Begrüßung der Segler in Anwesenheit von Vertretern fast aller öffentlichen Institutionen. Nicht zu vergessen das Publikum im Saal. Etwa zweitausend Leute erheben sich begeistert von ihren Stühlen und applaudieren auf das Herzlichste. Der Bürgermeister fragt allen Ernstes, ob die geretteten Schiffbrüchigen nicht ihre Angehörigen über das Fernsehen grüßen wollen, aber dann fällt ihm ein, dass der Sender nur maximal bis Brisbane empfangen werden kann.

In seiner Begrüßungsrede erwähnt Mr. Hornblower seine aktive Zeit beim Seenotrettungsdienst, sozusagen als Mann der ersten Stunde, und dass er selbst Segler ist und somit ein Herz für die geretteten Segler hat. Dabei geht er ein paar Schritte auf John zu und legt seinen Arm um seine Schulter.

„John wird uns nun erzählen, was in jener Nacht auf dem Ozean passiert ist und wie unser ruhmreicher Seenotrettungsdienst das Problem gelöst hat."

Nachdem ihn der Bürgermeister überschwänglich angesagt hat, tritt John vor das Mikrophon, und die Leute im Saal verstummen allmählich, bis es mucksmäuschenstill ist. Die plötzliche Stille und die totale Konzentration des Publikums auf John, erhöhen ihm den Herzschlag, er fühlt, wie er zittert, sich in seinen Achselhöhlen kleine Rinnsäle bilden, die seitlich herunter laufen und sich am Hosenbund zu kleinen nassen Flecken stauen. Erst sagt er eine Weile nichts. Dann schraubt er am Mikrophonständer herum, bis das Mikro, ihm genehm, etwas höher steht und begrüßt alle Anwesenden äußerst freundlich. Es folgt wieder eine längere Pause. Die Gunst des Publikums zu gewinnen gilt es.

Johns Blick hebt sich und nimmt einen sehr professionellen Ausdruck an. Seine Stimme ist leicht gebrochen aber sehr wohlklingend, und es fallen ihm überzeugende, kraftvolle Worte ein, Worte, die jedermann im Saal gerne hört. Es ist von Tapferkeit die Rede, Kameradschaft und Brüderlichkeit, von einem mutigen, selbstlosen Einsatz, von einer phantastischen ärztlichen Behandlung und von beispielloser Gastfreundlichkeit. Die Tränen stehen zum Überlaufen auf seinem Unterlid. Seine Ergriffenheit von sich selbst und dem, was er sagt, die Theatralik in seinem Vortrag wirken auf das Publikum wie eine Droge. Gebannt lauschen sie, wie John in bildlichen Worten den Untergang der Summer King schildert, mit allem, was dazu gehört. Er übertrifft sich selbst, und auch seinen Freunden steht das Wasser in den Augen. John spricht von der großartig gelungenen Rettungsaktion, und er erwähnt äußerst lobend das Engagement des Bürgermeisters und seiner Fraktion. Er dankt den Medien, die es ermöglicht haben die halbe Nation an diesem Ereignis teilhaben zu lassen, für ihre Aufmerksamkeit, die sie ihm und seinen Freunden schenken.

Oft genug war er als Kind mit seinem Vater in Liverpool auf politischen Versammlungen gewesen und konnte dabei studieren, was den Leuten gefällt und was nicht, Phrasen, die ihm in Erinnerung geblieben sind. Seine Redegewandtheit und sein Improvisationstalent machen ihn zu einem großartigen Redner, der nicht nur im Sinne des Publikums spricht, sondern auch den Bürgermeister im Ansehen seiner Gemeinde wachsen lässt. John ist in Rage, er kann gar nicht mehr aufhören, doch bevor es kippt und peinlich werden könnte, versagt ihm endlich die Stimme, und er verbeugt sich lange unter tosendem Applaus. Alle Anwesenden sind zutiefst berührt von seiner sentimentalen Show.

Mr. Hornblower und ein hoher Vertreter der Thomas Cook Bank können ihre Ergriffenheit von Johns Worten gegenüber den Kameras des Lokalfernsehens nicht verbergen. Mit geröteten

Augen danken sie John für seinen Vortrag. Das ganze Great Barrier Riff scheint an diesem Abend gerührt zu sein.

Die Garderobentür fliegt zu, und die Geräusche bleiben draußen.

In der Garderobe herrscht beklemmende Stille.

Die Männer sehen sich an und schütteln die Köpfe, sie kichern vereinzelt und irre.

Tim bricht das Schweigen:

„Was war denn das? Was ist denn das für eine Veranstaltung?"

Schulterzucken und schräges Kopfnicken.

„Ich bin zwar verdammt froh gerettet zu sein, aber so eine dramatische Aktion war die Rettung als solche doch nicht, dass man so ein Riesentheater daraus macht oder? Aber du John warst einsame Spitze. Du hast ihnen gegeben, was sie wollten!"

John ist sichtlich erschöpft. Dieser Auftritt kostete ihn viel Kraft, und er lacht breit übers ganze Gesicht.

„Aber ich war ehrlich, ich habe keine Show gemacht, ich habe das im Moment wirklich alles so gefühlt, sonst wäre mir doch gar nichts eingefallen, und ich hätte niemanden begeistern können."

„Du warst gut, John, das denken alle von uns, und im Grunde ist doch alles bestens gelaufen. Die Politiker haben ihre Promotion. Für sie war's ein gefundenes Fressen, das bestimmt viele Stimmen für die anstehende Wahl bringen wird", sagt Björn.

„Und wir sind gerettet und sogar berühmt!", setzt Jan oben drauf.

Kurzes Gelächter und sofort wieder Stille, die Björn mit den Worten unterbricht:

"Ja, und weil wir so berühmt sind, müssen wir sehen, dass wir so schnell wie möglich verschwinden, bevor der Ruhm uns von der anderen Seite überholt."

Knall! Die Tür fliegt auf, und die Geräusche kommen herein. Mit ihnen Bürgermeister Hornblower und der Polizeipräsident, deren Gesichter immer noch die Ergriffenheit über Johns Rede wiederspiegeln.

Der Bürgermeister nimmt die Freunde noch einmal einzeln in den Arm und bedankt sich für diesen gelungenen Abend. Alle wären so froh über die Rettung, und ob sie denn nicht noch eine Weile in Queensland bleiben wollten, zumal ja auch gerade Wahlkampf ist. Da meldet sich John wieder zu Wort. Er setzt das charmanteste Lächeln auf, von dem er weiß, dass es kaum Frauen in seinem Leben gibt, die dem widerstehen konnten. Damit erklärt er dem Bürgermeister und dem Polizeipräsidenten, er und seine Freunde wollten zunächst einmal so schnell wie möglich heim zu ihren Angehörigen. Die wüssten mittlerweile zwar von ihrer Rettung, machten sich aber trotzdem große Sorgen. Liebend gerne würden sie noch eine Weile im schönen Queensland bleiben, aber von einem längeren Aufenthalt müssten sie Abstand nehmen um eben in ihre Heimat zu ihren Lieben zu reisen. Falls es wegen des Wracks noch irgendetwas gäbe, was ihre Anwesenheit erfordert, könnte selbstverständlich jemand zurück kommen.

Mr. Hornblower, der heute ja besonders offen ist, zeigt sein größtes Verständnis für diesen Entschluss. Er und auch der Polizeipräsident verabschieden sich, wobei Mr. Hornblower seine Hilfe zusichert, sollten sie irgendetwas benötigen. Dann wünscht er seinen neuen Freunden einen angenehmen Aufenthalt in Australien und eine gute Heimreise.

Björn, John, Tim, Morten und Jan sind über nacht Fernsehstars geworden. Doch alles nur eine Frage der Zeit. Früher oder später kommt die Wahrheit ans Licht.

„Was glaubt ihr, wie lange wir uns noch halten können?", fragt John, und er verfolgt mit dieser Frage eine bestimmte Absicht.

„Das hängt davon ab, wie schnell sie die Yacht finden und Taucher runter schicken. Nach meinen Berechnungen müsste unser Schiff in etwa dreißig Metern Tiefe liegen. Wenn sie nicht zerbrochen ist und die Ladung zerstreut oder gar zerstört ist, sollte eigentlich alles noch an Ort und Stelle sein. Die Platten sind in Zellophan eingeschweißt und in Baumwolltücher verpackt. Das

Dope kann schon eine Weile da unten liegen, ohne dass das Salzwasser es zerstört.", gibt Björn zurück.

„Ein Jammer, wenn das da auf dem Meeresgrund alles vergammelt", seufzt Morten.

„Das kannst du laut sagen, es ist ruinös. Unser ganzes Geld haben wir investiert."

„Du vergisst die Summer King", ergänzt John.

„Da stecken auch noch mal zweihundertfünfzigtausend Dollar drin. Alles beim Teufel! Es ist zum Verrücktwerden!"

Auf einmal kommt John mit einem Vorschlag, über den jeder der Gruppe schon nachgedacht, zumindest den Gedanken schon einmal durchgespielt hat, aber keiner so richtig überzeugt war, es den anderen ernsthaft vorzuschlagen. Weil es doch wirklich schon etwas verwegen erscheint.

John fragt tatsächlich, ob jemand interessiert ist die Ladung zu heben.

Schweigen und Kopfschütteln! Interessiert sind sie natürlich alle, die Frage ist nur, wie man das anstellen soll. Anderthalb Tonnen trägt man nicht im Rucksack davon. Wie sollen sie das Zeug unbemerkt heraufbekommen, wo sollen sie es lagern, wie transportieren? Wem können sie sich hier anvertrauen? Wem wollen sie es jetzt noch in Australien verkaufen? So eine Aktion würde wieder einen Haufen Geld verschlingen, und genau das haben sie nicht mehr.

John gehört zu den Leuten, die niemals aufgeben. Selbst so eine herbe Niederlage wie die, die er gerade einstecken musste, wirft ihn nicht aus der Bahn. Im Gegenteil, da kommt sein Docker-Blut wieder zum Tragen. Wenn er angegriffen wird, schlägt er zurück, so lange, bis die Sache entschieden ist. Eine Niederlage kommt für ihn nicht in Frage. Wenn man ihn sieht, kann man das kaum glauben. So ein smarter, sympathischer Brite entblößt in bestimmten Angelegenheiten so einen harten und kompromisslosen Kern.

„Wie sieht's aus, Leute? Macht jemand mit?" Dabei bleckt er sein Gebiss in geschlossenen Zahnreihen zu einem unverschämten Lächeln.

Alle sehen ihn an.

„Heißt das, du hast dich bereits entschieden?"

„Könnte man so sagen, ihr kennt mich. Wenn ich so eine Sache angefangen habe, will ich sie auch zuende bringen."

„Zuende? Ha, für mich ist sie zu Ende", gesteht Björn in bitterem Tonfall. „Wir haben unser Schiff verloren, unsere Ladung, unser Geld, unseren Einsatz und beinahe unser Leben. Was willst du noch, John?"

Der zieht die Schultern hoch und hält den Kopf schief.

Jan meldet sich und bekennt: „Ich denke genauso wie Björn", und auch Tim schließt sich seiner Meinung an.

John hat nun aufgehört zu grinsen und Morten erhebt sich. Er geht auf John zu und sagt: „Du bist verrückt, Mann, überleg doch mal! Wie willst du das denn anstellen? Aber wenn du's wirklich machen willst - ich wünsch dir viel Glück!"

„Was ist mit dir, Tim?", fragt John.

„Das ist dein Ding, John. Ich steige aus. Wenn du unbedingt willst, musst du das ohne mich durchziehen. Solange man das Wrack nicht gefunden hat, hast du nichts zu befürchten. Ich erwarte nicht, dass du verstehst, warum ich aussteige, aber ich hoffe dass du meine Entscheidung wie ein Gentleman respektierst. Auf jeden Fall drück` ich dir die Daumen, was das Dope anbelangt, wenn du es hochkriegen solltest."

„Vielleicht kannst du uns ja was abgeben, wenn du's tatsächlich schaffst", wagt sich Jan frech nach vorne.

„Blöde Art von Humor!", unterbricht ihn John. „Darüber reden wir, wenn es gehoben ist. Wenn ihr es nun endgültig abschreibt, habt ihr auch keinen Anspruch mehr darauf, das ist euch doch klar, oder? Es gehört dem, der es birgt."

„Wie willst du es anstellen?", fragt Björn.

„Ehrlich gesagt, ich weiß es auch noch nicht. Ich hatte zuerst die Idee, es gemeinsam mit unseren australischen Abnehmern zu heben. In unserer Karte und in meinem kleinen GPS haben wir ja die genaue Position der Summer King. Das erscheint mir aber jetzt zu riskant. Bevor die mich ausbezahlen, lassen sie mich, wenn ich Pech habe, lieber aus dem Verkehr ziehen. Deswegen muss ich es irgendwie allein schaffen. Ich werde sicher nicht alles retten können, aber einen Teil bestimmt."

Am nächsten Tag trennen sich die Wege der fünf Männer. Tim, Morten und Jan fliegen zunächst nach Thailand. Björn nimmt eine Maschine nach Stockholm, und John macht sich auf die Suche nach einem geeigneten Boot.

15

Das Ende der Palmpassage in nordöstlicher Richtung liegt etwa zweihundertzwanzig Seemeilen vor Townsville. Die Palmpassage ist eine der sieben großen Passagen durch das Great Barrier Riff. Große Schiffe legen dort nicht an. Sie nutzen lediglich die Furt um das Riff zu durchqueren und setzen ihren Weg in alle Welt fort.

John sucht sich ein Hotel in der Nähe des Hafens und erkundigt sich nach Tauchbasen, die das Pith Reef im Programm haben. Er kann seinen Schatz zwar nicht mit direkter Hilfe einer Tauchschule heben, aber dort erfährt er zumindest, ob in diesem Gebiet ge-taucht wird und wie die Bedingungen sind. Zu seiner

Beruhigung wird in der Nähe der Summer King überhaupt nicht getaucht. Das bedeutet, er hat auch keine Taucher zu befürchten, die das Wrack schon gesehen haben oder die einfach aufkreuzen und ihn bei seiner Arbeit stören könnten.

Gute Voraussetzungen!

Ihm ist nach reichlichen Überlegungen und theoretischem Durchspielen verschiedener Möglichkeiten klar geworden, er ist auf sich alleine gestellt, kann also keine fremde Hilfe erwarten. Es gibt überhaupt keine andere Lösung als sich ein Boot und eine Taucherausrüstung zu mieten und sein Glück zu versuchen. Das klingt sehr abenteuerlich und ist, wenn man es bis ins Detail überlegt, auch ein gewagtes, vielleicht sogar irrsinniges Unternehmen, aber er sieht keinen anderen Weg.

Um Unkosten zu sparen besorgt sich John seine Ausrüstung günstig in einem Second-Hand Tauchladen. Wenn alles gelaufen ist, will er die Tauchausrüstung ohnehin da lassen.

Seit er allein ist, fühlt er sich in dieser gottverlassenen Ecke unsicher. Er befürchtet durch die Fernsehausstrahlung könnte ihn jemand erkennen.

John deponiert die neu erworbenen Sachen im Hotel und macht sich auf die Suche nach einem geeigneten Boot. Er besitzt noch etwas weniger als fünfzigtausend Dollar. Die Auswahl ist enttäuschend. Nach langem Suchen bleibt die Entscheidung zwischen einem größeren Zodiac-Schlauchboot und einem alten Fischerboot.

Seine Wahl trifft das Fischerboot. John hat ausgerechnet, wie viel Benzin er für ein Schlauchboot bunkern und damit Gewicht und Platz vergeuden müsste. Außerdem hat er eine große Strecke zu überwinden, und auf dem offenen Meer mit dem Zweitakter eines Zodiacs herumzuknattern ist auffällig. Ihm steckt die Erinnerung an die Rettungsinsel noch zu sehr in den Knochen, als dass er sich so bald wieder in ein Gummiboot setzen möchte.

Der Preis für die Miete des Äppelkahns ist astronomisch, und eigentlich könnte John ihn für dieses Geld gleich behalten. Der

Besitzer, ein ziemlich verkommener Tasmanier, haut ihn nach allen Regeln der Kunst übers Ohr. Doch John nimmt den Kahn. Er hat nicht viel Zeit um lange zu suchen. Der Vorteil: Es gibt ein kleines Dingi auf dem Schiff.

Die Sache so schnell und unauffällig wie möglich hinter mich bringen, geht ihm immer wieder durch den Sinn.

In dem Tauchladen bekommt er zwei volle Pressluftflaschen. Dazu einen alten Kompressor um auf See die Flaschen wieder zu füllen. Ferner kauft er eine Tarierweste und ein paar Bleigewichte. Mit einem kurzfristig geliehenen Pritschenwagen transportiert er die ganze Ausrüstung zu seinem neuen Schiff. Es befinden sich ein paar ältere Seekarten an Bord, in die er seinen Kurs und die Position der Summer King einträgt. Sein GPS erhält neue Batterien, und er besorgt sich noch ein Dutzend Zwiebelsäcke, in denen er das Haschisch aus der Summer King nach oben ziehen will. Diverse Leinen und robuste Werkzeuge hat er ebenfalls an Bord, jedoch benötigt er zum Liften seines Stoffs noch einige fünfzig Meter Rollen dünne Leine.

Schließlich betankt er das Boot mit Diesel und überlegt, was er noch vergessen haben könnte

Na klar, Arbeitshandschuhe und Proviant!
Konserven, Reis, Gemüse, Obst und zehn Gallonen Trinkwasser verstaut er in den Backskisten und schafft es noch vor Mittag auszulaufen.

Als es dunkel wird, erreicht John die Palmpassage. Über diesen Weg waren sie auch mit dem Seenotkreuzer nach ihrer Rettung entgegengesetzt in Richtung Townsville gefahren. Heute herrscht hier reger Schiffsverkehr. Jede Menge Tanker und Containerschiffe kommen ihm entgegen oder überholen ihn. John muss sich sehr konzentrieren, damit er nicht auf Kollisionskurs gerät, oder er eine der vielen gelben Gefahrentonnen übersieht, die ihn auf Klippen und Korallenköpfe hinweisen sollen. Wenigstens hat er schönes Wetter und ruhige See. Das Mondlicht reicht ihm, und er denkt sich:

Wenn ich die Passage hinter mir habe, werde ich mir ein Stündchen Schlaf gönnen.

Am Morgen befindet sich John im nordöstlichsten Sektor der Passage. Hier ist sie schon mehrere Seemeilen breit. Er verlässt die Schifffahrtstraße um sich weiter direkt nach Norden zu bewegen. Schiffsverkehr gibt es hier so gut wie keinen mehr. In der Nacht war er einige mal eingeschlafen und hatte für Sekunden die Kontrolle verloren. Zum Glück ist er aber immer wieder aufgewacht.

Um so erschöpfter ist er auf einmal. Bevor ihm die Augen wieder zufallen stellt er die Maschine ab und legt sich hinten auf das kleine Achterdeck. Zwei Stunden dümpelt John schlafend auf dem Pazifik, bis ihn Mövengeschrei aus seinem leichten Schlaf weckt. Auf dem GPS sieht er, wie nahe er sich doch jetzt bei der Unglücksstelle befindet. Heute sieht das Meer so friedlich, so still aus. Man kann sich kaum vorstellen, was für Stürme und Zyklone diese Gegend unsicher machen können.

Es reizt ihn sogleich Kurs auf Position 147° 52' 07'' Ost und 17° 59' 24'' Süd Ost Pith Reef zu nehmen. Die Position der Summer King!

Da er die Lage des Wracks auf seiner Karte eingezeichnet hat, fällt es ihm nicht schwer die Stelle zu finden, wo der „Schatz" liegt. Nur die Zeit ist ihm etwas davongelaufen. Bald wird es dunkel. Jetzt noch zu suchen macht keinen Sinn, also verschiebt er seine Suchaktion auf den nächsten Tag und sucht nach einem geeigneten Platz zum Ankern. In der Nähe des Pith Riffs hat das Wasser einige Untiefen, die ihm einen einigermaßen sicheren Ankerplatz ermöglichen.

Als die Sonne ihn am Morgen weckt, macht er sich erwartungsvoll an die Arbeit. Mit Kurs auf die genaue Position hofft John das Wrack bald zu finden.

Wenn die Sonne höher steht, habe ich bessere Sicht in die Tiefe. Strecke für Strecke fährt er Schleichfahrt und sucht den Meeresgrund ab. Dabei vergeht die Zeit. Schon wieder elf Uhr, die Sonne steht hoch. Das hilft, lässt ihn durch den stumpferen Winkel des Lichteinfalls stellenweise bis auf den Grund sehen. Das Wasser ist kristallklar. Da auf einmal glaubt er etwas zu erkennen. Er stoppt die Maschine und beugt sich mit der Taucherbrille ins Wasser.

Tatsächlich! Da liegt sie! Es ist die Summer King. Ich glaub` es nicht!

Er kann es kaum fassen, aber er hat sie wirklich gefunden. Vor Freude bebend, fast, wie er es zum letzten Mal in der Rettungsinsel gespürt hat, als der Hubschrauber kam, bereitet er sich auf seine Tauchgänge vor.

John bringt das Schlauchboot zu Wasser und fixiert es am Schiff. Er legt sein Tauchgerät an und knotet sich die beiden langen Leinen an den Bleigurt, nimmt zwei von den Zwiebelsäcken und klettert die verrostete Badeleiter hinunter, die er noch an der Pier in Townsville auf einem Schrottplatz gefunden hat.

In siebenundzwanzig Metern Tiefe erreicht er das Wrack.

Der alte Betonklotz ist nicht auseinander gebrochen!

Er schwimmt herum um sich ein Gesamtbild zu verschaffen. Der Mast ist im oberen Drittel weggeknickt und das Heck arg demoliert. Die zerfetzten Segel haben sich in der leichten Stömung entfaltet und hängen nun am Vorstag und zwischen den noch stehenden Wanten. Das Wrack sieht aus wie ein Geisterschiff. Ein Geisterschiff auf Irrfahrt über den Meeresgrund. Verstärkt wird dieses Bild noch durch die aufrechte Lage zwischen einem großen Felsen und einem Korallenkopf. Der Kiel ist eingeklemmt. *Ideal!*

John dringt durch den Niedergang in den Salon. Da sieht es mittlerweile aus wie in einem Seewasseraquarium. Mit seinem Tauchermesser hebelt er die Bodenplanken hoch und findet, wie nicht anders zu erwarten, das Haschisch in kleinen handlichen Ein-Kilo-Päckchen.

Das ist doch ein Kinderspiel, denkt er sich und fängt an den Zwiebelsack zu packen. Nach zehn Päckchen soll es genug sein. Der Sack muss schließlich nach oben befördert werden. Zehn Kilo aus fast dreißig Metern durchs Wasser hoch zu ziehen hat er noch nie gemacht. Er will es erst mal ausprobieren. Durch seine Durchlässigkeit hat der Zwiebelsack einen geringeren Widerstand. Das sollte ihm bein Hochziehen Kraft sparen. Er verknotet den Sack an der ersten dünnen Leine, und macht sich daran den zweiten ebenfalls mit zehn Haschischplatten zu füllen. Nachdem dieser gefüllt und an der zweiten Leine verknotet ist, bindet er sich die Enden beider Leinen an den Unterarm und taucht langsam auf.

In sechs Metern Tiefe muss John einen Dekompressionsstop einlegen.

Vierunddreißig Minuten sind seit dem Abtauchen vergangen. Die Luft seiner Flasche ist verbraucht. Wenn er die vorherige Inspektion des Wracks abzieht, bleiben knapp zwanzig Minuten für einen Tauchgang.

Vielleicht schaffe ich zwei Tauchgänge mit einer Flasche?

John ist jetzt dabei den ersten Sack hochzuziehen und stellt fest, dass es schwieriger ist, als er dachte. Trotz der Handschuhe schneidet es gehörig. Er muß Pausen einlegen. Die Unterwasserströmung macht ihm die Sache noch schwerer. Ein Block würde helfen, eine Rolle, doch leider gibt es davon nichts an Bord. Er befestigt den Staken, eine kräftige Holzstange, die dazu dient das Boot im seichten Gewässer zu bewegen, an Reling und Kajüte und zieht die Leine des zweiten Zwiebelsacks daüber wie über eine Rolle. Das läuft schon besser. Doch John ist erschöpft. Die Uhr zeigt kurz vor vier. Er hat mit einem Tauchgang zwanzig Kilo hochgezogen. Wenn er heute noch einen schafft, könnte er morgen vielleicht drei schaffen und hätte seine hundert Kilo. An diese Menge hatte er zunächst gedacht. Ihm ist klar, er alleine kann nicht alles retten. Völlig ausgeschlossen. Dazu würde er nach seiner Methode theoretisch über einen Monat brauchen, vorausgesetzt, er hält das körperlich durch und bringt jeden Tag einen Zentner rauf. Aber er ist bisher nur zum Spaß getaucht um die Unterwasserwelt zu erleben. Was er jetzt macht, ist etwas für Profis.

Er verlädt die ersten zwanzig Kilo im Schiff. Die Sonne steht schon tief.

Er musste eine längere Pause einlegen um sich zu erholen und denkt darüber nach, ob er es überhaupt für heute nicht genug sein lassen soll. Andererseits will er seinen Plan einhalten. Es kostet ihn viel Überwindung, aber er macht sich noch einmal los und springt in die abendliche See. Kurz über dem Wrack angekommen, gibt es nur noch wenig Licht. Zu allem Überfluss untersucht ein großer unbekannter Hai das Wrack. John verharrt auf der Stelle.

Der wird ja bald herausgefunden haben, dass es hier nichts zu fressen gibt, und verschwinden.

Dabei hat John gar nicht daran gedacht, er selbst könnte vielleicht zum Abendessen dieses Burschen werden. Statt abzuhauen versucht der Hai nun sogar in die Yacht zu gelangen.

Wenn der Hai nicht bald verschwindet, muss ich den Tauchgang abbrechen, bevor mir die Luft ausgeht.

Aber der Hai dreht vor dem Niedergang ab als pralle er gegen eine unsichtbare Wand. Offenbar vermittelt ihm sein natürliches Ortungssystem die Enge des Eingangs zum Inneren und die damit verbundene Gefahr stecken zu bleiben und zu ersticken. Dann hat er John entdeckt und schwimmt in seine Richtung. Der hält schon mal seine Taschenlampe gedreht um dem Hai damit eine zu verpassen, sollte er ihm zu nahe kommen. Doch plötzlich taucht ein zweiter kleinerer Hai auf. Augenblicklich ändert der große die Richtung zum kleineren Hai hin, und John nutzt den Moment mit kräftigen Flossenschlägen endlich in die Yacht zu schwimmen um seine Arbeit fortzusetzen. Er hat schon zuviel Zeit verloren. Es wird dunkel, und es gibt noch viel zu tun. Die letzte Ladung für heute muss noch gepackt und nach oben transportiert werden.

Endlich! Als er das letzte Kilopack im Schiff verstaut hat, ist es bereits dunkle Nacht. Schwaches Mondlicht liegt über der See. Trotz seiner Erschöpfung fühlt er sich grandios.

Ein tolles Ding!

Er kocht sich Reis mit Gemüse und öffnet dazu eine Dose Thunfisch. Nach dem Essen gönnt er sich einen extra großen Joint aus seinem wiedergewonnenen Material und genießt die Außergewöhnlichkeit der Situation. Ein wunderbares Gefühl durchflutet ihn!

Der nächste Tag präsentiert sich wieder mit vorbildlichem Wetter: Nahezu windstill, keine Strömung, dafür klare Sicht. Ideal für sein Vorhaben.

Es ist noch keine acht Uhr. John wirft den Kompressor an um die leeren Pressluftflaschen zu füllen. Während der Kompressor unangenehm laut knattert, macht John sich Kaffee und Porridge mit Trockenobst.

Weil er sich zwei Tauchgänge sparen will, hat er seinen Plan geändert. Beim Abtauchen nimmt er sechs Zwiebelsäcke mit hinunter, die er mit einem Mal füllen will, und sie dann nacheinander hochziehen. Ohne Hast schafft er die sechs Säcke mit jeweils zehn Kilo, verknotet sie und steckt sich vor dem Auftauchen noch ein paar Haschischplatten in die Tarierweste, bis er kaum noch Auftrieb hat. Den Bleigurt lässt er im Wrack. Ganz langsam steigt er mit seinen sechs Leinen und den Taschen voller Haschisch auf, so langsam, dass er sich den Dekompressionsstopp fast schenken kann.

Oben wartet wieder das Hochziehen der Säcke auf ihn. Diesmal ist es härter. Er hat noch Blasen vom Vortag, die sich nach einigen Metern Traktierung durch das Seil öffnen. Es brennt! Hoffentlich kriegt er sein Pensum für heute zusammen. Er verklebt sich die Hände mit Scotchtape und streift sich ein paar neue Arbeitshandschuhe darüber. Irgendwie hat John bei diesem Unternehmen den Faktor Manpower unterschätzt. Aber er beisst die Zähne zusammen und zieht einen Sack nach dem anderen nach oben. Er gönnt sich wenig Pause und nimmt manchmal sogar seine Zähne zur Unterstützung dazu. Wenn er die Zähne nimmt, schreit und jault er seinen Schmerz heraus wie ein Besessener, weit über das Maß seiner physischen Kräfte quält er sich um das letzte Dope zu heben. Die Sterne leuchten auf das Boot, vielleicht noch zehn Meter, und John kniet auf dem Gummiboden des Dingis und zieht die Leine über den Staken. Sein Gesicht ist von der Überanstrengung rot und vom Schmerz schwer gezeichnet und er stöhnt. Auf einmal spürt er einen kolossalen Zug an der Leine. Etwas reißt sie ihm wuchtig aus der Hand und entfernt sich schnell. Er versucht die Leine zu halten, erwischt das Ende, doch der Zug ist so gewaltig, sie wird ihm ein zweites Mal aus der Hand gerissen, und er hat nicht die geringste Chance sie zu halten.

John sucht mit irrem Blick die umliegende See ab. Zuerst sieht er nichts, doch dann glaubt er eine Rückenflosse zu sehen. Ziemlich groß, daneben eine kleinere. Sofort erinnert er sich an seinen Tauchgang von gestern abend, bei dem er die beiden Haie am Wrack gesehen hat. Der eine wollte sogar ins Wrack! Es scheint so als hätten sich die beiden gerade ihren Obulus abgeholt!

Dieses Ereignis berührt ihn schon allein deswegen, weil plötzlich etwas passiert ist, womit er nicht gerechnet hat. Er hasst es, wenn sich die Ereignisse seiner Kontrolle entziehen, doch spätestens seit dem Untergang der Summer King muss ihm klar sein, dass er bei außergewöhnlichen Situationen immer mit Unvorhergesehenem rechnen muss. Das gibt ihm zu denken!
Dann ist Schluss, denn er kann sich kaum noch bewegen. Vor lauter Müdigkeit fällt er in tiefen Schlaf, aus dem er erst wieder am nächsten Morgen erwacht.

Heute ist der vierte Tag auf See. Planmäßig hätte John wieder tauchen sollen um mehr Dope zu liften. Doch er ändert seinen Plan. Es sind jetzt einhundert Kilo an Bord. Verglichen mit dem, was sich noch in der Summer King befindet, sind das gerade mal fünf Prozent, aber es ist immerhin eine stattliche Menge. Daher beschließt John diese Aktion vorerst zu beenden. Seine Erschöpfung zwingt ihn mehr oder weniger dazu. Hinzu kommt noch das schlechtere Wetter. Es ist Wind aufgekommen, und die Bedingungen im offenen Meer zu tauchen sind alles andere als ideal. Er beschließt direkt nach Cairns zu fahren, um dort Kontakt mit den australischen Abnehmern aufzunehmen und ihnen einen neuen Deal vorzuschlagen.

Zuerst will er den Australiern das geborgene Dope verkaufen. Das dürfte ihm etwa hundertfünfzigtausend Dollar einbringen. Als nächstes vekauft er ihnen die genaue Position der Summer King. Die Australier könnten dann selbst tauchen und das ganze Dope heben. Damit bekommt er zwar lange nicht den erwünschten Gewinn, aber er könnte zumindest die Unkosten wieder reinkriegen. Die Idee, das Bergungsprojekt der gesamten Ladung gemeinsam mit der australischen Connection durchzuziehen, gibt er endgültig auf, weil er nicht sicher ist, wie weit er denen trauen kann. Er wäre in dieser Situation alleine mit Leuten, die er nicht kennt, auf dem Meer, und es geht um viel Geld. Sich seiner zu entledigen, wäre für die doch ein Klacks! Gerne hätte er noch wesentlich mehr Dope gehoben, doch seine physische Leistungsfähigkeit macht da nicht mit. Sie erinnert ihn daran, dass er alleine ist und seine Kräfte einteilen muss, wenn er sein Ziel erreichen will.

Erleichtert, doch irgendwie von sich selbst überrascht, dass er sich letztlich so entschieden hat, zieht er den Anker hoch und nimmt Kurs auf Cairns.

16

Cairns liegt gut zweihundertfünfzig Seemeilen westlich von seiner momentanen Position.

Um dorthin zu gelangen muss John ein großes Stück am Great Barrier Riff entlang Richtung Nordwest. Dann dreht er auf Südwest und kommt über die Grafton Passage durch das Riff direkt nach Cairns. Cairns war der ursprünglich geplante Ort für die Übergabe, weil von dort aus der Weitertransport über den Landweg organisiert war, wie ihm Roger erzählte.

Wenn er dort ankommt, wird er sich mit der australischen Connection in Verbindung setzen und ihnen sein Angebot unterbreiten.

Zwei Tage später erreicht er endlich Cairns. Es ist schon dunkel. Die Fahrt durch das Riff hat ihn wieder mal viel Kraft gekostet, ihm den letzten Rest seines Konzentrationsvermögens abverlangt. John ist sich sicher: Er wird niemals ein Einhandsegler! Nach der Plackerei im Wrack und der schlaflosen vergangenen Nacht sucht er nun, gegen eine quälende Müdigkeit ankämpfend, einen Anlegeplatz im maritimen Bereich der schönen tropischen Stadt. Die Flussmündung gegenüber gefällt ihm wesentlich besser als die volle Marina, denn John möchte so wenig wie möglich in der Öffentlichkeit auftauchen und keine Anweisungen eines Hafenmeisters befolgen müssen, keine Gespräche mit Neugierigen führen, die in jedem Hafen zu finden sind und die immer alles ganz genau wissen und erfahren wollen. Durch seine australische Flagge ist er vor Hafenbehörden ziemlich sicher.

In der Flussmündung fühlt er sich sicherer, und die paar Boote, die ebenfalls dort liegen, sind ein schönes Stück weg von ihm.

Nachdem er Klar Schiff gemacht hat, gönnt er sich in einem nahegelegenen Steak-House ein großes Filetsteak mit

Backkartoffel und Eisbergsalat. Danach legt er sich zufrieden in seine Koje und schläft traumlos bis zum nächsten Morgen.

Acht Uhr dreißig. John war wieder in dem Restaurant vom Abend zuvor und hat dort ebenso fein gefrühstückt. Nach Beendigung seiner Morgentoilette findet er eine Telefonzelle und wählt die Nummer der australischen Connection. Seine Mobiltelefone sind leider alle drei Opfer des Untergangs geworden. Da Roger ihm eine Cairnser Nummer gab, geht er davon aus, seine Kontaktleute auch hier im Ort zu finden.

Eine Frau meldet sich. John fragt nach Ray. Es dauert einen Moment. John hört, wie die Frau die Telefonmuschel zuhält und mit jemandem spricht. Was, kann er nicht verstehen. Nach einer Weile hat er Ray an der Strippe. John erzählt ihm, was mit der Summer King passiert ist, dass er aber zwei Zentner feinstes Zero Zero zu verkaufen hat. Hundert Kilo könnten sie sofort haben. Ray ist ganz Ohr. Die Sache mit der Havarie und der Rettung wusste Ray bereits. Der spektakuläre Fernsehauftritt ging auch an ihm nicht vorüber, daher gibt er sich sehr beeindruckt.

„Ihr seid also die neuen Helden!", spottet Ray in einem etwas geringschätzenden Tonfall. „Wo hast du denn das Dope so schnell her?" fragt er kess.

„Müssen wir das alles am Telefon besprechen?", antwortet John vorwurfsvoll.

Er schlägt vor, sie sollen zum Boot kommen, da können sie das Dope übernehmen, wenn sie hundertfünfzigtausend Dollar mitbringen, alles weitere kann besprochen werden. John erwähnt noch knapp, Ray ein Angebot unterbreiten zu wollen, das sie interessieren dürfte, und die hundert Kilo, die er jetzt hat, nur ein kleiner Vorgeschmack dessen seien, was sie dann an Ware zu erwarten hätten. Ray ist sehr interessiert an der Sache, zumal sie nun eine ganz andere Wende genommen hat, und John alleine mit dem Dope auftaucht. Er sieht John quasi im Zugzwang. Er meint, die hundertfünfzigtausend wären kein Problem, allerdings hätte er sie nur in australischer Währung.

„Auch kein Problem", wie John findet, und die Männer verabreden sich für achtzehn Uhr auf seinem Schiff.

Na, das ist doch bestens gelaufen!, redet sich John ein.

Bis sechs Uhr ist noch Zeit. Er überlegt, ob er tanken soll, damit er nach dem Treffen vollgetankt aufbrechen kann, aber dann sagt er sich: Wenn alles vorbei ist, wird er das Boot sicher nicht nach Townsville zurück bringen, sondern mit der ersten Maschine, die er erwischt, Australien verlassen. Vielleicht kriegt er morgen schon einen Flug nach Bangkok. Thailand wäre gut um für eine Weile unterzutauchen. Nach erfolgreichem Abschluss des Geschäfts wollte sich die ganze Mannschaft ursprünglich am Ao Sane wiedertreffen.

John legt sich für ein paar Stunden hin.

Kurz vor achtzehn Uhr weckt ihn seine Armbanduhr. Draußen ist es ruhig. Er schaut hinüber zur überfüllten Marina und ist froh nicht dort liegen zu müssen.

Er geht ein Stück die Uferbefestigung am Fluss entlang, da kommt ein großer Lieferwagen mit dem Firmennamen einer Wäscherei angefahren.

Oh, die Jungs sind pünktlich, das ist ja wie in einem alten Krimi.

Aber der Wagen fährt weiter. John war dem Wagen ein Stück gefolgt, geht aber nun zurück zu seinem Boot. Langsam wird es dunkel, da kommt wieder ein Wagen. Diesmal ein Toyota, eines von diesen Kombimodellen. Interessiert schaut John, wer da ankommt. Der Fahrer sieht ihn und fährt vor bis zu Johns Boot. Dort hält er, und drei Leute steigen aus. John kennt keinen von ihnen. Er fragt sich, ob die attraktive Frau mit den schulterlangen tizianroten Haaren vielleicht die ist, mit der er heute am Telefon gesprochen hat. Die drei sehen sich nach allen Seiten um. Als sie nichts Verdächtiges entdecken können, kommen sie etwas verkrampft lächelnd auf John zu. Sie machen sich gegenseitig bekannt, Ray, Ann und Nico.

Also doch die unbekannte Schöne vom Telefon! John schaut dabei der hübschen Frau in die rehbraunen Augen, die seinem

Blick ausweicht. Sie gehört zu Ray, wie er unmittelbar erfährt, denn Ray mit seiner Pomadenfrisur spricht sie mit Darling an, was John lange nicht mehr gehört hat. Das letzte Mal vielleicht in einem alten Film.

Die vier Leute gehen an Bord.

„Das mit eurem Yachtunfall muss ja grauenhaft gewesen sein", eröffnet Ann das Gespräch.

„Yachtunfall? - Das klingt ja, als ob uns ein Segel gerissen oder eine Schot ausgerauscht wäre. In Wahrheit sind wir über dem Riff in einen Orkan geraten und gesunken. Das ist zwar auch ein Yachtunfall, nur mit ultimativem Ausgang", kontert John und bleckt seine Zähne wieder zu jenem unverschämten Grinsen, das ihm so eigen ist und das so viele an ihm mögen.

„Was ist mit dem Dope?", fragt Ray. Seine Stimme ist unangenehm schneidend, und von seiner ganzen Erscheinung her wirkt er so glatt wie ein Paraffinzäpfchen.

„Welches meinst du, das in der Summer King oder jenes hier?"

John drückt den Australiern eine kleine Kostprobe in die Hand, die sofort untersucht und begutachtet wird.

„Reines Zero Zero", erklärt John sehr überzeugend. „Das Beste, was Marokko zu bieten hat. Vielleicht sogar das beste Haschisch der Welt. Ich mache nicht den weiten Weg hierher um schlechten Stoff zu transportieren. Die Ware ist spitze, und der Preis ist einmalig."

Nico möchte gerne das ganze Dope sehen.

„Kein Problem!" John benutzt sein Messer und hebelt damit die Bodenplanken zur Seite, und zum Vorschein kommen einhundertsechs in Zellophan verschweißte Ein-Kilo-Päckchen und ein angebrochenes, das John ihnen zum Anschauen gibt mit dem Hinweis, dieses sei sein persönliches und daher unverkäuflich. Die drei Australier schmunzeln über diesen witzig gemeinten Hinweis.

Doch mit einem Schlag ist der Spaß vorbei. Nachdem Ray sich von der tatsächlichen Existenz des Haschischs überzeugt hat, zieht er plötzlich eine Pistole und zielt auf John.

John ist geschockt. *Dieses Schwein*, denkt er sich.

Er fragt sich, ob Ray ein Bulle ist oder ein mieser Gangster. Er reagiert sofort, reißt die Arme in die Luft und fängt an beschwichtigend auf die Australier einzureden. In seiner Hand immer noch das Messer. Die wollen aber nicht reden, statt dessen stößt ihm Ray die Pistole in die Rippen und faucht ihn an: „Lass das Messer fallen! Wir machen dich kalt, wenn du nicht genau das tust, was wir dir sagen!"

John hat seinen Schock schnell überwunden, vielleicht, weil er im Unterbewusstsein schon eine ähnliche Variante dieses Ablaufs vor Augen hatte.

Was haben sie vor, fragt er sich, *so wie die drauf sind, werden sie mich wahrscheinlich umlegen.*

In Bruchteilen von Sekunden überlegt er, wie er heil aus dieser Situation heraus kommen kann. Der andere Australier mit dem Namen Nico, der aussieht wie ein Grieche, kommt mit einer Leine um John zu fesseln, wozu Ray meint:

„Ich glaube, das ist nicht nötig."

In John zuckt es, als hätte er aus Versehen in die Steckdose gegriffen, und er weiß, dass sein Leben keinen Penny mehr wert ist.

Er sieht Ray ganz ruhig in die Augen und sagt:

„Wenn du mich umlegst, wirst du nie erfahren, wo die Summer King liegt. Da liegen zwei Tonnen. Die nehm' ich dann mit ins Grab."

Ray entweicht seinem Blick für einen Moment, und seine Augen beginnen hektisch im Schiff hin und her zu wandern, bis seine glatte Visage das Aussehen einer Puppe annimmt, die mit den Augen rollt, und noch fieser, noch kälter wirkt, als sie ohnehin schon ist. Rays Augen wandern über die Seekarte, er versucht zu erkennen, ob die letzte Position der Summer King eingezeichnet ist. Die Pistole hat er immer noch auf John gerichtet.

„Du hast die Position des Wracks doch sicher in die Karte übertragen, oder sehe ich das falsch?"

„Die Position ist nur in meinem Kopf, und ich werde einen Teufel tun, sie Dir zu verraten."

„Dann muss ich dich erschießen!", dabei richtet Ray die Waffe direkt auf Johns Gesicht. „ Los raus damit, wie ist die Position?"

John starrt ihm mit stählernen Blick in die Augen und sagt:

„Diese Information ist meine Lebensversicherung, solange du sie nicht hast, lebe ich, das ist mir bei dir klar geworden, also wirst du nichts von mir hören, eher kannst du mich erschießen!"

Der Australier kocht vor Wut, er ist ein impulsiver, sehr nervöser Typ. Er bewegt sich einen Schritt nach vorn zu der Seekarte um sich zu überzeugen, ob die Position tatsächlich gesichert ist. Ein kleines Stück beugt er sich nach unten über den Kartentisch und schenkt John für Sekunden nicht die Aufmerksamkeit, die nötig wäre. John nutzt seine einzige Chance, Ray, der einen Meter vor ihm steht, mit aller Kraft, die er aufbringen kann, zwischen die Beine zu treten. Sein festes Schuhwerk kommt ihm dabei zu Hilfe, und es hört sich an wie ein Volltreffer.

Ray klappt augenblicklich zusammen. Der Schrei, der ihm entfährt, klingt erbärmlich, aber der Schuss aus seiner Waffe, der sich im Reflex gelöst hat, knallt dafür um so lauter. Zum Glück verfehlt er sein Ziel und dringt durch die Kajütenwand nach draußen. Ungefähr eine Sekunde braucht Nico um zu begreifen, was passiert ist. Dann stürzt er sich auf John im Glauben ihn überwältigen zu können, aber John ist durch seine jugendlichen Kämpfe innerhalb der Gangs von Liverpool so hart im Nahkampf trainiert, dass er den Angriff mühelos abwehren kann. Seine Faust trifft den Angreifer mitten im Gesicht, begleitet von einem fürchterlichen Geräusch - nicht laut, aber eindeutig. Den Überraschungsmoment ausnutzend, tritt John Ray, dessen

138

Gemächt er kurz zuvor in ein Schmerzzentrum verwandelt hat, die Pistole aus der Hand, bevor der dazu kommt, noch einmal gezielt zu schießen. Die Waffe schlittert über die Bodenbretter und bleibt vor Rays Freundin liegen, die jedoch keinerlei Anstalten macht, sie aufzuheben, sondern nur dasteht und John verlegen anlächelt, als er sie blitzschnell aufhebt.

Was für ein treues Schaf, denkt John über diese Frau, aber nun hat er die Waffe, und das Blatt hat sich gewendet.

„Los, legt das Geld auf den Tisch und dann raus hier!", schreit er die drei an.

„Wir haben das Geld nicht hier, es ist im Wagen", zischt Ray.

Er liegt immer noch gekrümmt wie ein Engerling auf dem Boden, dabei hält er sich den Schritt und jammert. Der andere blutet heftig von der Nase abwärts. Das Mädchen kümmert sich um ihn, versucht das Blut mit einem Lappen zu stillen, den sie ihm auf die gebrochene Nase drückt.

„Ihr wolltet mich ja von Anfang an betrügen, und du wolltest mich einfach umbringen, seh' ich das richtig?"

Mit einer Stinkwut im Bauch richtet John die Pistole auf Ray, der jämmerlich um Gnade winselt. In seinem Leben hat John nie eine Knarre besessen. Die war niemals nötig bei den Leuten, mit denen er bisher zu tun hatte. Darum ist er besonders sauer auf diese Australier.

Als ob ich nicht schon genug Ärger und Stress hatte in der letzten Zeit. Was mach' ich nur mit dem Gesocks?

„Die Wagenschlüssel!", fordert er nun.

Ann kramt aus ihrer Jackentasche die Schlüssel für den Toyota hervor und wirft sie John zu.

„Legt euch auf den Boden und rührt euch nicht von der Stelle!", herrscht John die überwältigten Gangster an. Dann befiehlt er Ann die beiden mit Scotch-Tape zu fesseln. Als sie fertig ist, sagt er:

„Ann, du kommst mit mir! Woll'n doch mal sehen, ob da wirklich Geld im Auto ist. Sobald einer von euch den Kopf aus dem Boot streckt, fängt er sich eine Kugel. Ist das klar?"

Ann ist verängstigt. Bereitwillig verlässt sie mit John die Kabine und versichert ihm keine Schwierigkeiten zu machen. Die Pistole hat John schussbereit in der Hand.

In dem Moment, als sie das Land betreten, ist es taghell.

Scheinwerfer überall! Er ist geblendet, wie gelähmt vor Schreck. Seine Augen sehen durch die plötzliche Lichterflut, die ihn frontal trifft, nur überstrahlte und diffuse schwarze Flecken, die sich in einem Meer künstlichen Lichts bewegen. Als seine Sehkraft wieder zurückkommt, sieht er zahllose Polizisten mit auf ihn gerichteten Waffen. Sie tragen Uniformen und schreien ihn an, er solle die Waffe fallen lassen, sich hinlegen und die Arme über den Kopf nehmen. Aber er macht nichts, er steht einfach nur da, sieht dieses Aufgebot, diese Armee, die gekommen ist ihn zu holen. Der kehlige Klang eines Megaphons fordert ihn erneut auf die Waffe fallen zu lassen, sich auf den Boden zu legen, und alle, die sich noch im Boot befinden, sollen mit erhobenen Händen herauskommen und sich ergeben. Ann liegt bereits mit ausgestreckten Armen, das Gesicht nach unten. Sie weint laut. Eine hoffnungslos abgebrühte Gangsterbraut scheint sie nicht zu sein.

Mit einem Mal löst sich Johns Schockstarre. Er wirft die Pistole von sich weg und legt sich ebenfalls platt auf den Boden. In seinem Kopf rattern Szenen der letzen Wochen wie ein Lichtspiel aus einer anderen Zeit. Die Bilder sind so gerafft, dass die einzelnen Figuren nicht erkennbar sind. Nur ein einziges Wort erscheint gestochen scharf: Ende, und das Ende findet in Cairns statt, gerade jetzt und hier, wo er auf dem Boden liegt, seine Hände in Handschellen, die monotone Sachlichkeit im Tonfall des Beamten, der ihm seine Rechte vorliest. Das alles lässt er über sich ergehen und glaubt, so muss sich ein Schlaganfall anfühlen. Sie haben ihn gefangen. Sie werden ihn einsperren, viele Jahre. Er wird für etwas büßen müssen, wofür er sich nicht schuldig fühlt. Jetzt muss er seine satten Gewinne zurückzahlen, besonders die, die er schon ausgegeben hat.

Die beiden Australier werden gerade von vier Polizisten, die in Sekunden das Boot gestürmt haben, an John vorbei abgeführt. Die Kälte in Rays Augen irritiert John jedes Mal aufs Neue. Er ist von diesem Menschen angewidert. Er weiß, dass Ray ein Killer ist, einer, der ohne den geringsten Skrupel den Finger krumm macht, für weniger als nichts. Sie bringen ihn und Nico in einen Polizeiwagen, hinter dem der Wäschewagen parkt, den John sah, bevor die Australier bei ihm auftauchten. Mit erhobenen Händen, immer noch laut schluchzend, sucht Ann einen Ausweg, indem sie beteuert, sie sei unschuldig und ganz zufällig in diese Sache reingeraten. Zwei Polizisten nehmen sie in Empfang, suchen sie nach Waffen ab. Die gleiche Monotonie beim Verlesen ihrer Rechte, während sie ihr Handschellen anlegen.

Dass sie Ray geschnappt haben, findet John in Ordnung.

So einer gehört nicht unter Menschen, sagt er sich.

Als John dem Kommissar vorgeführt wird, fragt er, wie sie auf ihn gekommen sind.

„Ganz einfach", erklärt ihm der Kommissar. „Sie haben sich selbst verraten."

„Wieso das?", fragt John verblüfft.

„Schauen sie, wir observieren diese australische Bande hier schon seit über einem halben Jahr. Wir wissen von den meisten ihrer Drogengeschäfte. Was uns gefehlt hat, war eine Inflagranti-Situation. Ein Ertappen auf frischer Tat. Und genau das haben Sie uns freundlicherweise frei Haus geliefert. Wir hören nämlich das Telefon von diesem Ray seit geraumer Zeit ab. Somit konnten wir Ihr Gespräch von heute morgen mitschneiden und bekamen alle Daten geliefert, die zu dieser Festnahme geführt haben."

John pfeift durch die Zähne und sagt:

„Ich bin ein Idiot, wenn ich nicht aufgekreuzt wäre, hätte das heute hier gar nicht stattfinden können, stimmt`s?"

„Ganz so ist es nicht", gibt der Kommissar zu verstehen. „Wir wissen noch von einem anderen Geschäft dieser Bande mit einer Yacht aus Malaysia, die hier abladen wollte, aber dann aller

Wahrscheinlichkeit nach sank. Spätestens bei dieser Übergabe hätten wir sie alle geschnappt. Sie gehören nicht zufällig zu dieser Yacht?"

Bei dieser Frage dreht er seinen Kopf und starrt John in die Augen wie ein Greifvogel, der seine gerade gefangene Beute betrachtet.

„Wie kommen sie denn darauf?", entrüstet sich John. „Von einer Yacht weiß ich gar nichts!"

In dem Augenblick, als er das sagt, ist ihm klar, es ist natürlich nur eine Frage der Zeit, bis die Polizei genau weiß, wer auf der Yacht war. In Townsville ist er berühmt, sogar der Bürgermeister und der Polizeichef gehören zu seinen „Fans".

Am deprimierendsten für John ist die Erkenntnis, dass sie ihn auf jeden Fall erwischt hätten. Während er mit seinen Jungs auf der Summer King ums Überleben kämpfte, sind hier schon die Netze gesponnen worden.

Ich hätte vielleicht doch mit den anderen das Land verlassen sollen, als es noch Zeit dazu war, doch jetzt ist es zu spät.

„Wie lange werde ich kriegen?" fragt John und zieht das Genick ein.

„Wenn sie sich kooperativ zeigen, sind sie bei guter Führung in spätestens drei Jahren draußen."

„Was verstehen sie unter kooperativ?"

„Liefern sie uns Daten, Namen, Adressen, Termine etc.", antwortet der Kommissar und zuckt dabei mit den Mundwinkeln.

John grinst und fragt ihn: „Wo soll ich die denn her bekommen?"

Der Kommissar zuckt mit den Schultern und den Mundwinkeln, schiebt den Unterkiefer ein wenig vor, bis sein schweißnasses Gesicht einen gnadenlosen Härtegrad angenommen hat, und meint zu John trocken:

„Mein lieber Junge, dann richten sie sich mal auf fünf bis sechs Jahre ein!"

Mit einer fast kameradschaftlichen Geste klopft er ihm auf die Schulter und verschwindet im Heer der anderen Polizisten. John sieht ihm nach und fragt den Beamten, der ihn gerade abführt, ob er auch schon mal was rauche, was dieser jedoch energisch verneint.

Als er später im Polizeibus sitzt, denkt er noch einmal darüber nach, was er alles falsch gemacht hat, woran es lag, dass es so gelaufen ist. Er denkt an seine Freunde Björn, Tim, Morten, Jan und Brad nicht zu vergessen. Sie sind frei, weil ihnen das Schicksal einen Strich durch die Rechnung gemacht hat. Sie haben ihren Einsatz bei dem großen Coup verloren, durften aber ihre Freiheit behalten. John hat nun einen weitaus höheren Preis bezahlt, indem er auch noch seine Freiheit verloren hat. Er wollte wieder mal alles. Ihm fehlt dieser Instinkt, der ihm signalisiert, wann es vorbei ist. Im Gegenteil: Sein Naturell schreibt ihm vor niemals aufzugeben. Wie hätte er in seinen jungen Jahren auch sonst bestehen können? Das wurde dieses Mal sein Verhängnis. Wäre er mit seinen Freunden ausgestiegen, säße er jetzt nicht in diesem australischen Polizeibus auf dem Weg in eine lange traurige Zeit.

Was den Vorschlag des Kommissars bezüglich der Kooperation anbelangt, wird er seine Freunde natürlich nicht verraten, auch wenn die Beamten ihm sonst was versprechen. Vielmehr geistert in seinem Hinterkopf schon wieder ein Plan herum, wie man das restliche Dope vielleicht doch noch retten könnte.

17

Reich mir doch mal die Papierservietten!" Brad schiebt sie ihm herüber. Harvey bedankt sich. Warum der immer so viel Papierservietten braucht, weiß auch keiner.

Morgenidylle am langen Tisch des Ao Sane. Wenn die Sonne noch nicht über den Berg gestiegen ist, hat das Meer im milden Licht eine wahrhaft aquamarine Ausstrahlung.

Sabrina hat mal wieder keinen Appetit. Die Nacht tat sie kein Auge zu, wälzte sich herum und rauchte zuviel. Gut frühstücken war nie ihr Ding, aber heute bekommt sie keinen Bissen runter. Der starke Kaffee und die Zigarette genügen ihr vollkommen. Sabrina gehört zu den wenigen, die den Kaffee am Ao Sane trinken ohne sich zu schütteln.!

Brad bestellt sich noch einen großen Orangensaft, dann lässt er sich von Jenny nach Hause fahren. Sie wohnen jetzt nicht mehr am Ao Sane, sondern haben sich hinter der Lagune ein Haus gemietet. Brad fährt nicht mehr so gerne selbst, seit er schon zwei Mal mit dem Moped gestürzt ist. Dabei hatte er noch großes Glück. Außer ein paar Schürfwunden und dem Verlust eines halben Schneidezahns ist weiter nichts passiert. Die Sache mit dem Zahn macht ihm immer noch schwer zu schaffen, aber noch schlimmer ist die Schwäche, die sich wie ein Krake um seine Lebensader schließt und ihn unmissverständlich an die wenige Zeit erinnert, die er noch hat. Er will sie nutzen, will alles wieder gut machen. Sharira, die er so vernachlässigt hat, will er Geld überweisen. Seine Schulden an die Connection will er begleichen, diesen unsäglichen Druck loswerden, der immer da ist und ihm das Leben schwerer macht, als es ohnehin schon für ihn geworden ist. Alles will er in Ordnung bringen.

Jenny meint, ob es auf Dauer nicht besser wäre ein Auto anzuschaffen, denn Brad klagt beim Motorradfahren jedes Mal über seine verkrampfte Haltung auf dem Sozius. Es schmerzt!

„Wahrscheinlich hast du recht", antwortet Brad beiläufig, und Jenny gibt Gas.

In ihrem kleinen Häuschen am Rawai mit dem herrlichen Garten legt Brad eine van Morrison-CD in den Player. „Gloria" tönt es aus den Lautsprechern, es erinnert Jenny an die Pink Elephant Bar, wo sie Brad kennengelernt hat. Damals lief auch

144

gerade van Morrison. Brad hat ihr an diesem Abend versprochen, sie müsse nie wieder in einer Bar arbeiten. Dafür liebt sie ihn heute, ist für ihn da, macht ihm den Haushalt, massiert seinen schmerzenden Körper, bekocht ihn sogar sehr gut und ist der beste Kumpel, den der haben kann. „Gloria" singt sie laut mit, wenn van Morrison den Refrain schmettert. Dazu tanzt sie wild - wie damals in der Bar. Brad ist begeistert! Seine weit aufgerissenen Augen verfolgen jede ihrer sinnlichen Bewegungen, wie sie ihn auffordert mitzutanzen und sich an ihn schmiegt, während sie gemeinsam tanzen und sich erinnern. Das Lied ist noch nicht zuende, da hat sie ihn beim Tanzen fast vollständig entkleidet und hilft nun Brad auch sie zu entkleiden, bevor sie miteinander schlafen. Sein Herz hat er schon lange an Jenny verloren, und das ist gut für ihn. Jenny ist ganz sicher nicht nur seine Haushälterin, wie es einmal vereinbart wurde. Jenny ist seine Frau, die er liebt, und für die er durchs Feuer gehen würde, wenn er könnte.

„Du hast total recht Jenny, wir kaufen ein Auto. Was meinst du, sollen wir es gleich heute tun?"

„Heute? Warum eigentlich nicht? Es ist einfach sicherer, und außerdem brauche ich dir die Vorteile nicht zu schildern, die ein Auto im Gegensatz zu einem Motorrad hat", antwortet Jenny.

„OK, der Tag ist noch jung, also dann lass uns in die Stadt fahren und gucken, was es gibt."

Jenny bestellt ein Taxi, und Brad fühlt sich auf dem Weg in die Stadt wie in alten Tagen, als es noch gut lief.

Am Ao Sane ist Mittag, der große Tisch nicht mehr besetzt, nur Raymond sitzt unter dem Dach im schattigen Restaurant. Er ist der einzige Gast. So genießt er die Ruhe und widmet sich seinem Buch.

Doch bevor er zum Lesen kommt, tauchen wie aus dem Nichts zwei Männer vor ihm auf und fragen mit aufgesetzter Höflichkeit, ob sie sich zu ihm setzen dürfen. Raymond kennt die Leute nicht.

Sie sehen finster aus, wirken auf ihn wie zwei scharfkantige Fremdköper. Raymond weiß nicht, was er sagen soll. Am liebsten würde er sie wegschicken. Im Restaurant ist alles frei. Aber die Fremden ziehen sich jeweils einen Stuhl ran und sitzen bereits an seinem Tisch - ihm gegenüber. Raymond spürt sofort, er mag diese Leute nicht, sie wirken unsympathisch, unheimlich sogar. Der eine sieht aus wie ein Mitteleuropäer, blond, graublaue Augen, die rein gar nichts ausdrücken, eine feine Nase, an der Spitze etwas gespalten, und einen sehr dünnen harten Mund mit stark nach unten gerichteten Mundwinkeln. Der andere könnte Südländer sein, fast hat er schon etwas Arabisches. Sein kurz geschorenes volles schwarzes Haar umgibt den massigen Kopf wie eine Strickmütze. Seine fischartigen Augen bohren sich schwarz und bewegungslos in Raymonds Gesicht, und der volle ebenfalls nach unten gerichtete Mund hat etwas Verächtliches. In seinen Mundwinkeln sieht Raymond weißliche Ablagerungen, die auf einen kranken Magen schließen lassen.

Fünf Sekunden unbehagliche Ruhe, dann beginnt der mitteleuropäisch aussehende, sie seien Holländer und gute Freunde von Brad, den sie heute gerne mal besuchen würden. Leider wüsste aber keiner genau, wo er wohnt, vielleicht wüsste er ja, wo man Brad finden kann. Raymond nickt verständnisvoll mit dem Kopf. Er gibt sich nachdenklich, bis er den Fremden antwortet:

„Ja, den Brad kenn' ich wohl. Der hat lange hier am Ao Sane gewohnt. Aber vor ungefähr einem Monat ist er an den Patong Beach umgezogen."

Instinktiv will Raymond nicht die Wahrheit sagen, seine Sensoren stehen auf Alarm. Die beiden Fremden zeigen keinerlei Regung. Überhaupt nichts! Sie schauen ins Leere. Dann dreht der arabische Typ seinen Kopf und fixiert Raymond mit seinen Fischaugen dermaßen, dass dieser knallrot wird. Im selben Moment springt der andere auf, schnappt Raymond am T-Shirt, und zieht ihn ganz nah an sein Gesicht. Raymond kann seine schwarzen Mitesser sehen und seinen schlechten Atem riechen. Der Typ ist ihm widerlich.

„Hör zu mein Freund", schnarrt der los.

„Hör zu! Wenn du uns verarschst, dann kriegen wir das raus. Dann holen wir dich, und wir können sehr böse werden. Einfach so! Also sag uns lieber die Wahrheit!"

„Aber das ist die Wahrheit", gibt Raymond erstaunlich gelassen zurück. „Ich habe ihn seit Wochen nicht gesehen, was weiß ich, wo der sich rumtreibt. Wahrscheinlich hockt er bei irgendeiner Frau. Hier ist er auf jeden Fall nicht und dafür, dass ihr Freunde von Brad sein wollt, seid ihr ganz schön aggressiv."

Das war ziemlich überzeugend, und Raymonds Selbstsicherheit zerstreut die Bedenken des Mannes, der ihn zögerlich loslässt, aber dessen Blick sich weiterhin in seine Augen bohrt. Er lässt den Blick auch nicht von Raymond, als sie sich vom Tisch erheben und dem Ausgang zusteuern. Erst dann dreht der Widerling sich um, und sie verschwinden ohne ein weiteres Wort.

Eine Weile sitzt Raymond da und muss das Erlebte erst mal verdauen. Dann fällt ihm siedend heiß ein: *Ich muss Brad warnen. Die Typen sind gefährlich, und ich glaube, es ist nicht gut für Brad, wenn sie ihn finden. Denen trau ich alles zu.*

Er geht zum Telefon - wählt Brads Nummer, aber außer dem Rufzeichen ist nichts. Er probiert es noch einmal. Wieder nichts. Er kann Brad nicht warnen, hat keine Ahnung, wo er ihn im Moment finden kann.

Siebzehn Uhr. Die Mittagshitze ist vorüber. Am Strand und im Restaurant ist das Leben wieder eingezogen. Ein paar Gäste machen sich bereit für ihr tägliches Streckenschwimmen vom Ao Sane durch die Bucht bis zum Nai Harn Beach. Einen guten Kilometer ist man unterwegs, was der Gesundheit und dem Allgemeinbefinden sehr gut bekommt.

Brad und Jenny sind von ihrem großen Einkauf aus der Stadt zurück. Tatsächlich haben sie einen gebrauchten Suzuki Jeep gefunden und führen ihn voller Stolz den Freunden vor. Toll, wie er da steht, bis auf die Farbe schwarz, die hätte sich Jenny ganz sicher nicht ausgesucht, aber es gab keine Alternative, und der Kauf war wirklich eine günstige Gelegenheit. Jenny ist noch ein bisschen unsicher, als sie die kleine Serpentine hinunter zum unteren Parkplatz direkt in die Nähe des Ao Sane Restaurants fährt. Sie parken den Jeep ganz vorne und schlendern mit ihren Badesachen zum hinteren Beach. Dabei müssen sie das kleine Wäldchen passieren und können vom Restaurant aus nicht mehr gesehen werden. Das tägliche Bad um diese Zeit gehört gewissermaßen zu ihren Pflichtübungen. Das Wasser ist klar und wohltemperiert. Darin zu schwimmen ist ein Hochgenuss. Für Brad ist das besonders gut, weil der schwebende Zustand seinen vom Blutpilz geschundenen Körper entlastet und die Schwimmbewegungen durchs warme Wasser seine Kondition trainieren. Man sieht ihm die Krankheit auf den ersten Blick nicht an. Im Gegenteil. Er wirkt durchtrainiert, seine naturgegebene athletische Figur, sonnengebräunt, lassen ihn auf den ersten Blick wie einen gesunden Mann aussehen. Brad möchte heute gerne mit den anderen schwimmen. Mit William, Barbarella, Heinz und Hermine die ganze Strecke zum Nai Harn Beach. Ab und zu gesellt er sich zu den Schwimmern, das tut im gut. Jenny schwimmt heute nicht mit, sie hat vorhin in der Stadt ihre Tage bekommen. Dann geht sie nicht ins Wasser, weil sie glaubt, sie wird dann von den Haifischen gefressen. Während Brad mit den anderen schwimmt, will sie einen Kaffee trinken gehen und ihn später mit dem neuen Wagen am Nai Harn abholen.

Von seiner Veranda kann Raymond sehen, wie Jenny auf ihrem Weg zum Restaurant gerade den Pfad entlang durch das kleine Wäldchen kommt. Er muss sie warnen, will ihr unbedingt von den zwei Gestalten erzählen, die heute mittag aufgetaucht sind. Kaum hat Raymond diesen Gedanken zuende gedacht, da erscheinen die schrägen Typen doch tatsächlich schon wieder auf der Bildfläche. Sofort wird ihm flau im Magen. Er sieht, wie die beiden ebenfalls durch das Wäldchen direkt auf Jenny zugehen. Keine fünfzig Meter mehr entfernt! Er weiß nicht, ob sie Jenny kennen, was sie von ihr wissen, und was sie überhaupt wollen. Aber er ist sich ganz sicher, dass hier größte Gefahr im Verzug ist. Er tritt hinter einen Baum und bleibt dort stehen um zu beobachten, was passiert. Die Drei sind gerade noch ein paar Schritt voneinander entfernt. Raymond hält die Luft an. Doch sie gehen aneinander vorbei, nehmen kaum Notiz. Die Fremden setzen unbeirrt ihren Weg zum hinteren Strand fort, auch Jenny geht weiter. Nach einigen Schritten bleibt sie stehen - sieht sich um. In diesem Moment dreht sich auch einer der Männer. Sein Blick richtet sich nicht auf Jenny, sondern er schaut Raymond an, wie er hinter dem Baum steht, als hätte der Holländer ihn dort erwartet. Dann passiert etwas Ungeheuerliches. Mit der größten Selbstverständlichkeit zieht er eine Waffe und zielt damit auf Raymond, dem in Sekunden der Angstschweiß ausbricht. Eine fiese Grimasse legt sich über das Gesicht des Holländers. Augenblicklich sucht Raymond Deckung hinter dem Baum, doch da nimmt der Kerl seine Waffe wieder runter, steckt sie zurück in die Hose und geht mit diabolischem Grinsen weiter.

Jenny ist wie vom Donner gerührt. Das Herz schlägt ihr bis zum Hals. Sie glaubte erst, es wären irgendwelche skurrilen Bekannten von Raymond, die sich einen blöden Scherz erlaubten. Doch ihr ist klar, die sind gefährlich. Brad hat ihr von Sharira erzählt, in Amsterdam - übel zugerichtet. Brad hat ihr auch von der marokkanischen Connection erzählt, der er noch Geld schuldet und die ihm auf den Fersen ist. Haben sie tatsächlich Killer auf Brad angesetzt?

Doch da ist Raymond schon bei ihr. Er bebt und schnauft. Mit eingeklemmter Stimme erzählt er Jenny, was er heute mittag erlebt hat, und dass er glaubt, die Männer haben nichts Gutes vor. Jenny überlegt einen Moment, ob sie nicht mit ihnen reden soll, ihnen vielleicht sagen, sie bekämen ihr Geld, wenn die Sache mit Australien gelaufen ist. Doch kaum hat sie das gedacht, wird ihr klar, wie absurd das wäre. Was wissen die Kerle von Australien? Mörder sind das! Skrupellose Gangster. Das Risiko, mit denen zu verhandeln, würde sie niemals eingehen. Was ist, wenn sie ihr Geld dafür bekommen ihn zu ermorden? Nein, sie muss Brad unter allen Umständen beschützen!

Wenn es das ist, was ich befürchte, werden die beiden Kerle am Beach womöglich gleich erfahren, dass Brad gerade mit den anderen losgeschwommen ist. Sie brauchen nur zum Nai Harn Beach und können ihn dort quasi in Empfang nehmen. Wenn das wirklich Hitmänner sind, dann ist Brad in der nächsten halben Stunde tot.

Sie erschaudert und fürchtet sich vor dem Gedanken. Angst befällt sie. Auch Raymond ist völlig aus dem Häuschen. Der Versuch sich gegenseitig zu beruhigen gelingt nicht, bis sie sich bei den Händen nehmen und sich einig sind:

„Wir müssen sofort etwas unternehmen!"

Über die Abkürzung laufen sie direkt am Wasser entlang. So kommen sie etwas schneller zum unteren Parkplatz. Sie steigen in den Jeep und fahren die kleine Serpentine hinauf bis zum oberen Parkplatz, stellen den Wagen in Fahrtrichtung ab und warten.

„Was machen wir, wenn die Typen hier vorbei kommen? Wie sollen wir sie stoppen? Können wir sie überhaupt aufhalten?" Raymond bombardiert Jenny mit Fragen. Ihre Augen beobachten den Weg, und sie sagt mit gepresster Stimme:

"Ich weiß es nicht. Ich weiß es beim besten Willen nicht, aber ich weiß, wenn die Typen hier den Weg herauf kommen und wir nichts unternehmen, ist Brad so gut wie tot."

Ihr Tonfall ist ernst, sie wirkt entschlossen.

„Was ist mit der Polizei?"

„Vergiss es, wir sind hier in Thailand", winkt Jenny ab. „Bevor die da sind, ist alles schon gelaufen, und es geht nur noch ums Abkassieren. Vergiss nicht, ich bin Thai! Ich kenne mich in meinem Land aus."

Dabei huscht ein kurzes Lächeln über ihr Gesicht.

„Da sind sie!"

Jenny und Raymond zucken zusammen. Die mutmaßlichen Hitmänner kommen im Laufschritt zu ihrem Moped. Sie haben es offenbar eilig! Einer versucht hektisch mit dem Kickstarter das Moped zu starten. Doch es ist abgesoffen. Die Männer scheinen aufgeregt zu sein, sonst hätten sie die Maschine sicher nicht absaufen lassen. Der andere versucht es jetzt. Ohne Erfolg. Da erscheint Soap, der „Manager Of Accomodation" am Ao Sane, das Faktotum, welches für die Bungalows zuständig ist. Er beobachtet das hilflose Treiben und bietet seine Hilfe an. Ein paar Handgriffe, ein paar gezielte Kicks, und schon läuft das Motörchen.

„Bitte schön, schlafen Sie gut!", kommentiert Soap mit einer seiner Phrasen die Hilfsaktion, und mit galanter Handbewegung überlässt der immer zu einem Späßchen aufgelegte Soap das laufende Moped den Killern.

Sie kommen die kleine Serpentine hoch.

„Rutsch ganz runter!", befiehlt sie Raymond, „die kennen dich."

Raymond rutscht bis aufs Bodenblech und legt seinen Kopf auf den Sitz. Jennys Herz rast, als sie vorbeifahren. Sie hat große Angst. Jenny fährt langsam an, folgt dem Moped in einem Abstand von etwa zehn Metern. Sie sieht, wie der Fahrer in seinen Rückspiegel guckt, aber, wie es scheint, nichts Auffälliges bemerkt. Er fährt ruhig weiter. Sie folgt. Die Straße führt steil bergauf, macht eine lange Biegung nach links, und führt dann geradeaus über einen sanften Hügel. Danach geht es bergab, mit einer anschließenden scharfen Linkskurve. Von dieser Kurve an ist der Abhang, der im Meer landet, bepflanzt und nicht mehr ganz so schroff wie vorher. Das Moped fährt gerade über den Hügel auf die scharfe Linkskurve zu. Jenny verkürzt den Abstand. In dem Moment, als die Killer die Kurve erreichen, gibt Jenny Vollgas. Die Männer scheinen etwas zu ahnen und beschleunigen ebenfalls. Dabei laufen sie aber Gefahr, aus der scharfen Kurve zu fliegen und müssen kurz abbremsen. Doch Jenny ist bereits bei ihnen. Sie tritt unbeirrbar das Gaspedal aufs Bodenblech. Ihr Entschluss ist gefasst, doch es kostet sie kolossale Überwindung! Quietschende Reifen, ein metallischer Knall, kurzes Scheppern von Blech und das Geschrei von stürzenden Männern. Dann sieht Jenny noch, wie das Moped mit den beiden den Hang herunter poltert, während sie das Steuer herumreißt. Raymond hat alles nur gehört. Jetzt ist er aber hoch gekommen und sieht durch die Heckscheibe, wie die Killer mit ihrem Moped kurz vor der Wasserlinie liegengeblieben sind.

„Hoffentlich habe ich die Kerle nicht umgebracht", jammert Jenny. Sie ist dermaßen aufgeregt und am Zittern, dass sie nicht mehr in der Lage ist zu fahren. Sie tauscht im fliegenden Wechsel den Platz mit Raymond, der das kurze Stück bis zum Nai Harn Beach übernimmt.

Die Schwimmer sind gerade im Moment eingetroffen und gönnen sich eine kleine Erfrischung im Coconut Restaurant. Raymond fährt direkt vor das Restaurant, und Jenny springt heraus um Brad zu holen. Der ist allerdings nicht dabei!

„Wo ist Brad?", fragt sie und sieht sich nach allen Seiten um.

„Brad liegt am Strand, der braucht Erholung", antwortet Barbarella. „Es war ein bisschen zu viel für ihn. Er ist sehr erschöpft, und er sollte die langen Strecken in Zukunft nicht mehr mitschwimmen", empfiehlt sie. „Die anderen Schwimmer hatten auf den letzten hundert Metern ganz schön Mühe mit Brad. Er hat regelrecht abgebaut, konnte sich gar nicht mehr richtig bewegen und klagte über Schmerzen beim Schwimmen."

„Alleine hätte er das nicht geschafft", bemerkt William, der als junger Mann seinen Rettungsschwimmer absolviert hat. „Wir mussten ihn abschleppen."

Jenny geht zu Brad, der sie mit süßsaurem Lächeln anschaut, als wolle er sich entschuldigen, weil er schlapp gemacht hat, dabei sieht er wirklich etwas mitgenommen aus. Sie beugt sich zu ihm herab in den Sand und spricht leise aber glasklar:

„Hör mir gut zu, Brad, und sag jetzt erst mal nichts! Die Connection hat dich gefunden. Sie ist bereits hier. Zwei Hitmänner suchen nach dir, die habe ich eben erst mal aus dem Verkehr gezogen, aber ich weiß nicht für wie lange. Näheres erkläre ich dir später. Du musst jetzt deine ganze Kraft zusammennehmen. Du musst aufstehen, und wir müssen sofort, ich meine sofort, von hier verschwinden. Hast du das verstanden?"

Brad sieht sie mit müden Augen an. Der schlimmste Fall ist eingetreten. *Die Connection will sein Leben. Sie wollen nicht mehr reden, nicht mehr verhandeln. Sie wollen ihn tot.*

Es fährt durch ihn hindurch wie das Schwert eines Scharfrichters. Brads Arme greifen nach Raymond, der daneben steht und ihm auf die Beine hilft. Zittrig, wie ein alter Mann, strebt er, verausgabt vom Schwimmen und schockiert von den Neuigkeiten, fassungslos seinem Jeep zu. Raymond hält die Beifahrertür auf, und Jenny sitzt bereits mit laufendem Motor am Steuer, doch bevor sie losfährt, erklärt sie allen Anwesenden, dass Brad von zwei Männern verfolgt wird, die ihm nach dem Leben trachten, und was immer passiert, wer immer nach Brad oder nach ihr fragen sollte, sie mögen bitte auf gar keinen Fall etwas sagen. Später wird sie alles erklären.

„ Zunächst müssen wir aber erst mal weg von hier."

Im Affenzahn düsen sie nach Hause um die wichtigsten Sachen zu holen. Ihnen ist klar, sie müssen Phuket für eine Zeit lang verlassen.

Jenny wendet den Jeep, springt hinaus und rennt zum Brunnen, wo sie ihre Wertsachen versteckt haben. Der Stein über dem präparierten Erdloch liegt noch an seinem Platz. Sie rückt ihn zur Seite, greift in das Loch und zieht eine Plastiktüte hervor. In Windeseile packt sie die Wertsachen in eine Reisetasche und sucht behände noch ein paar Klamotten und Toilettenartikel zusammen. Da klingelt auf einmal das Telefon. Soll sie ran gehen? Sie tut es. Willbur ist an der Strippe:

„Es gibt interessante Neuigkeiten. Etwas ist mit der Summer King passiert. Am besten kauft ihr euch gleich mal die Bangkok Post und lest selbst!"

„Was ist mit der Summer King?", unterbricht Jenny.

„Sie ist gesunken."

„Gesunken?", wiederholt Jenny ungläubig. „Was ist mit den Leuten passiert?"

„Alle haben überlebt", und bevor Willbur weiterreden kann, hat Jenny den Hörer aufgelegt und sitzt bereits mit Brad im Wagen.

Sie lässt den Motor aufheulen und fährt los - aber wohin?

„Phi Phi Island!", fällt Brad spontan ein. „Wir gehen nach Phi Phi Island! Jan hat mir viel von dieser Insel erzählt. Die Insel war mal `ne Seeräuberfestung, sie ist ideal um sich zu verstecken. Dort gibt es so viele Höhlen und Schlupfwinkel, dass man eine ganze Armee verschwinden lassen könnte. Außerdem lebt dort Charly, den ich noch aus Amsterdam kenne. Er betreibt dort ein Ressort und kann uns helfen, der ist mir sowieso noch was schuldig."

„Das ist vielleicht eine gute Idee", bestätigt Jenny. „Sag mal", drehen sie da nicht gerade einen Film, „The Beach" oder so ähnlich, soll auf jeden Fall ein großes Projekt sein?"

„War leider schon vorher", meint Brad kleinlaut, „da hätten wir ja vielleicht als Komparsen unser Brot verdienen können."

Sie lacht, wendet den Suzuki und fährt Richtung Hafen. An der Ampel vor der Abzweigung zur Pier entdecken sie einen Minimarkt. Sie halten kurz an um eine Bangkok Post zu kaufen. Hektisch reißt sie die Zeitung auf und wühlt förmlich kreuz und quer darin herum. Im Outlook findet sie eine kleine Meldung mit der Überschrift:

Malayische Segelyacht am Great Barrier Riff gesunken.

Brad und Jenny verschlingen den Text:

„Die in Malaysia registrierte Segelyacht Summer King ist am 20.07.2004 in der Nähe der Palmpassage über dem Great Barrier Riff bei einem Orkan gesunken. Alle fünf Personen konnten sich in eine Rettungsinsel begeben. Ein Rettungskreuzer der Seenothilfe Townsville fand die total erschöpften Männer, die sich auf einer Weltumseglung befanden. Sie erhielten ärztliche Betreuung in Townsville."

„Das darf doch nicht wahr sein! Sag mir, dass ich träume, dass ich verrückt bin, aber sag mir bitte nicht, dass es wahr ist, was hier steht."

Brad ist erschüttert. Wenn er nicht schon säße, würde es ihm jetzt glatt die Beine weghauen. Jenny geht es nicht anders. Sie können es nicht fassen. Aber Jenny kommt damit besser zurecht als Brad, für den jetzt gerade die Welt untergeht.

„Jetzt ist alles aus", klagt er, „unsere allerletzte Hoffnung ist dahin, versunken im Meer. Fast mein ganzes Geld steckte in diesem Projekt. Wie soll ich jetzt die Connection ausbezahlen? Kein Wunder, dass die mir Killer auf den Hals schicken!"

Da verliert Jenny für einen Moment die Haltung und platzt unter Tränen heraus:

„Oh mein armer Brad! Das ist wirklich furchtbar!"

Sie umarmt ihn: „Das ist sehr viel auf einmal, was da auf dich zukommt."

Sie küsst Brad auf den Kopf und drückt sein Gesicht an ihre Brust.

„Aber wir kommen da durch, Brad. Ich stehe zu dir, egal, was geschieht, ich bleibe bei dir und werde dir helfen!"

Das sind die schönsten Worte, die Brad je gehört hat. Jenny streichelt ihm ganz zärtlich seinen Hinterkopf. Das tut ihm so gut, und er schöpft ein kleines bisschen Mut.

18

Die Schnellboote nach Phi Phi Don haben in der Nähe des offiziellen Hafens von Phuket ihre eigene Pier. Allerdings laufen die meisten der Boote schon früh morgens um sieben aus. Das heißt, am heutigen Abend geht nichts mehr, aber am nächsten Tag wollen sie rüber. Damit sie morgen nicht in der Schlange stehen müssen, kauft Jenny am Schalter zwei Überfahrten nach Phi Phi Island für morgen früh sieben Uhr zehn.

„Jetzt brauchen wir nur noch einen sicheren Platz für heute nacht."
Sie sieht auf die Phuketkarte, die sie vom Autohändler geschenkt bekommen hatten, als sie heute den Wagen kauften.

„Fahr in die Stadt! Im Pearl Hotel haben sie eine Tiefgarage, da können wir das Auto verschwinden lassen, das ist bestimmt besser, als wenn es die ganze Nacht irgendwo herumsteht", schlägt Brad vor.

Sie nehmen eine VIP-Suite im Pearl, weil die am sichersten sind und jeder Besucher auch hundertprozentig angemeldet wird. Überraschungsbesuche gibt es also nicht.

Jenny hat den Wagen in der Tiefgarage geparkt, nachdem Brad bereits aufs Zimmer gegangen ist.

Bevor sie nach oben geht, kauft sie im Supermarkt auf der Rasada Road noch eine Flasche „Veuve Cliquot". *Die haben wir uns heute auf jeden Fall verdient.*

Als sie auf das Zimmer kommt, sitzt Brad am Tisch und schaut aus dem Fenster. Seine Augen sind stark gerötet, daran erkennt sie, dass er geweint hat.

„Was ist am Ao Sane passiert?", fragt er, und Jenny erzählt ihm alles. Alles, was am Ao Sane war, wie der Typ mit seinem Revolver auf Raymond gezielt hat. Was Raymond mittags mit den Killern erlebt hat, wie er und sie den beiden aufgelauert haben, um sie schließlich zu verfolgen und von der Straße zu drängen.

„Glaubst du, die sind verletzt oder sogar tot?" Brad sieht ihr in die Augen.

„Ist schon möglich. Ich glaube allerdings nicht, dass sie tot sind, bestimmt sind sie nur leicht verletzt. Die Stelle war relativ harmlos. Sie haben sich hingelegt, sind den Abhang runter gerutscht, und in den Büschen hängen sie hoffentlich jetzt noch!" Brad starrt sie entsetzt an.

„Brad, wenn die dich am Nai Harn erwischt hätten, dann säßen wir jetzt nicht hier! Ich musste etwas tun und hatte nur wenige Minuten Zeit. Das einzige Mittel um deinen Tod zu verhindern, war Gewalt. Ich musste mit Gewalt verhindern, dass sie dir was antun. Verstehst du das? Ich hatte keine Wahl. Also fegte ich sie von der Straße, bedroht von dem Risiko, ein Verbrechen zu begehen. Im Prinzip war es bereits ein Verbrechen die beiden von der Straße zu schubsen, aber das war der Preis für deine Rettung. Und noch etwas Brad: Empfindest du es nicht als eine außergewöhnliche Fügung des Schicksals, dass wir gerade heute ein Auto gekauft haben? Stell dir vor, wir hätten das nicht getan, wie hätte ich die Mörder stoppen können? Wie hätten wir so schnell verschwinden können?"

Was für ein Glück ich habe, denkt er. Wie glücklich er sich schätzen kann, diese Frau an seiner Seite zu haben. Er fällt ihr um den Hals und küsst sie, küsst sie immer wieder.

Am frühen Morgen ist der Tag am schönsten. Wenn die Sonne noch nicht hoch ist, die Kühle der Nacht in der Luft, und das tägliche Leben langsam beginnt. Fünf vor sieben. An der Pier haben sich schon viele Leute eingefunden, die auch das SiebenUhr-Zehn-Schnellboot nach Phi Phi Island nehmen wollen. Es gibt aber noch jede Menge Platz.

Ihr letztes Frühstück im Pearl Hotel war nicht wirklich gut. Zu viel Eier, Speck und dieser ganze American Breakfast-Kram, den man überall erhält und der überall gleich schmeckt. Brad und Jenny haben kaum etwas gegessen. Die Spiegeleier hängen ihnen zum Halse raus. Auf jeden Fall bleibt bis zur Abfahrt noch Zeit für eine gepflegte „Kao Tom Mo Sab", eine Reissuppe mit gehacktem Schweinefleisch und Ingwerstreifchen. Mit einem Hauch Chili und Knoblauch ist sie morgens unschlagbar. Die Suppe gegen den Kater schlechthin, nach einer langen Nacht, aber auch nach einem gesunden Schlaf mit abstinentem Vorabend. Diese Suppen bekommt man in dieser Art selten im Hotel, dafür aber in Garküchen auf der Straße oder wie heute an der Pier. Köstlich!

Die schmalen Schnellboote sehen aus wie Busse. Schmal und hoch. Es soll auch schon mal eines umgekippt sein. Aber daran will jetzt keiner denken.

Brad und Jenny ergattern sich einen „Logenplatz" in der ersten Reihe mit Blick nach vorn, denn manche Bänke stehen anders herum, aber sie schauen lieber in Fahrtrichtung.

Mit lauten Geräuschen bewegt sich das Speedboat aus dem Hafengelände. Das Wasser ist sehr schmutzig, und die vielen vor sich hin gammelnden Wracks, die am Rande des Hafenbeckens in ihrer Hoffnungslosigkeit aus dem Wasser ragen, wirken auf Brad wie stumme Zeugen der Vergänglichkeit. Im freien Wasser geht es dann richtig los. Die Motoren haben ihre akustische Alleinherrschaft durchgesetzt. Unterhaltung ist nicht mehr möglich. Was man sich sagen will, schreit man sich kurz und deutlich an den Kopf. Dafür hat jemand ein thailändisches Musikvideo mit der Gruppe „Kalabao" eingelegt, die in einer Lautstärke gegen die Motoren andröhnen, dass man diesem akustischen Inferno nur entrinnen kann, wenn man die Kabine verlässt und sich draußen an Deck ein ruhiges Plätzchen sucht.

Nach anderthalb Stunden sind sie da. Phi Phi Island.

Auffallend ist die einzigartige Silhouette der Insel. Es gibt Stimmen, die behaupten, Phi Phi wäre die schönste Insel der Welt. Ob es stimmt? Wer will das entscheiden? Zu den schönsten auf diesem Globus kann man sie allemal zählen! Zwei riesige Felsen verbunden durch eine Sandbank. Mehr ist sie nicht. Das Besondere: Die Sandbank beschreibt die Linie von zwei entgegengesetzten Halbkreisen sowohl nach Osten als auch nach Westen. Auf der Sandbank findet das hauptsächliche Inselleben statt. Sie ist an der schmalsten Stelle etwa dreihundert Meter breit, und in Minuten kann man sie von einer Bucht zur anderen überqueren.

Wenn hier mal eine große Welle kommt, versucht Brad sich gerade vorzustellen, *dann ersaufen alle. Aber so große Wellen gibt es nur sehr selten und wenn, dann höchstens im pazifischen Raum um Japan,* zumindest hat das Brad mal irgendwo gelesen.

Der Touristen wegen legen sie zuerst an Phi Phi Lee an, einer kleinen Felseninsel gegenüber der Hauptinsel Phi Phi Don. Dort werden die Reisenden über zwei wackelige Landungsstege direkt in eine sehr beeindruckende Tropfsteinhöhle geführt, in der Tausende von Seeschwalben nisten. So groß wie ein Dom ist die Höhle, und die Schritte der Besucher hört man durch die meterdicke Schicht aus Vogelkot nur gedämpft. Die spezielle

Akustik in der Höhle wirkt sehr intim, sehr eigen. Wenn man auf die riesigen Stalaktiten klopft, ist das wie Musik.

Wenn die Seeschwalben ihre Nester neu gebaut haben, machen sich die Nesträuber, eine der unteren Kasten der örtlichen Mafia, bereit. Sie klettern in schwindelnde Höhen, auf filigranen, sehr wackeligen Bambusgerüsten, um den Seeschwalben die Nester zu rauben, die als chinesische Delikatesse angeboten werden. Leider bevor die Vögel gebrütet haben, weil das Nest danach beschmutzt ist und auf dem Markt nur noch einen Bruchteil von dem erzielt wird, was ein sauberes Nest einbringt.

Die chinesischen Abnehmer behaupten, es schmecke gut, was aber nicht der Fall ist. Dabei geht es in erster Linie auch nicht um den Geschmack, sondern die aphrodisierende Wirkung - das Potenzmittel. Wobei sich die Schlussfolgerung aufdrängt, die Chinesen hätten enorme Potenzängste oder seien am Ende gar impotent, wenn man bedenkt, was sie so alles zu sich nehmen um Potenz zu steigern. Vielleicht ist das aber auch der Grund, warum die Chinesen das größte Volk auf dieser Welt sind.

Auf Phi Phi Don angekommen machen sich Brad und Jenny auf die Suche nach Charly, dem holländischen Freund mit dem Ressort und, wie Jan meint, besten Verbindungen. Wenn es einen gibt, der hier einen sicheren Platz für Brad weiß, dann ist es Charly.

Sie haben Glück, und treffen ihn in seinem Laden an.

„Du siehst schlecht aus", meint Charly, als er Brad begrüßt. Brad erzählt ihm zwar nicht genau, was passiert ist, gibt ihm aber zu verstehen, dass er für eine Weile untertauchen muss. Außerdem sei er sehr krank und suche die Ruhe - an einem sicheren Ort. Charly versteht und stellt keine weiteren Fragen. Sie nehmen erst mal einen Gin Tonic zu sich, den Charly spendiert. Dann reden sie ein wenig über die alten Zeiten in Amsterdam, als beide dort noch im Geschäft waren.

„Es gibt hier einen winzigen Strand um die Ecke, an der Nordseite der Insel", erzählt ihm Charly. „Dort hab ich mir mal ein kleines Pfahlhaus gebaut. Das Land ist gepachtet, und ich denke, das Haus ließe sich ganz wohnlich einrichten. Außer ein paar Fischern kommt da nie jemand vorbei. Für Touristen ist der Weg über die Felsen zu gefährlich, und zum Schwimmen will da bestimmt auch keiner hin."

„Das klingt aber sehr gut." Brad strahlt Charly an, als hätte er gerade ein Geschenk erhalten.

Sie fahren mit dem Schlauchboot die Küste entlang. Die meisten Touristen sitzen jetzt beim Mittagessen, daher ist es leer am Strand. Als sie um die Landzunge herum kommen, weht sogleich ein frischer Wind, und das Meer ist kabbeliger als vorher. Es hat richtige Wellen, und die Schaukelei bringt Brad und Charly zum Lachen. Jenny dagegen ist auf diese Art von Bewegung nicht so gut zu sprechen. Auf schaukelnden Booten wird sie leicht seekrank.

Nach zweihundert Metern steuert Charly das Dingi auf einen winzigen schneeweißen Strand zu. Je näher sie kommen, desto mehr ist Brad von den idealen Bedingungen überzeugt. Das Pfahlhaus besitzt eine überdachte Veranda und eine einfache Toilette. Es ist aus Holz gebaut, mit zwei großen Fenstern, die einen märchenhaften Blick auf das Meer und noch einen Teil von Phi Phi Lee freigeben. Am Horizont sieht man Phuket groß wie das Festland. Bei Flut umspült das Meer die Betonpfeiler, auf denen das Häuschen steht. Wenn man es dann betreten oder verlassen will, muss man einen großen Schritt von der letzten Stufe zu dem Felsen machen.

„Das hast du dir bei den Seezigeunern abgeguckt", frotzelt Brad.

„Ja, du hast Recht, die wollten das Wasser nie verlassen. Seezigeuner leben lieber auf dem Wasser".

Brad wäre ja jetzt auch so etwas wie ein an Land lebender Seezigeuner. Dabei zwinkert er Jenny zu, die nicht ganz verstanden hat, was Charly damit meint.

„Charly, das ist es!", sagt Brad begeistert. „Das ist noch viel schöner, als ich gewagt habe es mir vorzustellen. Wenn ich hier längere Zeit bleiben könnte, wäre das ideal."

„Kein Problem. Du kannst so lange bleiben, wie du willst, und weil ich dich mag, kostet dich das nur fünftausend Baht im Monat, ist das zuviel?"

„Du bist ein Schatz Charly. Fünftausend sind geschenkt!"

„Du hast keinen Strom, und Süßwasser gibt es draußen zwischen den Felsen zum Land hin. Da ist eine Quelle. Also kein Komfort."

„Den vermisse ich im Moment auch nicht. Als Jan mir mal ein paar Geschichten von alten Ao Sane-Zeiten erzählte, erinnere ich mich, wie er erwähnte, dass es damals dort auch keinen Strom gab bis weit in die achtziger Jahre. Sie hantierten alle mit Petroleumlampen, Kerzen und Taschenlampen herum. Ich glaube, das Lichtproblem werden wir lösen."

„Von welchen Problemen redest du?", fragt ihn Jenny. „Wir sind doch bisher mit ganz anderen Sachen fertig geworden, meinst Du nicht? Was wir brauchen, ist ein Boot. Ein Schlauchboot wäre natürlich ideal, schon vom Gewicht her."

„Vorläufig könnt ihr mein Dingi benutzen. Ich brauch es nur selten, und wenn das wirklich mal der Fall ist, kann ich mir's ja bei euch borgen."

„Deine Großzügigkeit beschämt mich!", bedankt sich Brad.

Doch Charly, der vom Alter her fast Brads Vater sein könnte, winkt ab und sagt:

„Ist schon gut, mein Junge, ich seh' dir an, dass du Probleme hast und Hilfe brauchst. Also helf´ ich dir, was soll ich sonst tun, was würdest du tun?"

Verlegen wie ein Junge sieht Brad auf den Boden:

„Das werde ich dir niemals vergessen!"

„Schon gut." erwidert Charly.

„Jetzt sollten wir aber noch ein paar Dinge besorgen, ich krieg langsam Hunger!", tönt Jenny und macht Anstalten zum Aufbruch.

Wie immer in den Tropen vergehen die Tage schnell. Über drei Wochen sind Jenny und Brad jetzt schon hier. In dieser Zeit haben sie sich an ihrem Privatstrand gemütlich eingerichtet. Ihrer Liebe zur Natur genügend gestalteten sie sogar einen kleinen Garten aus Spinnenlilien und Mangrovengewächsen. Aus Steinen und Samen, Wurzeln und Treibgut haben sie, den Ritualen indonesischer Stämme abgeguckt, Bilder und Konfigurationen in den Sandboden ihres Gärtchens gelegt, die ihnen Glück bringen und sie beschützen sollen. Aufgrund der langen Kolonialisierung Indonesiens durch die Holländer hat Brad ein besonderes Interesse an den Gebräuchen und dem Glauben der Stämme entwickelt, obwohl er nie da war.

Alle drei Tage essen sie bei Charly in der Küche. Ins Restaurant trauen sie sich nicht wegen der vielen Leute, und so lange sie noch nicht genau wissen, ob die Kerle noch hinter Brad her sind, wollen sie kein Risiko eingehen.

Jenny muss Kontakt mit Raymond aufnehmen. Sie hat schon ein paar Mal versucht, ihn telefonisch am Ao Sane zu erreichen. Aber jedes Mal ohne Erfolg. Sie muss wissen, was mit den Killern und was mit der Summer King und ihrer Mannschaft geschehen ist. Aus dem Grund will sie morgen nach Phuket. Sie fährt allein, ohne Brad.

19

Das schlechte Wetter auf der Überfahrt nach Phuket mit der Fähre verschafft Jenny wieder Übelkeit, aber noch mehr der Gedanke an die Killer und wie sie loszuwerden. Es schüttet wie aus Eimern, Jenny sieht in einen grauen Vorhang aus Regen. Sie hat eine Idee, die ihr vage vorschwebt, noch nicht ganz ausgereift, aber möglich. Es muss ihr gelingen einen Plan zu entwickeln.

Gleich nach der Ankunft in Phuket besucht sie Lin, ihren Friseur. Sie will ihr Äußeres verändern. Ihr Haar war in der letzten Zeit auf Phi Phi ein ganzes Stück gewachsen. Lin meint, sie soll es lang lassen, er würde ihr einen ausgeflippten Schnitt machen. Als der Figaro sein Werk vollendet hat, meint er:

„Ein bisschen ungewohnt, aber bezaubernd!", dabei bewegt er sich aufgestachelt, überzeugt von dem, was er geleistet hat.

Jenny mag sie auch – ihre neue Frisur.

Am Nachmittag geht sie ins Pearl Hotel. Sie holt den Wagen aus der Tiefgarage und fährt zum Ao Sane. Als sie ankommt, ist es vier Uhr. Der Himmel ist bedeckt. Am Strand ist es leer, und im Restaurant ist niemand außer den Thais, die fast täglich um diese Zeit Karten spielen.

Jenny bestellt sich einen Papaya-Shake und fragt nach Raymond. Im Restaurant weiß keiner, wo er ist, nur Willbur, der gerade mit seiner Luftmatratze auf dem Wasser treibt, könnte es wissen.

Sie genießt ihren Shake am langen Tisch im Schatten der Mangrove, mag ihn mit viel Eis, von dem sie gerne mal ein Stück mit den Zähnen zerbeißt. Dabei grasen ihre Augen die Gegend ab. Bei ihrem letzten Besuch vor gut drei Wochen war es hier alles andere als friedlich. Die Erinnerung an ihre Begegnung mit den Killern setzt sie sofort wieder unter Spannung. Willbur treibt immer noch auf seiner Luma. Sie beobachtet, wie er sich sonnenverbrannt in seinem Tangahöschen streckt und positioniert, damit die Sonne ihn auch überall erreicht.

Auf einmal erscheint Raymond wie bestellt im Restaurant und kommt sofort auf Jenny zu:

„Wie geht es Brad?"

„Leider geht es Brad nicht so gut. Er hat oft Schmerzen. Neuerdings hat er manchmal richtige Aussetzer. Ich habe Angst um ihn, Raymond!"

Jenny erzählt, wie gut sie bei Charly untergekommen sind an ihrem kleinen Strand mit dem Pfahlhaus.

Raymond hört besorgt zu. Seine Augen wandern einmal durchs Lokal, dann sagt er zu Jenny:

„Die zwei Kerle sind noch ein paar Mal hier aufgetaucht. Das letzte Mal vor einer Woche. Der eine humpelt, und der andere scheint sich die Hand verbrannt zu haben. Wahrscheinlich am Auspuff. Auf jeden Fall ist ihnen nichts Schlimmes passiert. Du brauchst dir deswegen also keine Sorgen zu machen!"

„Glaubst du denn, die sind noch auf Phuket?"

„Keine Ahnung, möglich wär's. Vielleicht suchen sie ja tatsächlich am Patong Beach nach Brad."

„Dann wären sie zumindest auf der falschen Fährte", bemerkt Jenny. „Ich muss unbedingt wissen, ob die sich noch hier in der Gegend herumtreiben. Sollten sie am Patong Beach sein, kann ich das über ein paar Leute erfahren. Was ist mit der Summer King? Ich hab's in der Zeitung gelesen."

Raymond zieht den Nacken ein, und wieder lässt er seine Augen durchs Lokal kreisen, bevor er ihr berichtet:

„Tja, da gibt es leider nicht so viel Gutes. Der letzte Stand, den ich kenne, ist der, dass die Summer King vor fünf Wochen über dem Great Barrier Riff in einen Sturm geraten und gesunken ist. Dass alle gerettet wurden und sie sogar im australischen Fernsehen waren."

„Und woher weißt du das mit dem Fernsehen?", will Jenny wissen.

„Morten und Tim sind in Thailand, aber keiner weiß wo. Sie wechseln wohl auch öfter ihre Bleibe. Kek, Björns Frau, hat es mir gesagt, die hat es von Tim. John soll noch in Australien sein. Von Björn und Jan weiß man nur, dass sie sich nicht mehr in Australien aufhalten. Es wird gemunkelt, Björn sei in Norwegen, aber von Jan weiß keiner etwas."

„Und die Ladung?", fragt Jenny leicht unterkühlt.

„Die soll sich noch im Bauch des Wracks befinden, wird behauptet."

„Wer behauptet das?"

„Na, Tim eben, der soll das zu Kek gesagt haben."

„Und was macht John noch in Australien?"

„Woher soll ich das wissen, vielleicht will er den Schatz ja noch heben."

„Ihn heben, klingt ja phantastisch! Na, wenigstens kümmert der sich noch ums Geschäft."

Jenny lächelt Raymond süßsauer an. Dann verabschiedet sie sich mit der Bitte, er möge sie und Brad bald besuchen kommen. Brad würde sich sehr darüber freuen. Er fühlt sich schon ein bisschen einsam und durch seine Krankheit vom Leben abgekoppelt. Raymond verspricht es.

Mit herunter geklappten Sonnenblenden fährt sie zu ihrem Haus. Die Haustür hatte sie noch abgeschlossen, als sie damals Hals über Kopf flüchten mussten. Doch jetzt steht die Tür offen, und Jenny erlebt eine böse Überraschung. Die Ganoven haben ihr Haus entdeckt und offenbar übel Rache genommen. Das Chaos ist perfekt. Alles durchwühlt oder mutwillig zerstört. Sogar die Klobrille haben sie abgerissen und alle Spiegel und Bilder zerschlagen. Überall liegen Glassplitter und abgebrochene Plastikstücke. Schlimm! Offenbar haben sie den Müll in den Backofen gekippt und ihn angestellt. Ein Wunder, dass es nicht gebrannt hat, aber die Gangster wussten nicht, dass der Mechanismus des Timers klemmt und den Ofen immer nach zwanzig Minuten ausstellt, was Jenny oft zur Raserei gebracht hat. In diesem Fall war es Glück!

Voller Zorn fängt Jenny an die traurigen Überreste ihrer Habe zu durchsuchen. Einige Gegenstände, die sie mitnehmen will, befinden sich noch in brauchbarem Zustand. So bekommen sie wenigstens noch ein paar Sachen, die sie an ihrem Strand dringend benötigen. Was an Büchern noch lesbar ist, packt sie in eine Plastiktüte. Sie liest gern und viel. Auch Brad liest gerne,

Zeit zum Lesen haben sie ja. Ihr kleiner Suzuki wird immer voller, obwohl sie noch gar nicht weiß, wie sie das alles nach Phi Phi kriegen soll. Darüber will sie sich aber später Gedanken machen. Jetzt warten andere Aufgaben auf sie. Zunächst muss sie ihre alte Freundin Tui aufsuchen. Bei Tui weiß sie, dass auch vertrauliche Dinge bei ihnen bleiben. Tui weiß alles von Jenny und umgekehrt. Außerdem kennt Tui jeden am Patong. Sie lebt seit zehn Jahren hier. Als Barmädchen hat sie angefangen damals, als sie aus dem Norden kam. Später lernte sie einen Franzosen kennen. Die beiden heirateten, und heute betreibt sie mit ihrem Mann eine eigene Tauchbasis. Beide sind Tauchlehrer und über Mangel an Arbeit und Kundschaft können sie sich nicht beklagen.

20

Endlich mal wieder ausgiebig und uneingeschränkt Thai sprechen zu können ist für Jenny, die in der letzten Zeit hauptsächlich Englisch gesprochen hat, ein Vergnügen. Wenn sie mit Tui zusammen ist, reden sie und lachen sich halb tot dabei. Während Jenny erzählt, erkennt man an Tuis Mimik wie intensiv sie zuhört, die ganze Geschichte ist enorm spannend. Sie kann es kaum fassen, dass Jenny in so eine Sache verwickelt ist. Das macht sie ein bisschen stolz auf ihre Freundin. Jenny ist ihre beste Freundin. Sie sind sich sehr vertraut und würden füreinander durchs Feuer gehen.

Als Jenny von den Killern spricht, erinnert sich Tui, dass in der Bar eines Engländers, „wie heißt sie doch gleich, ach ja, das ist das Komische daran, die heißt zwar Aussie Bar, wird aber von einem Engländer betrieben. Na, auf jeden Fall gab es dort gestern abend mal wieder mal eine Schlägerei."

Angezettelt von zwei auffälligen Typen, die auf Jennys Beschreibung passen. Tuis Mann war zufällig da und konnte die ganze Sache beobachten. Abends saßen sie dann in Maggy's Pizzeria, in die später auch die Schläger aus der Aussie Bar kamen. In die Aussie Bar ist die Polizei aber nicht gekommen, weil es da fast jeden Abend eine Schlägerei gibt und sie regelmäßig erst dann kommen, wenn jemand verletzt ist oder die Handgreiflichkeiten über das für diese Bar normale Maß hinausgehen.

„Das könnten sie sein", mutmaßt Jenny, „obwohl, Idioten gibt es am Patong Beach überall."

Beipflichtendes Kopfnicken von Tui.

„Weißt du was?", sagt Jenny. „Ich werde heute abend ein bisschen Maskerade veranstalten und mich in der Soi Bangla gründlich umsehen. Kannst du mir ein paar Sachen borgen?"

„Na klar kann ich das!"

Tui sucht ihr ein Outfit heraus, von dem sie glaubt, dass es Jennys Attribute besonders hervorhebt, und tatsächlich: Jenny sieht unwiderstehlich aus. Die Frisur ist ganz anders. Ihr Haar hat sie hochgesteckt, ohne dass es aufgedonnert wirkt. Sonst trägt sie es offen. Ein Hauch von Parfüm verleiht ihr eine feine Nuance im Kontrast zu ihren Klamotten, die zwar aufregend an ihr aussehen, aber auch einen winzigen Touch ins Ordinäre haben. Für ihre Zwecke ist das genau richtig.

„Was hast du vor?", fragt Tui.

„Ich will die Typen hochgehen lassen, und ich glaube, ich weiß auch schon wie."

Gegen zehn Uhr laufen Tui und Jenny in der Soi Bangla ein. Tui hat Jenny in der Zwischenzeit davon überzeugt, dass so eine Aktion für eine Frau alleine viel zu gefährlich ist, und sie der Meinung wäre, es sei besser, sie mache da mit.

Jenny hat nicht damit gerechnet, um so dankbarer ist sie Tui dafür, und die beiden Freundinnen entwickeln einen Plan.

Die unzähligen kleinen Bars in der Gegend sind nicht alle gut besucht. Viele kämpfen ums Überleben, und die Mädchen müssen sich ganz besonders bemühen, sich zur Unterhaltung des Gastes immer wieder etwas einfallen lassen, damit ordentlich Zeche gemacht oder gar eine Bar-Fine bezahlt wird um das Mädchen auszulösen. In manchen Läden sitzen sie oft Nacht für Nacht herum, ohne dass etwas Wesentliches passiert. Die Bars und die Mädchen kommen und gehen.

Gerade kommen sie an der Pink Elephant Bar vorbei, die gibt es ja noch, und Jenny will mal sehen, ob ihre alte Freundin Gai den Laden noch bewirtschaftet. Schließlich hat sie sich damals mit Gai sehr gut verstanden, bis Brad kam, der sie dort heraus holte, was ihr Gai aber niemals übel genommen hat, im Gegenteil, sie sagte noch:

„Wenn das mit Brad nichts wird, kannst du jederzeit wiederkommen."

Wie lieb von Gai, erinnert sich Jenny, doch sie kann sich ein solches Leben überhaupt nicht mehr vorstellen. Das liegt weit zurück und ist damals aus einer Notlage heraus entstanden. Ihr Wunsch war es nie, in einer Bar zu arbeiten.

Sie fragt Gai, ob sie ein Hotel in der Nähe der Polizeistation kennt.

Gai kennt natürlich alle Hotels am Patong Beach.

Heute abend wird Jenny noch einmal ins Nachtleben einsteigen, nicht um anzuschaffen, sondern um Brad zu schützen. Deswegen ist sie heute hier.

Die Freundinnen schlendern auffällig, wie zwei Professionelle, die Soi Bangla, den Kiez von Patong, entlang in Richtung Aussie Bar. Sie gehen aber nicht hinein, sondern wollen die Bar erst mal von einem sicheren Platz aus observieren. Direkt gegenüber der Bar liegt die Check It Up Bar. Dort beziehen sie Position. Von da aus kann man praktisch den ganzen vorderen Barbereich der Soi Bangla überblicken, und jeder, der in die Aussie Bar will, muss unweigerlich an ihnen vorbei.

Ständig müssen sie irgendwelche Typen abwimmeln, die versuchen sich an sie heran zu machen. Kein Wunder, beide sind sehr attraktiv. Ihrem Selbstbewusstsein schadet die Anmache der vielen Männer nicht gerade, im Gegenteil, die Tatsache, dass sie gar nicht darauf einzugehen brauchen, gibt ihnen Souveränität, zumal ihnen unter diesen Umständen besonders auffällt, wie bescheuert manche Männer doch sind.

Heute abend haben sie es allerdings nur auf zwei bestimmte Männer abgesehen.

Sie bestellen zwei Cola und beobachten die Straße. Es wird spannend, und die Spannung erhöht sich, als Jenny einen leichten Stoß von Tui in die Seite erhält mit der kurzen Frage:

„Sind sie das?"

Ihr Blick deutet auf zwei Kerle, die Jenny sehr bekannt vorkommen.

„Ja, das sind sie!"

Jenny schlägt das Herz bis zum Hals. *Wenn die mich jetzt erkennen, bin ich erledigt*, denkt sie.

Die Killer laufen direkt auf die Aussie Bar zu. Bevor sie hinein gehen, schauen sie sich noch mal um. Dabei entdecken sie die beiden Frauen in der Check It Up Bar, gaffen herüber, und es sieht aus, als prüfen sie das Fleisch, das sie sehen. Einen Moment zögern sie, dann entscheiden sie sich aber doch für die Aussie Bar.

Jenny und Tui atmen erleichtert auf, so schnell hätten sie sich in ihre Rollen gar nicht hinein finden können. Es ist besser, wenn sie selbst den ersten Schritt machen. Das Tempo bestimmen. Nur so haben sie die Möglichkeit das Geschehen in die Bahnen zu lenken, die zur Verwirklichung ihres Plans führen können.

„Sollen wir es wagen?", flüstert Jenny.

„Ich glaube, wir können es riskieren", antwortet Tui ebenfalls im Flüsterton.

„Die beiden haben uns ja gesehen, dich aber offensichtlich nicht erkannt. Durch die andere Frisur und das viele Make-Up siehst du wirklich ganz verändert aus. Ich weiß nicht, ob ich dich auf Anhieb erkennen würde, wenn ich dich auf der Straße sähe."

„OK", seufzt Jenny, doch wohl ist ihr dabei nicht.

Aber es ist schließlich ihre Idee. Sie bestellt noch einen Tequila und teilt ihn mit Tui, so wie sie es früher oft gemacht haben. Dann nehmen sie sich bei der Hand und wackeln hinüber in die Aussie Bar, direkt in die Höhle des Löwen.

Die Gangster nehmen kaum Notiz von den gerade angekommenen Damen. Ein paar Krakeeler rufen einige unfeine Worte durch die Bar. Ein schon etwas älteres Barmädchen ist bemüht einem noch älteren Herren einen Gefallen zu tun, indem sie ihre Hand in seinen Schritt legt und ganz ungeniert sein Gemächt massiert. Dem Alten scheint das zu gefallen, denn er grinst wie James Bond nach seinem vierten geschüttelten Martini. Keinen stört das weiter. Die Gangster sitzen auf Barhockern, trinken Bier und starren auf den Fernseher über ihren Köpfen. Sie tun, als würden sie etwas von Cricket verstehen, indem sie ab und zu Kommentare abgeben, über die sich die Australier, die es in dieser Bar tatsächlich gibt, und die wirklich etwas davon zu verstehen scheinen, köstlich amüsieren. Einer zeigt den beiden sogar einen Vogel, wodurch der Aggressionspegel so rapide ansteigt, dass es fast schon wieder zur Schlägerei kommt. Bevor die Sache eskaliert, tritt Tui auf den Plan. Sie erzählt in gebrochenem Englisch, wie toll sie Cricket findet, sich jedoch damit nicht auskennt, sie aber gerne etwas darüber erfahren würde.

„Habt ihr nicht eben noch da drüben gesessen?", fragt einer der beiden Kerle.

„Stimmt genau", erwidert Tui.

„Da drüben war es aber langweilig, und wir dachten, dass wir uns vielleicht mit euch ein bisschen die Zeit vertreiben, wenn ihr auch möchtet."

Der arabische Typ scheint von Tui sehr angetan zu sein, bietet ihr gleich einen Platz an und fragt, was sie gerne trinken möchte. Als sie einen Tequila bestellt, ist er noch beeindruckter von ihr.

Der andere spricht holländisch mit seinem Kollegen. Er betrachtet Jenny und grübelt. Dann schaut er seinen Kumpel an und wieder Jenny. Die würde sich in diesem Moment gerne unsichtbar machen, denn der bohrende Blick dieses Mannes wirkt auf sie wie der Scheinwerfer eines Agenten beim Verhör.

„Hallo, ich bin Bo, und das ist meine Freundin Pu. Wir sind sozusagen das Doppelpaket für Fortgeschrittene", überrascht Jenny den stierenden Holländer.

Der fuchtelt unbeholfen mit den Armen herum, bis er Jenny seine Pranke hinstreckt und stammelt :

„Nice to meet you."

Dabei schaut er sie aber immer wieder prüfend an. Jenny ist sich nicht sicher, ob er sie wiedererkannt hat, deswegen fragt sie ihre Freundin auf Thai, was sie meint, warum er sie so anstarrt. Doch Tui scheint eher amüsiert und sagt ihrer Freundin:

„Der Kerl hat dich bestimmt nicht wiedererkannt. Der ist einfach nur ein bisschen irritiert. Bestimmt kann er es gar nicht fassen, auf einmal eine so schöne Frau vor sich zu haben statt diesem Fernseher mit dem langweiligen Cricketspiel".

Dann beginnt die übliche Barkonversation.

„Where do you come from? What's your name? How old are you?" – und so weiter.

Die Mädels lassen nichts aus um nicht den Eindruck zu erwecken, sie wären keine richtigen Hooker.

Dabei stellt sich interessanterweise heraus, dass die Männer von einem Auftrag sprechen, den sie hier zu erledigen hätten. Jenny erschaudert, als sie das hört. Sie bekommt eine Gänsehaut. Jetzt sitzt sie hier am Patong in einer der miesesten Bars und plaudert mit den potentiellen Mördern ihres Geliebten und höchstwahrscheinlich auch ihren. Sie bekommt einen Schweißausbruch, und für einen Moment bleibt ihr die Luft weg. Außer Tui hat das zum Glück niemand bemerkt, aber Tui schaut Jenny in die Augen und denkt dabei: *Mach jetzt bloß nicht schlapp, Mädchen. HALT DURCH!*

Jenny entschuldigt sich, sie müsse auf die Toilette. Tatsächlich ist ihr schlecht. Sie muss sich dringend wieder beruhigen.

Noch können wir zurück, denkt sie, *noch könnten wir abhauen.* Doch sie will diese Gedanken in ihrem Kopf nicht hören. Ihr ist klar, wenn sie das heute nicht durchziehen, gibt es keinen Frieden für sie und Brad.

Sie wäscht sich das Gesicht, zieht sorgfältig den Lippenstift nach, legt noch ein wenig Rouge auf und schneidet ihrem Spiegelbild eine saublöde Fratze. Daraufhin kommt ihr Lächeln wieder. Doch dann formt sie ihr natürliches Lächeln wie in einer Trickanimation in die laszivste Grimasse, die man sich vorstellen kann, und kommt damit zurück in die Bar, wo der ältere Herr nun mit hängendem Kopf am Tresen sitzt und seine Bierdose festhält, als wäre sie seine Lebensversicherung. Seine vorhin noch aktive Begleiterin ist spurlos verschwunden.

Tui unterhält die „Beauftragten" unterdessen in der Rolle des Mädchens, das nur darauf wartet von solchen „echten Kerlen" genommen zu werden. Als Jenny, dieses Lächeln auf dem Gesicht, hinter den arabischen Typ tritt, beginnt sie sachte seinen Nacken zu massieren. Der genießt es und mahlt mit den Kiefern.

Jenny arbeitet sich langsam und mit viel Sorgfalt über die Arme den Rücken hinunter, bis der Typ anfängt zu schnurren. Am Gürtel angekommen, genügt ein kleiner, aber sehr gekonnter Griff um festzustellen, dass er eine Waffe unter der Weste trägt. Jenny weiß nun, was sie wissen wollte. In einem sehr überzeugend gespielten Anflug von Ungeduld wirft sie die Arme in die Luft um von ihrem ekelhaften „Massage-Patienten" ablassen zu können.

„Was halten die Herren von ein bisschen Bumsing, ein bisschen amüsieren. Bo und Pu zu viert, sie verstehn?", jubelt sie in die Runde, dabei fixiert sie die beiden mit geilen Blicken und fährt mit ihrer Zungenspitze einmal der Länge nach über ihre Oberlippe.

Sie fläzt sich neben den arabischen Typen, und Tui greift dem Holländer ans Knie, fährt mit den Fingerspitzen seinen Oberschenkel entlang, bis der Kerl ihre Hand nimmt und sie so fest drückt, dass es ihr bis ins Mark weh tut. Sein teuflisches Lächeln verrät ihr, *sie würde eher sterben als mit diesem Monster zu schlafen.*

Aber sie ist bereits mit im Boot. Tui hat sich entschlossen, sie ist dabei. Jetzt heißt es für sie das Beste geben und sich genau an den Plan halten.

„Im Banana Hotel haben sie einen Whirlpool auf den Zimmern", tölt Jenny.

„Ja, die haben auch einen günstigen Stundenpreis", lurt Tui.

„Und wir - kosten wenig mehr als ein Lächeln!"

Die Freundinnen lachen affektiert und räkeln sich schamlos auf den Sitzen. Sie geilen die Typen dermaßen auf, bis auch der letzte eigene Wille aus ihnen gewichen ist und sie einen regelrechten Tunnelblick bekommen.

„Let's go!", platzt es aus dem arabischen Typen heraus, wobei er aufsteht und eine plumpe Geste seine Bereitschaft zu gehen signalisieren soll, nachdem er die Mädchen mit irisierenden Augen durchbohrt hat.

Ungeduldig wie ein Kind vor der Bescherung redet er auf seinen Partner ein, und sein Arm ist dabei ihm unterstützend aufzuhelfen, ihn im Entschluss zu bekräftigen, sich jetzt doch endlich auf das Abenteuer einzulassen. Der blonde Holländer zieht eine Schnute und zahlt die Zeche, dann machen sie sich auf den Weg ins nahe gelegene Banana Hotel.

Unterwegs erzählt der blonde Holländer einen Witz über Kinderficker. Der einzige, der auf die höchst geschmacklose Pointe lacht, ist er selbst. Den beiden Frauen wird fast schlecht, und selbst der arabische Typ findet diese Art von Humor zum Kotzen.

Das Banana Hotel ist für ein Stundenhotel ziemlich komfortabel. Es liegt direkt neben dem Kiez auf der Parallelstraße zum Strand, eingeklemmt zwischen einem Einkaufsmarkt und der Polizei. An die werden regelmäßig Zahlungen geleistet um die Korruptionskette geschlossen zu halten. Das Verhältnis zwischen den Mädchen und den Bullen könnte daher besser nicht sein.

Das war ein guter Tipp von Gai.

Das Quartett nimmt ein Zimmer mit Whirlpool, darauf haben die Damen bestanden.

Als nächstes bestellen sie an der Rezeption ein paar große Biere mit Gläsern, die man ihnen aufs Zimmer bringen soll. Da das Hotelpersonal aber alkoholische Getränke mangels Lizenz erst im Supermarkt holen muss, dauert es immer eine Weile.

Kaum ist die Tür zu, stürzen die beiden wie die Barbaren auf die Frauen los um sie aggressiv zu begrabschen. Die erwidern deren Attacken zum Schein mit Lustschreien und hellem Lachen. Sie tun so, als könnten sie es kaum noch aushalten die Herren zu empfangen. Bevor die Sache allerdings einen Punkt erreicht, an dem es meistens kein Zurück mehr gibt, reißt Jenny sich los und meldet unter Bedauern an, dass sie keine Kondome bei sich hätte.

„Dann machen wir es eben ohne", grunzt der blonde Holländer.

„Das kommt leider überhaupt nicht in Frage", gibt sie sehr

energisch zurück, „aber vielleicht besitzen die Männer ja welche?", fügt sie keck hinzu, jedoch in der dringenden Hoffnung keine positive Antwort darauf zu erhalten. Der arabische Typ kramt in seiner Hosentasche und findet zum Glück nichts.

„Also entweder hole ich jetzt Kondome, oder die Party ist aus", belehrt sie die Gangster mit funkelnden Augen.

Dabei hält sie erwartungsvoll die Hand auf und streckt sie dem Holländer entgegen. Der glotzt sie an und kramt etwas mürrisch eine Fünfhundert-Baht-Note heraus, zerknüllt sie vorher in der Faust und wirft sie ihr vor die Füße.

„Das wird ja wohl reichen! Beeil dich!"

Mit ihrem schönsten Lächeln hebt sie den Fünfhunderter auf, und schon ist sie draußen.

Flink wie ein Wiesel läuft sie die Treppe hinunter, an der Rezeption vorbei, zum Ausgang. Unterwegs nimmt sie allen Mut zusammen, und beißt sich mit den Eckzähnen auf die Unterlippe, bis es heftig blutet. Sie lässt es laufen und nimmt die Beine in die Hand und rennt so schnell sie kann in die Polizeistation, am Wachhabenden vorbei, der ihr etwas hinterher ruft, aber sie steuert unbeirrbar auf die Tür mit dem Schild „Officer" zu. Bevor sie anklopfen kann, wird die Tür von innen aufgerissen, ein junger Officer kommt ihr entgegen, er lächelt freundlich und fragt:

„Was ist denn mit ihnen passiert?" Das viele Blut an ihr und ihren Kleidern verfehlt seine Wirkung nicht.

„Bitte helfen sie mir! Meine Freundin ist in Lebensgefahr!"

Der junge Officer ist ganz Ohr.

„Hören Sie bitte, nebenan im Hotel auf Zimmer 23, erster Stock, ist meine Bekannte in der Gewalt von zwei Männern. Die beiden sind bewaffnet und gewalttätig. Sie haben uns geschlagen und mit ihren Pistolen bedroht!"

Der Polizist unterbricht sie um sie ins Büro zu bitten, doch sie schüttelt den Kopf und sagt ihm aufgeregt:

„Dazu haben wir keine Zeit. Jede Sekunde kann über Leben und Tod entscheiden."

„Wieso sind sie denn dann hier?", fragt der Officer. „Sie waren doch bei ihrer Freundin, oder?"

„Ja, aber zum Glück konnte ich weg rennen."

„Wie?"

„Na, als die beiden anfingen meine Bekannte zu bedrängen und mit der Pistole herum zu fuchteln, habe ich geschrien. Da hat mir einer von denen die Faust ins Gesicht geschlagen. Ich blutete sofort sehr heftig, und der Typ meinte ich soll mir mal das Gesicht waschen, bevor ich alles mit Blut verschmiere. Da bin ich statt ins Bad wie ein Blitz aus dem Zimmer."

„Und wie haben die Männer reagiert?"

„Einer ist mir sofort nachgerannt und hat geschrien, er schlägt meine Freundin tot, wenn ich nicht zurück komme. Die Beiden haben vorher die ganze Zeit etwas von einem Auftrag gefaselt. Keine Ahnung!"

Der Officer sieht sie ein wenig überrascht, fast misstrauisch, an. Sie muss ihn überzeugen!

„Bitte, ich hoffe nicht, dass Sie mich für verrückt halten oder hysterisch, aber ich versichere ihnen, es gibt keinen Grund an meiner Anzeige zu zweifeln. Aber bitte unternehmen Sie jetzt etwas! Hefen sie uns bevor es zu spät ist, und ein Unglück passiert. Die Zeit läuft uns davon. Je länger wir warten, desto größer wird die Gefahr. Ich bitte Sie!"

Der Officer überlegt kurz. Es ist seine Pflicht als Polizist der Sache nachzugehen, außerdem beeindruckt ihn Jennys Tapferkeit. *Das ist sehr Thai*, denkt er. Sie gefällt ihm. Schließlich gehört es zu seinen Aufgaben seinen Landsleuten Schutz zu gewähren, wenn sie in Gefahr sind. Für dreißig Sekunden verschwindet er, kommt mit drei weiteren Polizisten zurück, schwerbewaffnet und mit kugelsicheren Westen, fragt seinen Kollegen, ob das Banana Hotel eine Feuerleiter hat, während sie schon auf dem Weg zum Hotel sind, was dieser verneint. Dann sagt Jenny:

„Die Männer haben Bier bestellt, das im Supermarkt geholt werden muss und dann aufs Zimmer gebracht wird. Das wäre die Gelegenheit."

An der Rezeption ruft der Officer im Vorbeilaufen, es handelt sich um einen Polizeieinsatz, und rät Jenny dringend davon ab mit hoch zu gehen. Der Angestellte signalisiert, das Bier ist noch nicht gekommen, sie könnten das nutzen um die Gangster zu überraschen. Einsatz! Die Polizisten rennen zwei Treppen hoch und stehen in Sekunden vor Tür 23.

Was ist mit der Kleinen da drinnen? Wenn sie die als Geisel nehmen, oder wenn sie erschossen wird?, geistert es dem Officer im Kopf herum.

Doch dazu ist keine Zeit. Er muss jetzt handeln. Ein bisschen zaghaft klopft er an die Tür - nichts. Er klopft noch mal fester.

„Room Service!"

Eine Stimme von innen ruft:

„Moment!", die Tür ist von innen verriegelt. Der Officer hört Schritte. Sie nähern sich. Jemand schiebt den Riegel zurück. Die Polizisten gehen sofort in Sturmposition. Die Tür wird aufgerissen, und Tui rennt laut weinend mit zerrissener Kleidung an dem Überfallkommando vorbei die Treppe hinunter ins Freie. Die vier Polizisten stürmen mit vorgehaltenen Waffen das Zimmer und schreien mit erheblichem Thaiakzent:

„Han up, Han up!"

Die nur noch in Unterhosen und völlig überraschten Killer bieten nicht gerade das Bild einer ernsthaften Bedrohung, doch das ändert sich sofort. Wie ein ausgebildeter Nahkämpfer rollt der arabische Typ von seinem Bett blitzschnell zur Seite und greift aus seinem abgelegten Halfter die Pistole. Er duckt sich hinter das Bett, aber bevor er schießen kann, hat ein Polizist ihm bereits zwei Kugeln verpasst, die den Getroffenen aus seiner geduckten Haltung augenblicklich strecken wie eine Stahlfeder und seinen massigen Körper annähernd einen Meter durch die Luft katapultieren. Schließlich landet er krachend auf dem Fußboden und jammert erbärmlich. Aus seinem Bein läuft Blut und auf seiner Brust bildet sich eine kleine Blutlache. Schwer getroffen, aber am Leben, röchelt er:

„Nicht schießen, bitte nicht schießen!"

Durch den Schock scheint der Kerl gar nicht mitzubekommen, dass man ihn bereits halbtot geschossen hat. Der Polizist beugt sich zu ihm herab und hält ihm seinen großkalibrigen Trommelrevolver an die Schläfe. Bevor er aber den Gedanken zu Ende denken kann, ist der Officer bei ihm und ermahnt ihn sehr eindringlich keinen Fehler zu machen. Thailändische Polizisten sind dafür bekannt, dass sie „ihre" Fälle manchmal gerne selbst an Ort und Stelle „abschließen".

Der blonde Holländer hat sich sofort ergeben. Er liegt schon in Handschellen gefesselt auf dem Boden, und der Polizist, der ihn verhaftet, liest ihm seine Rechte auf Thai vor. Während er das tut, hat er seinen Stiefel auf dem Rücken des Gefangenen positioniert. Der Officer ist zufrieden mit dem Ergebnis und verständigt über Polizeifunk einen Krankenwagen.

„Gute Arbeit", lobt er seine Kollegen und sammelt dabei die Waffe des Gangsters ein. Die anderen Polizisten durchsuchen nun die Taschen der Gefangenen, nehmen Papiere und Wertsachen an sich, und der Officer begibt sich einen Stock tiefer, wo Jenny völlig verängstigt durch die lauten Schüsse mit den anderen Thais an der Rezeption aufgeregt durcheinander redet. Als Jenny den Officer sieht, geht sie ihm sofort entgegen und fragt, was passiert sei.

„Einer hat die Pistole gezogen, da musste mein Kollege schießen, aber der Mann ist nur verletzt. Jedenfalls scheinen uns da ein paar schwere Jungs ins Netz gegangen zu sein. Wie schwer, werden wir noch feststellen."

Dabei lächelt der Officer. Dann wird er wieder ernst. Erwartungsvoll auf das, was Jenny ihm zu berichten hat, setzt er sich auf einen der Skaileder-Sessel in der Lobby, zieht den anderen ran, mit einer Geste an Jenny gerichtet, sie möge sich auch setzen.

„So, wie war das denn nun, erzählen sie mal!"

Jenny hat sich wieder ein bisschen beruhigt. Sie atmet tief durch und beginnt mit ihrer Geschichte: Sie war am Patong um einzukaufen. Dann ist sie noch was essen gegangen, und da saß zufällig eine Frau mit am Tisch, mit der sie sich gut verstand.

Der Officer hört ihr zu. Sie erzählt weiter, wie sie nach dem Essen eine Weile am Strand bummelten, da noch ein Bier getrunken und dabei die beiden Männer kennengelernt haben.

„Sie erschienen anfangs ganz nett, und so redeten wir und lachten, bis einer der Männer vorgab in seinem Hotelzimmer noch eine Flasche Champagner zu haben, die wir doch gemeinsam als krönenden Abschluss des schönen Abends genießen sollten. Wir dachten uns nichts dabei und gingen mit. Schließlich waren die Kerle zuerst ganz nett. Wir konnten ja nicht ahnen, wie sie sich entpuppten. Als wir oben waren, stellten wir fest, dass wir uns in einem Stundenhotel befanden."

Der Officer lächelt.

Jenny gibt diese Variante ihrer Geschichte so überzeugend wieder, als hätte sie es genau so erlebt. Durchwirkt von theatralischen Gebärden und gleitenden Tonlagen in ihrer Stimme, die dazu bewegen ihr gebannt zu folgen, auch wenn die Wahrheit auf der Strecke bleibt.

„Wie ging's weiter?"

„Anstatt mit Champagner aufzuwarten, fingen die Kerle an uns zu belästigen. Als wir uns weigerten, haben sie uns ihre Revolver gezeigt und beschimpft, sehr brutal, und wir dachten, die sind zu allem fähig. Also haben wir zunächst mal klein bei gegeben. Doch sie wurden immer brutaler, bis sie kurz davor waren uns zu vergewaltigen. Ich riss mich los, lief durchs Zimmer und redete dabei ununterbrochen Thai, was die natürlich nicht verstanden. Aber meiner Bekannten gab ich zu verstehen, ich würde jetzt versuchen abzuhauen um Hilfe zu holen. Als sich beide über meine Freundin her machen wollten, schrie ich, und einer schlug mir mit der flachen Hand auf den Mund, dass es blutete. Ich bin dann schnell aus dem Zimmer gerannt und zu Ihnen gekommen. Den Rest kennen Sie."

Der Officer schaut lange ins Leere. Dann lacht er aus vollem Hals, sieht Jenny mit rollendem Blick an und schüttelt den Kopf, als ob er es nicht fassen könnte. Jenny erschrickt, weil sie glaubt, der Officer mache sich lustig über sie, aber er ist zufrieden. Die Geschichte gefällt ihm. Sie ist abenteuerlich, aber irgendwie schlüssig, das ist ihm wichtig.

Der Krankenwagen ist mittlerweile eingetroffen. Zwei Sanitäter tragen den Verwundeten an Jenny vorbei. Der Kerl stöhnt und flucht auf das Ordinärste. Sicher tun ihm seine Schusswunden weh, aber er gehört zu der Sorte, die auch mit zwei Kugeln im Körper nicht klein bei geben. Bevor er verwundet wurde, war er eine regelrechte Kampfmaschine, ohne Schmerz und Furcht, ohne Skrupel aber von unfassbarer Brutalität. Hätte er heute den ersten Schuss gehabt, wäre die Aktion möglicherweise nicht zugunsten der Polizei ausgegangen. Der andere Killer schimpft ebenfalls in vulgärster Fäkalsprache, als man ihn abführt. Bei den Thais reicht das Benehmen der Killer schon aus um sie zu verachten. Die haben bereits verloren.

„Wo ist ihre Bekannte geblieben?" fragt der Officer und macht sich dabei Notizen.

„Keine Ahnung", antwortet Jenny, „vielleicht ist sie abgehauen, weil sie Angst hat, ihr Mann bekäme was mit, wenn die Sache an die Öffentlichkeit gerät."

„Verstehe", presst der Officer durch die Zähne, und Jenny hat den Eindruck, als wolle er das nicht so ohne weiteres akzeptieren.

„Aber sie ist eine wichtige Zeugin. Wir werden ihre Aussage brauchen. Woher wissen Sie, dass sie verheiratet ist?"

„Das hat sie mir beim Bier erzählt."

„Wissen Sie, wo sie wohnt?"

„Nein."

„Sie ist also nur eine flüchtige Bekannte, die Sie heute kennengelernt haben."

„Stimmt."

Der Officer verdreht die Augen, dann sieht er sie etwas schelmisch an und meint in gelassenem Ton:

„Hm, das macht die Sache einfacher, für Sie einfacher."

„Warum einfacher?"

„Weil wir jetzt wahrscheinlich nur Ihre Aussage zu Protokoll haben und sich dadurch keine Widersprüche zu einer eventuellen Aussage von, äh, wie hieß ihre Bekannte doch gleich?"

„Tui."

„Na sehn Sie, das ist ja schon mal was. Es könnte aber auch sein, dass sich - Tui bei uns meldet, oder?"

„Das wünsche ich mir", heuchelt Jenny, aber der Officer spürt nur eine leise Irritation in seinem Bauch.

Ein plötzlicher Ekel, eine Abscheu vor den argen Ereignissen, die gerade stattgefunden haben, überkommt Jenny, stellt sich dar mit einer Gänsehaut, die der Officer aufmerksam zur Kenntnis nimmt. Er steht auf und verlässt für einen Moment das Feld. Jenny ist nicht sicher, wie der Polizist den Fall einschätzt. Hat sie es geschafft?

Die ganze Einsatztruppe, einschließlich Jenny, begibt sich aufs Revier, wo die Polizisten Jennys Personalien aufnehmen, und der Officer sagt:

„Jetzt werden wir erst einmal ein Protokoll aufsetzen, das sie unterschreiben müssen".

„Natürlich! Was geschieht mit den Männern?", fragt Jenny.

„Da wird es einen Prozess geben, bei dem wir Ihre und die Aussage Ihrer Freundin, Tui, benötigen", erklärt ihr der Officer. „Sie werden verurteilt und kommen für viele Jahre hinter Gitter, so viel steht fest! Unerlaubter Waffenbesitz, Widerstand gegen die Staatsgewalt, bewaffneter Angriff auf einen Polizisten. Da kommt schon was zusammen."

Jenny ist sehr zufrieden mit dem, was sie hört. Es beruhigt sie und gibt ihr ihre Sicherheit zurück. Sie erklärt dem Officer, sie würde heute gerne wieder zurückfahren zum Rawaii, schon weil sie Lebensmittel eingekauft hat, die verderben könnten, kämen sie nicht in den Kühlschrank. Interessiert lauscht der Officer ihren häuslichen Ambitionen, besteht aber auf sofortiger Anfertigung eines Protokolls mit ihrer Unterschrift. Jenny lächelt ihn an wie Türkischer Honig, und auf der Polizei-Wache machen die Beamten bereits ihre Witzchen über den Fall. Nach einer Stunde ist sie wieder draußen. Sie hat ihre Aussage unterschrieben und zur Auflage bekommen sich in der nächsten Zeit zur Verfügung zu halten. Dem Officer ist bei der ganzen Sache ein wenig mulmig, aber er entlässt sie mit einem herzlichen „Sawa Dee Kap."

21

Laut singend, mit offenen Fenstern und wehenden Haaren fährt Jenny die kurvenreiche Küstenstraße entlang Richtung Süden, angestrahlt von der Sonne, die im spitzen Winkel vom Meer her das Land in satte Farben taucht. Das Herz lacht ihr im Leib, vor Freude ihren Plan so erfolgreich umgesetzt zu haben, und lauthals trällert sie einen alten thailändischen Gassenhauer aus ihrer Zeit in der Bar, als jeder diesen Song mitsang, wenn der DJ ihn auflegte.

„Gum Chai, Gum Chai!", ein Refrain, der sofort ins Ohr geht, ein Fröhlichmacher mit dem Charakter einer Hymne.

Vor dem Kata Beach erreicht sie den ersten Aussichtspunkt, bekannt für seine spektakulären Sonnenuntergänge. Ein dreadlockiger Thai winkt ihr animierend zu, und sie gönnt sich einen schnellen Kaffee in seinem auf Reggae und Rasta getrimmten Aussichtsrestaurant. Ihre überschäumende Stimmung veranlasst Jenny ganz nach Thai-Manier die ganze Belegschaft zu einem Bier einzuladen, weil sie heute so einen glücklichen Tag hat. Sie fühlt sich wie neugeboren, daran sollen alle teilhaben. Den Grund zur Freude erfahren die Eingeladenen selbstverständlich nicht. Das ist auch nicht so wichtig, man freut sich einfach mit. Dann telefoniert sie mit Tui, die schon auf ihren Anruf gewartet hat, und berichtet ihr haarfein, wie es gelaufen ist.

„Du solltest zum Officer gehen um eine Aussage zu machen", bittet sie ihre Freundin, „vor den Gangstern brauchst du keine Angst mehr zu haben, die sind erst mal hinter Schloss und Riegel."

Tui verspricht ihr morgen aufs Revier zu gehen. Sie wird dem Officer die gleiche Geschichte erzählen, die er schon von Jenny gehört hat, und damit dürfte die Sache geritzt sein.

Später am Nai Harn Beach ist die Sonne schon ins Meer getaucht. Jenny stellt den Motor ab und verweilt am Strand, bis der Stern ganz versunken ist. Zu dem farbenprächtigen Sonnenuntergang gesellt sich heute noch ein besonders intensives grünes Leuchten, weil die Luft klar ist und keine Wolken am Horizont. So schön hat sie es lange nicht mehr gesehen, denn sie mag das Grüne Leuchten - man kann sich etwas wünschen. Wie alle Thais ist auch Jenny ein bisschen abergläubisch. Ihre Wunschliste würde noch viele Sonnenphänomene dieser Art erfordern um einigermaßen abgearbeitet zu werden, denn wunschlos glücklich ist sie sicher nicht, aber doch zufrieden, so wie die Dinge gelaufen sind. Ihre Aktion am Patong war ein voller Erfolg, der sich ohne die Hilfe ihrer guten Freundin Tui niemals eingestellt hätte. Die bösen Männer sind aus dem Verkehr gezogen, darauf kam es zunächst einmal an.

Sie beschließt heute am Ao Sane zu übernachten und morgen vormittag ein Boot nach Phi Phi zu nehmen. Leider ist ihre

Lieblingshütte Nr. 119, die sie lange Zeit mit Brad bewohnt hatte, gerade an einen Holländer vermietet, wie ihr Deng, der neue Pächter, mitteilt.

Kurz darauf stellt sich heraus, es ist Jan, der in der 119 wohnt. Das hätte Deng ihr doch sagen können, doch Deng hat ein gespaltenes Verhältnis zu seinen Gästen. Die, die ihm nutzen und besonders viel Geld da lassen, hofiert er, aber im Grunde genommen mag er speziell die Ausländer nicht, seine Frau mag sie noch weniger. Daher ist Jan für Deng auch nur irgendein Holländer, ein Falang, der die 119 bewohnt, obwohl er Jan schon jahrelang kennt.

Jenny ist von Jans Anwesenheit natürlich auf das Angenehmste überrascht. Endlich erfährt sie aus erster Hand, was passiert ist, und Jan erzählt ihr die ganze Geschichte von A bis Z.

„Wie geht es Brad?", will Jan wissen.

Doch bevor Jenny antworten kann, taucht Morten plötzlich auf und gesellt sich dazu.

„Ach ja, Morten ist auch da, das wollte ich dir noch sagen", fügt Jan hinzu. „Wir sind beide vorgestern angekommen."

„Wo sind die anderen?", fragt Jenny.

„Björn ist in Norwegen, der alte Wikinger will erst mal eine Weile untertauchen, und Tim ist in die Schweiz, aber er will bald wieder zum Ao Sane kommen. Na ja, und dass sie John in Australien geschnappt haben, weißt du ja schon."

„Ja, ich habe es erfahren", antwortet Jenny, „die Australier haben ihn ganz schön gelinkt. Sie wollten ihn sogar umbringen, wurde mir erzählt."

„Stimmt!", bestätigt Morten, „ein gewisser Ray hat auf ihn geschossen, bevor die Bullen sie alle hochgenommen haben. Es muss ein ganz schöner Schock für John gewesen sein, insbesondere die Observierung. Stell dir vor, ausgerechnet unser Deal sollte der Polizei den Zugriff auf die australische Connection ermöglichen!"

„Da könnt ihr ja fast froh sein, dass es nicht geklappt hat", sagt Jenny mit sarkastischem Unterton.

„Man kann davon ausgehen, dass wir jetzt alle im australischen Knast säßen, wenn wir nicht gesunken wären, so verrückt das auch klingen mag, aber die Sache war durch die Unvorsichtigkeit der australischen Connection zum Scheitern verurteilt. Die wurden schon seit Wochen überwacht und abgehört", klärt Jan Jenny auf. „Wir waren sozusagen der Köder!"

„Solange die Polizei die Summer King nicht findet, hat sie nichts gegen uns in der Hand", sagt Morten, „John weiß zwar, wo sie liegt, aber er wird es nicht verraten. Er wird auch uns nicht verraten, da bin ich mir ganz sicher."

„Das glaube ich allerdings auch", gibt Jan zu, „aber du hast mir noch nicht erzählt, wie es Brad geht."

„Gar nicht gut", antwortet Jenny, und ihre gute Stimmung wird von einem heftigen Anflug von Traurigkeit überschattet. „Es bleibt ihm nur noch sehr wenig Zeit, und er weiß es. Er isst kaum, wenn er überhaupt mal etwas bei sich behalten kann. Seine Krankheit schreitet unaufhaltsam fort, es geht ihm täglich schlechter, und die Schmerzen quälen ihn bis aufs Blut. Heroin ist das einzige, mit dem er sie betäuben kann."

„Ausgerechnet Brad, der diesen Stoff gehasst hat", unterbricht Jan.

„Wir müssen ihn besuchen, vielleicht können wir ja morgen mit dir nach Phi Phi fahren", schlägt Morten vor, der seinen alten Freund so bald wie möglich wiedersehen will.

„Das ist eine gute Idee", wie Jenny findet, und am nächsten Morgen sitzen alle drei in der Fähre nach Phi Phi.

Es ist schon lange her, seit die Freunde sich gesehen haben. Morten und Jan sind erschüttert, als sie Brad an seinem kleinen Strand vorfinden. Mager wie ein Fakir - sein Körper ist gezeichnet von dunklen Flecken und Geschwüren, sein sonst so hübsches Gesicht bis zur Unkenntlichkeit abgemagert und entstellt. Es ähnelt mehr einem Totenkopf als dem Gesicht eines lebenden Menschen und erinnert Jan an seinen vor Jahren an Krebs verstobenen Vater, dem sich der Tod auch ins Gesicht geprägt hatte. Selbstverständlich sind alle sehr betroffen, aber sie bewundern auch die Treue, die aufopfernde Hilfe und Fürsorge Jennys.

„Ohne sie wär' ich schon tot", sagt er. „Sie ist der einzige Grund, warum ich noch da bin."

Morten setzt sich neben seinen Freund, nimmt seine Hand und streichelt sie. Dabei sieht er Brad in die Augen. Beide sind bemüht sich ein Lächeln abzugewinnen. Morten gelingt es einigermaßen, aber bei Brad bekommt selbst Lächeln einen makaberen Touch. Es ist zu offensichtlich, dass dieses Gesicht schon lange keinen Grund mehr hat zu lächeln. Es wirkt fremd und kolossal gequält.

„Ich freue mich, dass ihr gekommen seid! Es ist gut alte Freunde zu sehen, wenn man bald geht. Wegen John tut es mir leid, aber ich weiß, er wird keinen von uns verraten. John ist ein Ehrenmann, und die Welt wäre reicher, wenn es mehr von seiner Sorte gäbe. Ich bin wirklich froh ihn kennengelernt zu haben, auch wenn es nur von kurzer Dauer war. Ich bin froh euch alle zu kennen. Ihr seid wunderbare Menschen."

Dann schließt Brad die Augen und sackt total in sich zusammen. Augenblicklich fällt er in einen komaähnlichen Schlaf. Der kurze Auftritt hat ihn so erschöpft, dass er sich trotz größter Mühe nicht wach halten kann. Seine Energien sind total aufgebraucht.

Die Freunde bleiben die Nacht und schlafen auf der Veranda. Sie hatten das eigentlich nicht vor, aber Brad hat sie gebeten noch zu bleiben. So erfährt Brad alles über den Coup, und auch Jenny erzählt, wie sie die Gangster ausgetrickst hat. Das amüsiert Brad ganz besonders, er ist sehr stolz auf seine Jenny.

Am nächsten Tag nehmen sie die Zwei-Uhr-Fähre, die über Krabi nach Phuket geht, versprechen aber Brad und Jenny sie in einer Woche wieder zu besuchen, dann ist Weihnachten.

Morten machte Brad den Vorschlag, er solle doch wieder zum Ao Sane kommen, wo die beiden Killer jetzt aus dem Verkehr gezogen sind, doch Brad wollte davon nichts wissen. Er meinte umziehen könnte er gar nicht mehr, er wäre schon froh, wenn sich Weihnachten noch mal alle sehen. Dieser Ort ist zum Sterben ideal, sagt er den Freunden beim Abschied.

Am Heiligen Abend vormittags rufen Morten und Jan über Handy in Phi Phi an und erklären, dass Tim morgen aus Bangkok eintreffen würde und sie dann alle zusammen am zweiten Weihnachstag zu Besuch kämen. Ein paar schöne Geschenke hätten sie auch!

Brad, der kaum versteht, was die Freunde gesagt haben, bedankt sich trotzdem für den Anruf, dann spricht Jenny noch ein paar Sätze mit Jan. Sie wünschen sich alle ein frohes Fest, und als Jenny aufgelegt hat, sagt Brad zu ihr:

„Jenny, du musst mir etwas versprechen! Wenn ich tot bin, lässt du mich verbrennen und meine Asche ins Meer streuen. So bin ich immer bei dir, wenn du im Meer badest. Versprichst du mir das?"

Sie verspricht es ihm, und legt ihren Kopf in Brads Achselhöhle, dabei streichelt sie liebevoll seinen Schoß. Zu ihrer Verwunderung spürt sie Brads Erektion, an die beide schon nicht mehr geglaubt hatten, seit es mit Brads Gesundheit so rapide bergab geht.

22

Wie aktuell Brads Wunsch an Jenny ist, wird am zweiten Weihnachtsfeiertag noch deutlicher. Er kann den Tee kaum noch bei sich behalten, den sie ihm teelöffelweise einflößt. Wenn nur das blöde Schlucken nicht wär! Er hofft, dass er ihn nicht wieder erbrechen muss. Der Hals ist zugeschwollen, entzündet. Feste Nahrung hat Brad schon lange nicht mehr vertragen, die kriegt er jetzt nicht mal mehr in Form von Brei herunter, selbst wenn er sich dazu zwingt. Dabei müsste er dringend Flüssigkeit aufnehmen. Sein Körper ist ausgetrocknet. Nur über die Spritze gelangt noch das Heroin in sein Inneres, das Zeug, das Brad immer gehasst hat, ist jetzt seine Sterbehilfe. Mit seinen vierzig Kilo sieht er zum Fürchten aus, und die Kraft reicht kaum noch um sich aufrecht zu halten. Die meiste Zeit liegt Brad im schattigen warmen Sand und hört Musik, oder Jenny liest ihm vor. Er wartet auf den Tod, als stünde er auf dem Bahnsteig um auf den Zug zu warten, von dem er weiß, dass er pünktlich kommen wird. Seine Krankheit hat ihn zerlegt. Sie hat ihm alles genommen bis auf den Schmerz. Den hat sie ihm gelassen, damit er durch alle Gefäße und Extremitäten seinen teuflischen Triumph feiern kann. Früher haben ihm Jennys sanfte Klopfmassagen Linderung verschafft, heute, wo der Pilz die Oberhand über ihn gewonnen hat, ist selbst das unerträglich geworden. Die Berührung des eigenen Körpers mit dem Boden – die Schwerkraft alleine gestattet ihm keinen Augenblick mehr ohne Schmerzen. Nur das Heroin schenkt ihm manchmal ein kleines bisschen Schmerzlinderung.

„Ich werd´ was einkaufen gehen", sagt Jenny, „wir kriegen doch heute Besuch, und da will ich was Schönes kochen! Hast du einen besonderen Wunsch, mein Liebster?" Brad richtet sich auf um zu antworten, er verzieht keine Miene dabei, obwohl ihm alles weh tut.

„Ja, mein Schatz, bring Champagner mit und Erdbeeren, wir feiern heute!"

Jenny lacht hell und froh über Brads Einkaufswunsch. So was hat er lange nicht mehr gesagt!

„Vielleicht bekomme ich auf Phi Phi noch eine Flasche, wenn die Touristen über die Feiertage nicht schon alles weggetrunken haben. Aber ich werde sicher noch irgendwo eine auftreiben!"

Sie umarmt ihn unendlich sachte und küsst ihn auf seinen trockenen Mund. Brads Augen sind gerötet, er weint tränenlos, denn es fehlt ihm das Wasser. Doch für einen Augenblick erkennt Jenny sein verschmitztes Lachen, mit dem er sie damals in Gais Bar angelacht hat, was sie als erstes an Brad geliebt hat, sein lausbubenhaftes Lachen.

„Ich bin am frühen Nachmittag wieder zurück, versuch` dich ein bisschen zu bewegen, und trink noch etwas Tee!"

Während Jenny zum Dingi geht, dreht sie sich noch einmal zu Brad und ruft ihm zu:

„Ich liebe dich!"

Dann startet sie das Dingi, und Brad sieht dem kleinen Schlauchboot nach, wie es über die ruhige See davon flitzt.

Ihm ist auf einmal kalt geworden, und er hat das Gefühl, seine Augen werden plötzlich schlechter, obwohl die Sonne für halb zehn schon ungewöhnlich brennt. Brad schleicht durch sein Gärtchen bis nahe zur Wasserlinie und legt sich wieder in die Sonne.

Die Sonne war ein Grund dafür, warum Brad nach Thailand kam. Ihre Wärme, die seine Schmerzen erträglicher werden ließ. Das freundliche Licht, in welches sie die Welt hier so nahe am Äquator taucht, und die Lebensqualität, die sie ihm öffnete, hatten sein Leben mit der Krankheit auf eine andere Ebene der Möglichkeiten gebracht damit umzugehen, es ihm viel leichter gemacht mit seiner Situation zu leben. Mit halb geschlossenen

Augen sieht er die Sonne. Der Übergang vom Roten ins Blaue am Firmament ist für ihn wie ein Richtungsweiser, ein vorgezeichnetes Abbild seines letzten Weges, der nun vor ihm liegt, und der warme Sand, in dem er so gerne liegt, tut ihm wohler als das römische Dampfbad in seiner Amsterdamer Nobeltherme. Dankbarkeit für jeden Tag, den er gelebt hat, denn es gibt keinen verlorenen Tag. Alles hat seinen Sinn.

Gerne würde er noch einmal hinab tauchen zu den Schildkröten von Similan, zu den Riesenmuränen vom Elephant Head, den großen Mantarochen wiedersehen, der über ihn hinweg schwebte, als er mit Björn und Jan die Unterwasserhöhle verließ.

Inmitten eines Schwarmes bunter Fische will er sein, eintauchen und aufgenommen werden als ein Teil des Ganzen, endlich den richtigen Platz finden im gewaltigen Orchester der Natur, dem großen Orchester, in dem jeder seine Stimme spielt, und weiß, es klingt nur, wenn Harmonie und Disziplin die Voraussetzungen sind und jedem Mitspieler klar ist, dass Hören genau so wichtig ist wie Spielen. Die hohen Rosse, auf denen die Menschheit seit Gedenken gegen die Natur zu Felde zieht, werden eines Tages ihre Befehle verweigern und ihre Reiter abwerfen. Sie werden sich besinnen und Respekt zeigen gegenüber unserer Welt, den Menschen und Tieren, den Pflanzen und Fischen.

Auf einmal friert er in der Sonne. Es ist merkwürdig still geworden und das Wasser hat sich ungewöhnlich weit zurück gezogen. Es entblößt großräumig den Meeresboden und hinterlässt zappelnde Fische und trockene Korallen. Brad ist klar, der Tod ist bereits ganz nahe bei ihm angekommen. Es kostet ihn viel Kraft sich aufzurichten und sich mühsam ins Haus zu schleppen um ein wenig Schmerzlinderung zu injizieren.

Ein Blick in den Spiegel lässt die tödliche Kontur erkennen, als hätte sich der schwarze Gevatter Brads Gesichtes bemächtigt um dadurch selber sichtbar zu werden. Brad kann ihn sehen, so als könnte er mit ihm sprechen, aber es gibt nichts zu besprechen. Alles ist so oft gesagt und besprochen worden, so oft gelitten und beweint, dass er mit dem Tod keinen Deal machen will. Er will ihm nach Möglichkeit noch nicht einmal folgen, nicht dem Gevatter den Zeitpunkt überlassen, wann er ihn endlich holen will, sondern dem Tod auf dem allerletzten Stück entgegenkommen. Der Sensenmann, der ihn viel zu früh aufsucht, soll am Ende nicht triumphieren und ihn bis zum Schluss seinen Schmerzen überlassen. Brad wird seinen letzten Trumpf ausspielen, indem er die Sense selbst führt, die ihn ins Jenseits befördert. Er will sie dem Tod einfach entreißen - ihn überlisten. Sein Hoffnungspegel fällt gegen Null, und die Gedanken tun weh. Jede Bewegung weist ihn gnadenlos auf das Fortschreiten seiner aussichtslosen Situation hin.

Was werden die Freunde denken?, geht ihm auf einmal im Kopf herum. *Was wird aus Jenny?*

Die Hoffnung stirbt zuletzt, sagt man, doch der letzte Hoffnungsfunken ist bei Brad schon lange erloschen. Das Leben kam aus dem Wasser, und für Brad soll es dort auch enden. Die Evolutionskette wird geschlossen, indem sie ihren Ursprung findet und sich mit ihm verbindet. Dadurch wird sie unendlich und der Kreislauf des Lebens kann von Neuem beginnen. Mit jeder Wiedergeburt erhält der Mensch als letztes Glied dieser Kette eine neue Chance Vollkommenheit zu erlangen, aus seinen Fehlern zu lernen, zu erkennen und Demut zu üben vor der Schöpfung.

Wieder schaut er sich im Spiegel an, der an der Badezimmertür hängt. Das Gesicht erscheint ihm jetzt vertrauter. Er lächelt dem Menschen zu, der ihm gegenüber steht und von dem er jetzt alles weiß.

Er sieht ihn sich lange an und erkennt, dass er keine Angst mehr hat zu gehen. Entspannung, Erlösung, Schmerzfreiheit und innere Zufriedenheit sind seine Gefühle.

Brad spürt den Einstich nicht, auch nicht beim dritten Versuch, bei dem er in seinem vertrockneten System endlich eine intakte Vene findet, die dem Gift Zugang gewährt. Den Einstich spürt er nicht und nicht das Wasser, das ganz plötzlich wie aus dem Nichts von überall herbeischießt. Blitzschnell, voller Energie.

Der liebe Gott scheint seinen letzten Gedanken empfangen zu haben und zu sehen, dass Brad im Begriff ist sich eine tödliche Dosis Heroin zu spritzen. Als ob er das nicht zulassen und Brad im letzten Moment doch noch zuvorkommen will, schickt er ihm jetzt das Wasser.

Die Welle ist sechs oder acht Meter hoch. Sie fegt mit atemberaubendem Tempo über das Land und reißt alles mit sich. Das Dach seines Bungalows ist fortgespült, die Wände sind eingestürzt. Die Trümmer, die auf ihm liegen, halten ihn eisern am Boden, und das meterhohe Meerwasser über ihm leitet den Countdown ein. Es bleiben ihm nur noch wenige Sekunden, in denen auf einmal neuer Lebenswille erwacht.

Vielleicht ist es doch zu früh jetzt schon zu gehen? Vielleicht wird doch noch alles gut?

Die Spritze, die durch das heranschießende Wasser wieder aus seinem Arm gerissen wurde, ist immer noch gefüllt mit der Überdosis und schwebt etwa zwei Meter über ihm davon wie eine vom Winde verwehte Fahrkarte. Das Wasser kam, bevor er abdrücken konnte.

Die Stille, die ihn jetzt umgibt, obwohl um ihn herum gerade die Welt unterzugehen scheint, das ungedämpfte Tosen und Wüten des Meeres, das bei ihm unter Wasser nur als ein dumpfes fernes Rauschen ankommt, klingt in seinen Ohren wie das Echo eines Urschreis. Seines Urschreis! Er reißt den Mund auf und schreit aus Leibeskräften. Er schreit, bis ihm die Luft ausgeht und er atmen müsste. Aber er hält die Luft an. Er weiß, wenn er jetzt atmet, ist es vorbei. Warum atmet er nicht einfach? Er will doch sterben! Er hat doch schon damit angefangen. Was ist los? Doch er atmet nicht, bis die Welle zurück läuft und der Sog die Trümmer von ihm schwemmt, ihn für einen Moment frei gibt und er wieder atmen kann. Im nächsten Moment fühlt Brad, wie der Sog ihn mit sich reißt, ihn fort trägt, weit auf das Meer hinaus.

Immer weiter trägt ihn das rasende Wasser aufs offene Meer. Kein Land mehr, kein Tosen und Wüten, keine Schreie der Ertrinkenden. Nur noch stilles tiefes Wasser. Er sinkt tiefer, immer tiefer. Absolute Stille! Er öffnet den Mund und atmet. Das Wasser schießt mit Druck in seine Lungen. Rote und gelbe Schleier tanzen vor seinen Augen, und zwischen den wallenden Schleiern sieht er den großen Manta, der sich ihm als Führer anbietet.

Sie sinken tiefer und tiefer bis zum Grunde des Meeres und halten auf einen weißen Lichtpunkt zu.

Brad hält sich an den Schwingen des Mantas fest, wie er sich einmal an der großen Schildkröte gehalten hat, und der Manta trägt ihn sicher dem Licht entgegen bis zu einer kleinen Kiesbucht, die so hell und weiß erscheint und ihm dabei so vertraut ist, als kenne er sie schon sein ganzes Leben lang.

„Wir sind da!", signalisiert der Manta.

„Wir sind endlich angekommen. Hier hat alles begonnen, hier endet unsere Geschichte, und hier beginnt eine neue."

Der große Manta kreist noch eine Weile über der kleinen Kiesbucht, bevor er im unendlichen Blau des Ozeans verschwindet. Er hat Brad etwas hinterlassen, von dem Brad weiß, dass es keine Illusion ist.

23

26. Dezember 2006. Zwei Jahre nach dem Tsunami

Innerhalb einer dreiviertel Stunde hatten drei riesige Wellen die Welt verändert. Die Zerstörung war so ungeheuerlich, wie es seit Menschengedenken nicht bekannt war. Die erste Welle war die Vorhut. Eine Kostprobe dessen, was folgte. Außer nassen Füßen und Böden, schwimmenden Eisboxen und Liegestühlen brachte sie nicht viel Zerstörung mit sich.

Aber die Andamansee schickte ihre Tsunamis im Fünfzehn-Minuten-Takt.

Eine zweite Welle schlug erbarmungslos zu. Im Gegensatz zur ersten war diese blutrünstig. Sie überraschte ihre ahnungslosen Opfer, und wen sie nicht unmittelbar zerschmetterte oder ertränkte, nahm die Welle mit ihrem Rücksog weit mit hinaus auf die See. Unzählige gab das Meer nicht mehr her. Viele, die sich auf einen Baum oder ein Dach retten konnten, glaubten, dass es vorbei sei, als das Wasser wieder zurück ging. Bis die dritte Welle kam. Die Nachlese. Was die zweite Welle nicht erreicht hatte, erledigte die dritte.

Die Zahlen der Toten fingen am Nachmittag des Unglücks an von den Medien mit hundert beziffert zu werden. Am Abend waren es dann schon Tausende. Es wurden täglich mehr, und plötzlich redete man von etwa zweihundertfünfzigtausend Menschenleben. Eine furchtbare Bilanz!

Am Ao Sane sah es schlimm aus.

Remington Jims Pick-Up lag auf dem Weg und sah aus, als hätte ihn jemand durch eine trockenstehende Waschanlage gepresst. Auch der schwarze Isuzu von Buck lag zerschmettert in den Felsen. Nicht mehr zu gebrauchen! Das Restaurant war bis auf die Grundplatte fort; wenn man es nicht wusste, kam man gar nicht auf die Idee, dass da überhaupt schon mal eines stand. So restlos hatte die Welle es weggespült. Nicht mal die Trümmer sah man irgendwo herumliegen. Nein! Das Restaurant war gänzlich verschwunden. Der Sog, der entstand, als die Welle wieder zurück floss, hatte alles mit ins Meer genommen. Da, wo der große Tisch einmal stand, lag ebenfalls ein total verbeultes Automobil. Die zerstörten Bungalows sahen eher aus, als hätte sie jemand gesprengt. Besonders die aus Stein gebauten. Von den hölzernen fehlte jede Spur. In all der Zerstörung ist aber auch ein Wunder geschehen. Keiner wurde verletzt am Ao Sane. Alle überlebten den Albtraum - mehr oder weniger traumatisiert.

Der gute Geist aber, der den Ao Sane, die Kiesbucht, so speziell machte, wurde durch den Tsunami zerstreut, ging mit ihm verloren, als hätte ihn das Meer mit fortgenommen. Die kleine Gemeinde, die über zweieinhalb Jahrzehnte diesen gottgegebenen Strand zeitweilig bewohnt und beseelt hatte, versuchte nach der Katastrophe durch Wiederaufbau und starken persönlichen Einsatz den alten Zustand wieder herzustellen. Doch die globalen Veränderungen besonders in Thailand, in den Köpfen und in den Herzen der Menschen, haben das nicht zugelassen. Einige sind noch ein paar Mal zum neuen Ao Sane gekommen, in der Hoffnung etwas von dem zu finden, was den Platz einmal ausgemacht hat, aber davon ist kaum noch etwas übrig geblieben. Viele sind einfach nicht mehr gekommen. Es scheint, als ob der Ao Sane mit den Wellen im Meer versunken ist.

Einige Requisiten erinnern noch, wie es einmal war. Man muss genau hinschauen, dann entdeckt man sie zwischen den neuen Hütten und dem Müll, der überall herum liegt.

Und wenn man heute an den Platz kommt, steht dort auch wieder ein Restaurant an der Stelle, wo das alte einmal stand. Mit Spendengeldern in Rekordzeit hochgezogen. Die wenigen bekannten Gesichter, die man hier noch antrifft, haben jenen Glanz verloren, den ihnen der alte Ao Sane einmal vermittelt hat. Man sitzt zusammen am neuen großen Tisch, plaudert über alte Zeiten, ärgert sich ein bisschen über verloren gegangene

Stammplätze und wundert sich immer wieder über die vielen neuen Touristen, die so plötzlich und ohne Vorwarnung im Königreich der Illusionen angekommen sind.

Die neuen Damen und Herren kennen die Geschichte nicht, und sie wissen nichts von dem, was diese Kiesbucht einmal war. Woher sollten sie auch?

Tui hat ihre Aussage bei der Polizei gemacht. Die Auftragsmörder sind zu zwanzig Jahren verurteilt worden. Die Gerichtsverhandlung musste leider ohne Jenny stattfinden.

Jenny ist dem Tsunami 2004 zum Opfer gefallen. Ihre Leiche wurde nie gefunden.

Brad hat mit Hilfe des Tsunamis seinen Frieden in der tiefen See gefunden.

John ist in Australien zu vier Jahren Gefängnis verurteilt worden. Nach drei Jahren hat man ihn wegen guter Führung entlassen. Heute fährt er Taxi in London. Trotz verlockender Angebote der australischen Polizei und harten Verhören hat John keinen einzigen Namen preisgegeben.

Jan hat sich ein Haus im Norden Thailands gebaut und lebt dort mit seiner europäischen Frau. Sein Geld verdient er als Sprachlehrer für das Personal einer großen Hotelkette.

Björn ging zurück nach Norwegen und hat dort in seinem Beruf als Seemann auf einem großen Kreuzfahrtschiff gutes Geld verdient. Heute lebt er mit seinen beiden Kindern und Kek halbjährlich in Thailand. Die andere Jahreshälfte arbeitet er in Norwegen als Seemann.

Tim überlebte den Tsunami auf einem Tamarindenbaum mit sechs anderen, die den Fluten entkommen konnten. Er verließ Phuket und ist seitdem verschwunden. Jemand hat ihn noch einmal in Frankreich gesehen.

Morten blieb eine Zeit lang in Phuket, zog dann mit einer Thai nach Bangkok und wurde ein Jahr später wegen Drogenbesitzes verhaftet.

Sai Chai hat einen reichen Engländer geheiratet und lebt in London. Jan hat sie nie wiedergesehen.

Bisher erschienene Bücher von Bernt Moehrle

„Ao Sane Thailand"   BOD   2008   ISBN 9 783837
                                                                            004380

„Liebe und Leidenschaft auf Phuket"   2008 als Hörbuch bei
                                                                    Soforthören.de.
                          Gesprochen von Rainer Maria Ehrhardt

"Ao Sane - Ausgebootet"   BOD 2013   ISBN 9 783732
                                                              230167

CD zur Rettung der Wale „Music In Th Ocean" Waterworld
Als download bei itunes, Amazone und allen Download-Portalen.